AF307495

Jana Engels wurde 1978 in Berlin geboren. Seit 2002 lebt sie in der Nord-Eifel. Mittlerweile blickt sie auf die Veröffentlichung einiger Romane zurück, in denen es um Liebe, Familie und Verwicklungen geht. Neben Spannung und fesselnden Emotionen findet sich auch immer eine Prise feinen Humors in ihren Geschichten.

ZWEI HERZEN FÜR *Eleanor*

JANA ENGELS

Erstausgabe Februar 2024

Copyright © 2024 dp Verlag, ein Imprint der
dp DIGITAL PUBLISHERS GmbH
Made in Stuttgart with ♥
Alle Rechte vorbehalten

Zwei Herzen für Eleanor

ISBN 978-3-98778-478-1
E-Book-ISBN 978-3-98778-420-0

Covergestaltung: ARTC.ore Design / Wildly & Slow Photography
Umschlaggestaltung: ARTC.ore Design
Unter Verwendung von Abbildungen von
stock.adobe.com: © SusaZoom, © romanple, © Stylish_Pics,
© MADMAT, © Alexey Kuznetsov
periodImages.com: © Mary Chronis,
VJ Dunraven Productions & PeriodImages
Lektorat: Astrid Rahlfs
Satz: dp DIGITAL PUBLISHERS GmbH
Druck und Bindung: Books on Demand GmbH, Norderstedt

1.

DIE FEUERNACHT VON GRITHWOOD

Westmorland im Jahre 1801

„Hey, voran!" Stevens trieb die Pferde an und ließ die Peitsche in der Luft knallen. Spencer Morton hörte, wie sich die Kutsche in Bewegung setzte. Ohne ihn, den Earl of Felleringtonworth wohlgemerkt, denn Spencer Morton hatte es nicht eilig, nach Hause zu gelangen. Auch wenn er es nicht offen zugab, so kroch ihm die Angst von Stunde zu Stunde tiefer in die Knochen und wurden die Stimmen in seinem Kopf immer lauter. Unruhig, die Hände fest hinter dem Rücken verschränkt, lief er in seinem geräumigen Pensionszimmer auf und ab. Die Sohlen seiner Stiefel krachten dabei hart auf den Dielenboden.

Einige Male hatte Spencer das offene Fenster passiert. Nun blieb er stehen und sah der Kutsche, die sich bereits in beträchtlicher Entfernung befand, nach. Zügig bewegte sich das Gefährt den mattgrünen Hügel hinauf und würde schon bald dahinter verschwunden sein. Ein lauer Windstoß fand seinen Weg ins Zimmer und streifte Spencers Wangen, das graue dünne Haar und den ebenfalls ergrauten Backenbart. Er verzog missbilligend das Gesicht. Dann nahm er seine goldene Taschenuhr hervor und warf einen Blick darauf. Es war gerade erst zehn und der Tag versprach heiß zu werden. Die Vögel hatten sich schon in die Baumkronen zurückgezogen und ließen nur noch spärliche Gesänge verlauten. Ausgesprochen ungewöhnlich für Westmorland zu dieser Jahreszeit, es müsste längst kühler sein. Hoffentlich kein schlechtes Omen, dachte Spencer und schloss die Augen.

Beinahe sechs Monate war er fort gewesen und wusste nicht, was ihn zu Hause erwartete. War ihm das Schicksal endlich wohlgesonnen? Was, wenn nicht? Er sehnte sich nach Ruhe und Frieden, hatte genug und wollte sich nicht eingestehen müssen, dass er die falsche Entscheidung getroffen hatte. Während der letzten Nächte hatte der Earl of Felleringtonworth kaum ein Auge zugetan. Die Stimmen, die ihn bereits seit einigen Jahren heimsuchten, waren immer lauter und garstiger geworden. Mit jeder Meile, die er sich Grithwood Castle, seinem Zuhause, genähert hatte, waren das höhnische Gelächter und das unheimliche Tuscheln in seinem Kopf energischer und heimtückischer geworden. Die Stimmen brachten ihn um den Schlaf. Sie schürten die Wut der Verzweiflung und nährten seine Furcht vor einem neuerlichen Verrat durch Abigail, der Countess of Felleringtonworth, seiner Frau.

In einer wilden Bewegung führte Spencer die linke Faust zu seinem Mund und biss hinein. Was sollte er nur tun, wenn all seine Bemühungen wieder umsonst gewesen waren? Er hielt den Atem an, erhöhte den Druck seiner Zähne, fühlte den Schmerz in Hand und Kiefer, den immensen Druck seiner Zähne auf den

Knöcheln. Nach einigen Sekunden der Stille öffnete er die Augen, lockerte den Biss, nahm die linke Faust aus dem Mund und öffnete die Hand vorsichtig. Der Schmerz ließ nach und Spencer ließ die Uhr, die er noch immer in der anderen Hand gehalten hatte, in seiner Westentasche verschwinden. Im nächsten Augenblick lagen beide Arme wieder fest verschränkt hinter seinem Rücken und er gab sich der Hoffnung hin. Vielleicht machte er sich dieses Mal gänzlich unnötig Sorgen.

Der Earl ließ seinen Blick erneut aus dem Fenster über den entfernten Hügel gleiten. Er konnte die Kutsche nicht mehr ausmachen. Sie war seinem Sichtfeld entschwunden und würde schon bald auf Grithwood Castle, der mächtigen Festung des Earls, eintreffen.

Ich sollte das Fenster schließen und verdunkeln lassen, um der Hitze zu entgehen, dachte Spencer, fürchtete jedoch im nächsten Augenblick die beklemmende Wirkung, die ein geschlossener Raum auf ihn hatte. Er trat an das Schreibpult, richtete sich kerzengerade auf und läutete nachdrücklich. Kurz darauf erschien ein dünnes, hochgewachsenes Dienstmädchen. Sie trat lautlos ein und knickste ergeben.

„Sie wünschen, Mylord?" Mit brüchiger Stimme, den Blick auf den Boden geheftet, erwartete sie seine Anweisungen. Spencer versteifte sich und verzog angewidert das Gesicht.

Sie ist größer als du, meldete sich garstig eine der Stimmen in seinem Kopf und stachelte seinen Zorn an. *Sie verspottet dich! Willst du dir das etwa gefallen lassen?*

„Frühstück!“, raunzte Spencer das Mädchen an und hoffte damit die Stimme zu übertönen. „Ich nehme Tee und Scones.“

„Sehr wohl.“ Das Mädchen schickte sich an, das Zimmer zu verlassen, doch Spencers Kehle entfuhr ein rauer Schrei.

„Halt!“ Er zerquetschte mit der linken beinahe die Finger der rechten Hand hinter seinem Rücken. Durch das vor seinem Auge festgeklemmte Monokel sah er das Mädchen geringschätzig an. Wie immer, wenn er auf Menschen traf, die ihn vom Wuchs her überragten, erfasste ihn grausames Unbehagen. Dabei war es vollkommen unerheblich, welchem Stand sein Gegenüber angehörte und dass Spencer selbst der Earl of Felleringtonworth war.

Spencer fühlte sich klein und ohnmächtig, hasste die Stimmen, die ihn immer wieder mit Nachdruck an seine Unzulänglichkeit erinnerten und gab sich deshalb redlich Mühe, sein inneres Elend mit groben Umgangsformen zu überspielen.

Mit gutem Willen maß er gerade einmal fünf Fuß. Es war unnötig, zu erklären, dass die meisten erwachsenen Menschen, auf die er traf, größer waren. Zudem zeichnete sich sein Körper durch eine sehnige, drahtige Gestalt aus. Graues Haar und Bart rahmten das vom Alter durchfurchte Gesicht. Die Tränensäcke traten besonders deutlich hervor und in seinen fast schwarzen Augen glitzerte eine beängstigende Kälte. Sie ließ keinen Zweifel daran, dass Spencer Morton ein gefährlicher Mann war.

Der Blick des Dienstmädchens blieb starr auf den Holzboden gerichtet. Die Farbe war ihr aus dem Gesicht gewichen, die Atmung ging unter den hängenden Schultern schnell und flach. Offensichtlich war sie verängstigt und das gefiel Spencer.

„Port dazu. Eine Flasche." Er sprach leiser, aber seine Stimme blieb messerscharf. Das Mädchen knickste, zögerte noch einen Augenblick, dann verließ es das Zimmer.

Der Earl trat wieder ans Fenster und tupfte sich mit seinem Tuch erneut die Schweißperlen von der Stirn. Es war Mitte August. Er hatte seiner Gemahlin Abigail versprochen, bis zum ersten des Monats wieder nach Grithwood Castle heimzukehren. Er ließ sie warten, denn dieses Versprechen, alle Hoffnungen und die mögliche Schmach, die damit zusammenhingen, lagen ihm wie ein Felsbrocken im Magen, stiegen ihm in bitterer Galle auf.

Lass uns noch ein paar Tage fernbleiben, riet die Stimme in seinem Kopf.

Besser noch, lass uns umkehren, fiel eine andere ein. Doch dieses Mal bemühte sich der Earl, nicht nachzugeben.

„Nach dem Frühstück reite ich los." Er sagte es ruhig und bestimmt.

Warte doch, bis die Mittagshitze vorüber ist, erhob sich eine dritte Flüsterstimme.

„Nein." Spencers Vorsatz geriet erneut ins Wanken. Er griff sich unschlüssig mit der Hand in den Schopf. „Dann erreiche ich Grithwood Castle höchstwahrscheinlich erst nach Einbruch der Dunkelheit."

Welchen Unterschied macht es schon? Dein Schicksal ist so oder so besiegelt. Sie wird dich erneut verraten, dich verhöhnen und du bist zu schwach, ihr die Stirn zu bieten.

„Nein, das wird sie nicht. Diesmal nicht." Spencer flüsterte seine Antwort. Seine Finger berührten die Fensterbank und sein Blick verlor sich über dem Hügel.

Die Tür wurde geöffnet. Das Dienstmädchen trat erneut ein. Spencer sah nicht hin. Sie stellte das volle Tablett mit Tee, Scones und der georderten Flasche Portwein mit zitternden Händen auf dem Tisch ab. Sie ging auf leisen Sohlen, aber der Earl hörte, wie das Geschirr in ihrer Obhut klirrte. Wenig später klappte die Tür zu und es war still.

Du kannst dich umdrehen. Sie ist weg, erklärte eine der Stimmen spöttisch. Spencer ließ dennoch einige Sekunden verstreichen. Dann zog er mit geübtem Griff ein Kissen vom Bett und drapierte es auf seinem Stuhl. Als er darauf Platz nahm, saß er in angemessener Höhe am Tisch.

Dieses Trauerspiel blieb ihm auf Grithwood erspart. Dort gab es eigens für ihn angefertigte Stühle. Auch sonst hatte er sich in seinem Heim entsprechend eingerichtet. Neben dem Versprechen, das er seiner Gattin gegeben hatte, ein wichtiger Grund, wieder nach Hause zurückzukehren. Er hatte sich im Laufe seines Lebens daran gewöhnt und Strategien entwickelt, den Größenunterschied zu seinen Mitmenschen auszugleichen. Auf Grithwood war er auf seinem auf ihn angepasstem Terrain.

Mit Geschäftspartnern traf sich der Earl of Felleringtonworth gewöhnlich hoch zu Ross. Auf diese Weise fühlte er sich weniger unterlegen, sein Titel und das ungehobelte Auftreten erledigten den Rest. Er war ein gefürchteter Mann und er wusste, dass man ihn hinter vorgehaltener Hand den *verrückten Earl* nannte.

Lange Zeit hatte er sich nicht darum geschert. Er legte grundsätzlich keinen Wert auf Gesellschaften und Bälle. Er war auch schon früher wie ein zeitloser Geist durch die Ländereien gereist, hatte die Pächter besucht, die Felder und Herden im Auge behalten.

Doch vor fast genau sieben Jahren, als ihn während eines Ausrittes ein Schwächeanfall ereilte, hatte sich etwas verändert. Der Earl hatte wochenlang das Bett hüten müssen, um wieder zu Kräften zu gelangen. Zu dieser Zeit waren die Stimmen in seinem Kopf aufgetaucht. Sie hatten ihn daran erinnert, wie wichtig es war, eine Familie zu gründen und einen Erben zu zeugen. Eine Tatsache, die der Earl über Jahrzehnte erfolgreich verdrängt hatte. Nächtelang hatte er mit den Stimmen gestritten, laut, verzweifelt, bettelnd. Schließlich hatte er sich von der unausweichlichen Notwendigkeit überzeugen lassen und so war es gekommen, dass der damals bereits dreiundfünfzigjährige Earl of Felleringtonworth im Jahr 1795 seine erste und einzige Ballsaison in London verbrachte.

Noch währenddessen verlobte er sich umgehend mit der gerade erst sechzehnjährigen Lady Abigail Wilmington, der einzigen Tochter des Viscount Wilmington. Es war eine Liaison, die Vorteile für beide Seiten bereithielt. Sah der Earl nun bald einem Erben für Titel und Vermögen entgegen, so durfte der Viscount ein zusätzliches stattliches Stück Land sein Eigen nennen.

Mit einer plötzlichen wütenden Bewegung fegte Spencer das Teegeschirr vom Tisch. Es fiel zu Boden und zerbrach. Der Tee ergoss sich zwischen den Scherben über die Dielen.

Sofort trat das Mädchen herein, um den Schaden zu beseitigen, doch Spencer brüllte, vom Jähzorn geplagt: „Raus! Niemand hat geläutet!"

Erschrocken trat das Mädchen den Rückzug an und entging nur knapp dem Gebäck, das der Earl schon in Richtung Tür warf.

Hastig sprang Spencer von seinem Stuhl, griff nach dem Kissen und warf es wütend von sich.

Sie hat es gewiss gesehen, lachte eine der Stimmen schadenfroh.

„Hat sie nicht!", schrie er.

Mit wenigen Schritten erreichte Spencer das Schreibpult, ergriff die Glocke und läutete, als wäre ein Feuer ausgebrochen. Die verschreckte Magd kehrte erneut ins Zimmer zurück.

„Mylord?" Sie zitterte am ganzen Körper.

„Ich reise umgehend ab und erwarte, dass alles Notwendige sofort veranlasst wird", polterte der Earl und rauschte aus dem Zimmer.

***

Stunden später tauchte die untergehende Sonne den Himmel über Grithwood Castle in atemberaubendes flammendes Rot. Anmutig und widerstandsfähig zugleich thronte das Anwesen weithin sichtbar auf Berkhams Hill. Die eindrucksvollen Mauern ragten weit über die Baumkronen des anliegenden dunklen Waldes.

Gemächlich durchquerte Spencer auf seinem Pferd die friedliche Landschaft und hielt auf die alte Burg zu. Vielleicht war es auch die treue braune Stute, die ihren Herren gemächlich nach Hause trug, denn der Earl gab sich der berauschenden Wirkung des Alkohols hin. Der Wind wehte nur schwach und vermochte die Hitze des Tages kaum zu vertreiben. Diese wiederum machte ihn durstig. Er griff in die Satteltasche und zog die Flasche Portwein heraus. Wie auf Kommando blieb die Stute stehen, wartete ab, bis er einen kräftigen Schluck genommen hatte und setzte sich gemächlich wieder in Bewegung, sobald die Flasche verstaut war.

Grithwood Castle rückt näher.

Wirst du für Ordnung sorgen, wenn du daheim bist?

Wer weiß, ob sie dich noch als Herrn des Hauses ansehen.

Ob es überhaupt noch dein Zuhause ist?

Abigail hat gewiss ...

„Ruhe jetzt", grunzte Spencer mürrisch. Er tätschelte den Hals der Stute und schnaubte verächtlich. Die Stimmen hatten recht. Das Gefühl, nach Hause zu kommen, wollte sich nicht einstellen. Die Angst vor dem, was ihn erwartete, saß wie ein elendiges Geschwür in seinem Nacken.

Als der junge Earl begriffen hatte, dass er mit nicht mehr als fünf Fuß wohl seine endgültige Größe erreicht hatte, hatte die Schmach tief wie ein Stachel in seinem Fleisch gesessen. Er hatte die Gesellschaft verstoßen, bevor sie ihm dergleichen antun konnte. Er war die meiste Zeit seines Lebens ein wohlhabender Junggeselle gewesen, hatte sich um Ländereien, Geschäfte und die Jagd gekümmert. Doch dann hatte ihm seine bis dahin tadellose Gesundheit einen Strich durch die Rechnung gemacht. Spencer hatte den Stimmen geglaubt und sich geändert. Es folgten Ballsaison und Heirat mit Abigail. Alles war nach Plan gelaufen, doch die Stimmen in seinem Kopf waren nicht verstummt. Nie waren sie zufrieden, sahen immer neue Probleme und zermürbten ihn. Sie machten ihn zum Spielball ihres Amüsements, malträtierten ihn ohne Unterlass.

Offiziell hatte er den Familiensitz Grithwood Castle, auf dem mittlerweile die junge Countess und die Kinder, drei Mädchen wohlgemerkt, lebten, zu Beginn des Jahres verlassen. Er hatte sich um die vielen Ländereien zu kümmern und für seine Pächter zu sorgen. Ein armseliger Versuch, über den wahren Grund seiner Abwesenheit hinwegzutäuschen. Spencer hatte den Spott der Stimmen über ihn, seine Gattin und die Töchter nicht ertragen. Er hatte im Übermaß getrunken, war jähzornig und zerstörerisch geworden, aber die Stimmen hatten sich nicht vertreiben lassen.

Wieder biss er in seine Faust, schmeckte das Leder seiner Handschuhe und versuchte seine finsteren Gedanken zu vertreiben. Abigail war von auffallender Schönheit, zurückhaltendem Wesen und großem Wuchs. Ihr dichtes, schwarz glänzendes Haar umrahmte das feine porzellanähnliche Gesicht. Hinter ihrem schüchternen Lächeln hatte er sofort die weißen geraden Zähne entdeckt. Schnell hatte er sich für sie entschieden und die Stimmen waren mit ihm einig gewesen. Die hübsche Abigail sollte ihm einen kräftigen Sohn gebären, aus dem ein hochgewachsener Gentleman, ein würdiger Erbe des Titels, wurde. Doch ihre offenbare Unfähigkeit, einen Knaben zur Welt zu bringen, brachte den Earl schier um den Verstand. Er brauchte einen Erben und sie verweigerte ihm diesen. Dabei waren die Erwartungen an sie klar formuliert worden.

Die neue Countess of Felleringtonworth hatte Spencer gleich nach der Vermählung nach Grithwood Castle begleitet. Sie hatte sich ihm in allen Belangen gefügt, jede seiner Regeln befolgt. Dazu gehörte auch, dass Konversation nur im Sitzen oder zu Pferd betrieben wurde. Abigail durfte in Anwesenheit ihres Gatten niemals stehen. Zudem musste sie bereits im Bett liegen, bevor er das Schlafgemach betrat und durfte erst aufstehen, nachdem Spencer es wieder verlassen hatte. Abend für Abend hatte er seitdem seine Pflicht erfüllt, ihren Schoß bearbeitet, damit sie seinen Samen empfangen und einen Sprössling gebären konnte. Dabei hatte er keinen Wert auf Zärtlichkeit gelegt. Spencers Gedanken waren nie bei seiner jungen Gemahlin. Jedes Mal kämpfte er in der Dunkelheit tapfer gegen die Stimmen, die ihn schmähten. Als Abigail ihm endlich, nach vier Monaten, eröffnete, dass sie denke, guter Hoffnung zu sein, schien seine Qual beendet. Von Erleichterung beflügelt, hatte Spencer umgehend dafür gesorgt, dass sie mit ausreichend Personal in neue, entlegenere Gemächer zog. Von dort aus konnte sie den Haushalt führen und sich auf die anstehende Geburt vorbereiten. Für ihn, den Earl of Felleringtonworth war die Arbeit erledigt gewesen. Er erfreute sich an seinem Glück und war entzückt in sein altes Leben ohne Abigail zurückgekehrt.

Dieses Dasein fiel ihm um ein Vielfaches leichter. Spencer blieb für sich und ritt regelmäßig aus, um seine Geschäftsbeziehungen zu pflegen. Beinahe hatte er die Stimmen in seinem Kopf vergessen. Doch die Enttäuschung über die Geburt seines ersten Kindes, eines Mädchens, das Abigail Amalia nannte, hatte ihn tief getroffen. Sie hatte versagt. Doch er ertrug die Schmach. So bald als möglich zog die Countess wieder in die Nähe seiner Gemächer und er bemühte sich erneut nach Leibeskräften, den Schoß seiner zarten Gattin mit Leben zu füllen. Er hasste es und manchmal beschlich ihn während des Akts der Wunsch, seine Hände auf Abigails langen weißen Hals zu legen und diesem schrecklichen Schauspiel ein Ende zu bereiten. Er widerstand und war heilfroh gewesen, als sich endlich der gewünschte Erfolg einstellte. Aber auch im zweiten Versuch gebar ihm Abigail ein Mädchen, Prudence, und im Jahr darauf Charlotte.

„Verdammt!" Spencer fluchte, als ihn die Enttäuschung abermals einholte, zog die Flasche hervor und trank einen weiteren Schluck. Die Stute schritt zielsicher und gemächlich auf das Anwesen des Earls zu.

Als der Winter hereingebrochen und die Abstände zwischen den Anfällen der Raserei, die Spencer regelmäßig heimsuchten, immer kürzer wurden, verkündete Abigail eine erneute Schwangerschaft. Ein Strohhalm, an den er sich klammern konnte. Die kommenden Monate, die Zeit des Wartens, wollte er nicht auf Grithwood verbringen. Er hatte richtig entschieden. Die lange Abwesenheit hatte ihm gutgetan. Doch nun stand die Niederkunft bevor. Er musste sich der Realität stellen.

Die Stimmen begannen wieder zu tuscheln.

Bald könntest du einen Sohn in die Arme schließen. Dann kehren endlich ruhige Zeiten in dein Leben ein und in das deiner Gattin selbstverständlich auch. Die brauchst du dann nicht mehr.

Einen weiteren Fehlversuch werden wir nicht hinnehmen.

Was fangen wir nur mit dir an, wenn es wieder ein Mädchen ist?

Sie brachen in garstiges Gelächter aus. Spencer ließ die Flasche zurück in die Satteltasche gleiten und nahm die Zügel auf.

„Komm schon, alte Mähre", trieb er die Stute mit ungelenken Bewegungen vorwärts und lobte sie anschließend, obwohl sie in der gleichen behäbigen Gangart dahinschritt wie zuvor.

Als er Grithwood endlich erreichte, war die Nacht heraufgezogen, doch im Schloss herrschte Betrieb. Der Butler, ein ebenso kleingewachsener Mann wie Spencer, nahm Rock und Handschuhe entgegen und setzte seinen Herrn eilig in Kenntnis.

„Mylord, die Geburt steht bevor. Die Countess liegt schon seit Stunden in den Wehen. Der Arzt ist gerade bei ihr. Soll ich ihn holen lassen, damit er Ihnen berichtet?"

„Nein", knurrte Spencer und versuchte das nervöse Zittern, das sich seines Körpers bemächtigte, zu verbergen. Der Kragen saß plötzlich zu eng und ließ kaum Luft in seine Lungen. In ungewohnter Lautstärke und Geschwindigkeit polterte Spencers Herz in seinem Brustkorb.

„Ich wünsche, nicht gestört zu werden!"

Mit letzter Kraft donnerte er seine Anweisung hinaus und marschierte wild entschlossen ins nahegelegene Arbeitszimmer. Die Tür hinter ihm schlug krachend zu. Im nächsten Augenblick fiel Spencer auf die Knie und übergab sich mehrfach auf den Teppich. Durch die Dunkelheit taumelnd tastete er sich um seinen Sekretär, sank in den Stuhl und flüsterte: „Es könnte vollbracht sein. Es könnte vollbracht sein oder aber ...“

Seine Faust sauste durch die Dunkelheit und landete lärmend auf dem schweren Schreibtisch aus Eichenholz. Der Geruch nach Erbrochenem durchzog die Luft und Spencer gab ein angewidertes Stöhnen von sich.

„Sie wird mich nicht noch einmal verhöhnen! In diesem Hause gibt es mehr als genug Weibsbilder!“ Spencer flüsterte, doch seine Stimme durchschnitt die Luft. Für einen kurzen Augenblick dachte er darüber nach, sich eine Lampe bringen zu lassen, aber dann geschah etwas Sonderbares mit ihm.

Urplötzlich schien er ein anderer Mann. Mit irritierender Lässigkeit lehnte Spencer sich zurück und legte seine Füße, die noch immer in den Stiefeln steckten, auf den Tisch. Etwas fiel schwer zu Boden, wahrscheinlich der Briefbeschwerer aus Bronze. Er fuhr mit der rechten Hand tastend am Schreibtisch entlang, öffnete die Tür und zog eine Flasche Whisky hervor. Von einem Seufzer der Genugtuung begleitet, fand seine Hand auch ein Glas. Mit einem überlegenen Lächeln, das in der Schwärze der Nacht verborgen blieb, schenkte er sich blind ein und hob das Glas Richtung Zimmerdecke.

„Du wirst mich nicht enttäuschen, Abigail. Das wäre unser Ende.“ Seine Stimme klang beängstigend ruhig.

Als er mit der linken Hand über seinen Bart strich, war das Zittern gänzlich verschwunden.

***

Schon am frühen Vormittag hatte Abigail die ersten Zeichen der bevorstehenden Geburt wahrgenommen. Das typische Ziehen in Rücken und Unterleib, hatte sich erst leicht und in unregelmäßigen Abständen bemerkbar gemacht. Da die junge Countess bereits das vierte Kind erwartete und auf einige Erfahrungen zurückgreifen konnte, entschied sie, sich noch nicht mitzuteilen. Stattdessen zog sie sich in ihren Salon zurück und versuchte ein Buch zu lesen, während sie die letzten ruhigen Stunden mit ihrem Ungeborenen verbrachte. Dass ihr Gatte von seiner langen Reise noch nicht wieder zurückgekehrt war, erfüllte die Countess of Felleringtonworth mit einiger Erleichterung.

„Hoffen wir für uns alle, dass du ein kräftiger Knabe bist." Sie flüsterte und rieb sich liebevoll und wehmütig zugleich über den Bauch. Im nächsten Augenblick verspürte sie das wohlbekannte Ziehen einer Wehe, das sich nun bis unter die Brust ausbreitete.

„Huch ..." Abigail atmete erleichtert aus, als sich ihr Bauch wieder entspannte. „Ich werte das optimistisch als ein Ja."

So unbeschwert Abigail sich gab, es lastete eine schwere Bürde auf ihr. Sie vermochte sich gar nicht auszumalen, wie ihr weiteres Leben sich gestaltete, wenn sie abermals ein Mädchen zu Welt brachte. Abigail liebte alle drei Töchter und sie würde auch eine vierte lieben. Aber ein weiteres Mädchen bedeutete auch, dass sie wieder in die Gemächer des Earls zurückkehren musste. Dass sie viele Nächte lang bei ihm liegen und den Schmerz ertragen musste, wenn er sich in angewiderter Anstrengung und mit wutverzerrtem Gesicht ihrer bemächtigte. Abigail wischte sich eine Träne aus dem Augenwinkel, die lautlos ihren Weg dorthin gefunden hatte, und begann, einige Zeit im Salon auf- und abzugehen. Immer wieder glitt ihr Blick aus dem Fenster über die Baumkronen des anliegenden Waldes und suchte die Hügel ab.

Erst als sie im Laufe des Nachmittags die schwarze Kutsche des Earls sichtete, war es mit Abigails Ruhe vorbei. Sie läutete und sofort trat ihre Zofe Mary ein.

„Ich denke, wir begrüßen bald den Sohn des Earls." Abigail strich wissend über ihren Bauch. „Bereite das Mittagessen vor. Ich habe die Kutsche entdeckt, mein Mann wird ebenfalls in Bälde zu Hause sein. Dann lass den Arzt holen und bereite mein Bett", presste Abigail hervor.

Dabei war es keine Wehe, die ihr plötzliches Unwohlsein verursachte, sondern die erwartete Ankunft des Earls. Der Gedanke, ihn jetzt noch empfangen zu müssen, war unerträglich. Sie wusste, dass sie all ihre Kraft für die bevorstehende Geburt brauchte.

„Sehr wohl, Mylady."

Abigail nickte abwesend und nahm ermattet auf einem der Stühle Platz.

Über zwei Stunden lag die Countess bereits im Bett, als der Arzt eintraf. Nach einer kurzen Einschätzung der Lage bestätigte er, was Abigail längst wusste.

„Nun, diese Geburt schreitet äußerst langsam voran. Machen wir uns auf eine lange Nacht gefasst. Ich werde in einer Stunde nochmals nach Ihnen sehen, Countess. Bedauerlich, dass der Earl nicht zugegen ist. So werde ich meinen Tee wohl allein nehmen müssen. Im Salon, nehme ich an?"

Abigail nickte verstört und ließ sich von ihrer Geburtshelferin Shelly das Gesicht mit einem feuchten Tuch kühlen.

„Er ist noch nicht da?" Eine weitere Wehe baute sich auf und Abigail atmete angestrengt, bis sie vorüber war.

„Nein, die Kutsche kehrte ohne ihn zurück. Der Earl wird erst am späten Abend erwartet", brachte Mary sich ein.

„Ist das so? Dann sollten wir die Gnadenfrist nutzen und den kleinen Lord rechtzeitig auf die Welt bringen." Abigail lächelte hoffnungsvoll und wurde mit einer weiteren heftigen Wehe belohnt.

Die folgenden Stunden waren lang und schmerzhaft. Zu gern hätte sie auf den Beistand ihrer Mutter zurückgegriffen, aber Spencer hatte es, wie schon bei den drei vorherigen Geburten, nicht erlaubt. Niemand durfte Abigail hier besuchen.

Die Luft im Zimmer war heiß und stickig und zwischendurch überkam Abigail immer wieder Furcht, sie hätte nicht die Kraft, alles bis zum Ende durchzustehen. Als sie schließlich unter einer Presswehe erschöpft und kraftlos zurück in die Kissen sank, alles Zureden vergeblich war, warf sich Shelly mit aller Kraft auf den Oberkörper der Countess. So sehr, dass Abigail der Atem stockte und sie um gebrochene Rippen fürchtete, doch nur wenige Augenblicke später war es geschafft. Das gurgelnde Geräusch ihres Neugeborenen

zeichnete ein Lächeln in Abigails erschöpftes, schweiß-
nasses schmales Gesicht.

„Es ist ein Mädchen", vernahm sie Shellys besorgte
Stimme.

„Und sie lebt", setzte Abigail hinzu. „Gib sie mir."

Behutsam schloss sie ihr Kind in die Arme. Dieses
kleine Wesen sah genauso bezaubernd aus wie seine älteren Schwestern. Der Kopf war durch die lange Geburt
etwas oval, aber das würde sich verwachsen und die
Liebe, welche sie beide miteinander verband, würde
ihnen helfen, auch alle weiteren Prüfungen zu bestehen. Für einen Moment war die Countess of Felleringtonworth voller Zuversicht und Glück.

„Gut gemacht, Mylady. Wie soll sie heißen?"

„Eleanor." Abigail flüsterte den Namen und ließ zu,
dass Shelly das Baby behutsam an sich nahm, um es zu
waschen und einzukleiden.

***

Wenige Stunden später polterte Spencers aufgeregte
Stimme durch die Gänge und Gemächer des Castles.
Die Dienstboten und Mädchen hielten sich versteckt,
um dem Wüterich nicht in die Quere zu kommen. Der
Earl hatte von Eleanor erfahren. Eine Weile noch war
er in seinem Arbeitszimmer geblieben, nun hatten Raserei und Zorn Besitz von ihm ergriffen.

„Mylady, Sie müssen aufstehen."

Erschöpft und von Schmerzen gepeinigt, vernahm
Abigail die Stimme der Gouvernante Margaret.

„Was ist los?"

„Mylady, wir müssen fliehen. Der Earl setzt Grithwood in Flammen!"

„Nein, das kann nicht sein. Das Anwesen ... du musst dich irren." Mühsam setzte Abigail sich auf.

„Mylady, er schreit und droht, uns alle umzubringen!" Margarets Stimme zitterte.

„Um Himmels willen, wo sind die Mädchen?" Nun war die Countess hellwach.

„Eleanor ist hier, die anderen sind in ihren Gemächern. Mary ist bei ihnen, um sie zu beruhigen. Der Earl zerschlägt das Inventar. Er ist wie im Wahn und sucht nun Öllampen und Fackeln zusammen. Mylady, wir müssen fort. Jetzt!"

„Schnell, gib sie mir und auch etwas zu schreiben." Abigail legte das Baby behutsam zu sich ins Bett. Ihre Gedanken arbeiten fieberhaft. Sie konnte zwar noch nicht aufstehen, aber sie musste etwas tun. Wenn die Kinder außer Reichweite waren, würde sie ihren Gatten sicherlich wieder zur Raison bringen. Koste es, was es wolle.

„Lauf zu Mary", wies sie Margaret nun an. „Sie soll die Taschen für die Kinder packen. Lass Arthur anspannen, dann kommst du wieder zu mir."

Wenige Minuten später kritzelte sie eilig mit der Feder einen Brief an ihre Mutter. Die Tinte tropfte dabei auf das Papier und die frische Wäsche. Sie achtete nicht darauf. Dann zog die Countess ihren Ring vom Finger und legte ihn in den Brief. Vorsichtig nahm sie ihre Kette, ein Geschenk ihrer Mutter mit einem Anhänger aus rotem Bernstein, ab. Diese legte sie Eleanor um und verdeckte den auffälligen Schmuckstein unter dem Wickeltuch.

Abigail nahm ihre Tochter behutsam auf den Arm, wiegte sie und küsste sie auf die Stirn. Als sie mit dem Finger sanft über die Wange streichelte, verzog Eleanor ihr Mündchen zu einem zarten Lächeln. Erst als Margaret wieder eintrat, löste Abigail den Blick von ihrem Kind und hob den Kopf. Die Gouvernante war blass und atmete schwer.

„Mylady, wir müssen uns beeilen. Ich werde Sie anziehen."

Sofort begann Margaret Wäsche und Kleider zusammenzuraffen und in eine Tasche zu stopfen.

„Margaret, gib mir das Siegel." Abigail sprach auffallend ruhig und bestimmt.

„Mylady, wir haben keine Zeit", flehte Margaret. „Die Bibliothek brennt."

„Gib mir das Wachs." Die Countess of Fellerington-worth küsste ihre Tochter nochmals, dann übergab sie das Kind der Gouvernante und brachte ihr Siegel mit Sorgfalt auf dem Umschlag an.

„Jetzt reiche mir die Schatulle aus dem Schrank." Mit angsterfülltem Blick tat Margaret, wie ihr geheißen. Sie gab der Countess das Kind zurück und holte das Kästchen, in dem diese einen beträchtlichen Betrag aufbewahrte. Für den Notfall. Und dieser war nun eingetreten, was das plötzliche helle Läuten der Feuerglocke bestätigte.

„Mary und du, ihr reist mit den Mädchen zu meiner Mutter nach Wilmington Hall. Arthur wird euch sicher dort hinbringen."

„Nach Hertfordshire? Jetzt?"

„Sofort. Hier nimm das Geld und meinen Brief. Bei meiner Mutter werdet ihr sicher sein."

„Und Ihr, Mylady? Wir können Euch nicht allein zurücklassen." Erschrocken sah Margaret ihre Herrin an.

„Doch, ihr werdet tun, was ich gesagt habe. Kümmert euch um meine Kinder, beschützt sie mit eurem Leben. Ich werde bleiben und meinem Mann in dieser schweren Stunde beistehen. In ein paar Tagen seid ihr dort und dann wird alles gut. Ich reise nach, sobald hier alles wieder seine Ordnung hat."

Margaret war außer sich. Sie musste den Anweisungen ihrer Ladyschaft Folge leisten. Sie warf der jungen, erschöpften und doch entschlossen dreinblickenden Countess of Felleringtonworth einen letzten Blick der Verzweiflung zu.

„Geh, Margaret! Wir werden uns wiedersehen."

Sie nickte, dann verließ die Gouvernante das Zimmer. Mit der einen Hand hielt sie das Neugeborene beschützend an ihre Brust gedrückt, mit der anderen die Tasche, die sie eben noch so eilig gepackt hatte.

Die Feuerglocke tönte unablässig. Der Geruch nach Verbranntem zog bereits durchs Anwesen. Niemand begegnete ihr, als sie in die Nacht hinaustaumelte und sich suchend umsah. Die Kutsche stand nur wenige Meter entfernt bereit. Arthur öffnete den Verschlag, als er Margaret erblickte.

„Wo sind Mary und die Kinder?", keuchte sie. Doch der Kutscher hob unwissend die Schultern. „Ich bin gerade erst vorgefahren. Sie müssen noch drinnen sein."

„Hier, nimm das Baby und die Tasche. Ich hole sie."

Behutsam reichte Margaret das kleine Bündel weiter. Ohne eine Antwort abzuwarten, eilte sie zurück, lief die Treppen hinauf bis zu den Gemächern der Kinder. Als sie die Tür dorthin öffnen wollte, lief sie dagegen. Sie war verschlossen.

„Mary, mach auf. Ich bin es, Margaret!“ Sie klopfte kräftig dagegen, hielt inne und lauschte. Nun hörte sie das Wimmern der Kinder. „Mary, mach auf!“ Sie klopfte energischer.

„Ich kann nicht. Er hat uns eingeschlossen.“ Margaret konnte deutlich hören, dass auch Mary weinte.

„Wer?“

„Seine Lordschaft.“ Noch einmal rüttelte Margaret am Türknauf. Nun überfiel sie die blanke Panik. Wie sollte sie die Tür öffnen? Die Küche! Ms Smither hatte einen Schlüssel für jedes Zimmer.

„Keine Sorge, ich mach das. Ich bin gleich wieder da und hole euch raus!“

Der beißende Geruch nach Verbranntem nahm stetig zu, die Glocke dröhnte, als Margaret die Dienstbotentreppen wieder hinunterlief. Doch auch hier traf sie niemanden an.

„Ms Smither! Ms Smither, wo sind Sie?“ Niemand antwortete. Margaret lief zum Schlüsselboard. Mit zitternden Fingern nahm sie alle Schlüssel, ließ sie in die Schürzentasche gleiten und hastete die Treppen wieder hinauf. Als sie die Hälfte geschafft hatte, begegnete ihr Hitze und an den Wänden tanzten Schatten. Feuer.

Um Himmels willen! Margaret hielt sich die Schürze vor Mund und Nase und lief weiter. Doch den Flur zu den Kinderzimmern konnte sie nicht mehr betreten. Der Earl of Felleringtonworth stand mit einer Fackel bewaffnet vor der Tür. Sie brannte bereits lichterloh und er drehte sich wie besessen um sich selbst. Als er

Margaret entdeckte, wirkte er für einen Moment überrascht. Er blieb stehen und musterte sie, gerade so, als erblickte er sie zum ersten Mal. Noch immer die Schürze vor Mund und Nase starrte Margaret ihn an. Die goldenen Flammen spiegelten sich in ihren schreckgeweiteten Augen. Sie vergaß zu atmen.

Hinter der Tür ertönte das panische Weinen der Kinder. Es wirkte wie ein Weckruf auf Spencer Morton.

„Auch du wirst büßen." Er schwang die Fackel und bewegte sich mit entschlossenen Schritten auf Margaret zu. Diese stieß einen herzerweichenden Schrei aus, machte auf dem Absatz kehrt und hastete die Treppen hinab. Sie wagte nicht, sich umzudrehen. Des Earls vernichtendes Lachen war ihr dicht auf den Fersen.

Draußen wartete Arthur. Sein Blick war nach oben gerichtet. Die Flammen wüteten hinter den Fenstern.

„Los!", wimmerte Margaret. Sie fürchtete, ihre Beine würden jeden Moment ihren Dienst versagen. Arthur half ihr in die Kutsche und sprang auf den Bock. Schon trat der Earl aus dem Dienstboteneingang, die Fackel wild schwenkend, mit wutverzerrter Grimasse. Mit einem Ruck setzte sich die Kutsche in Bewegung. Durch das Fenster starrte Margaret ihn an. Sie konnte den Blick nicht von ihm abwenden, das gnadenlose Entsetzen hatte sie gelähmt. Die Kutsche nahm Fahrt auf. Mit jedem Augenblick wurde der Earl kleiner. Grithwood Castle stand vollständig in Flammen. Ein flammendes Inferno unter dem Nachthimmel. Die Feuerglocke war in der Ferne verstummt. Die nun aufkommenden Tränen verschleierten Margarets Blick, sorgten dafür, dass das Bild verschwamm. Dann löste sich ein schrecklicher Laut aus ihrer Kehle. Er klang nicht menschlich, erinnerte an ein sterbendes Tier.

„Nein!" Kraftlos glitten Margarets Finger am Holz hinab. Wie betäubt starrte sie ins Leere. Die Kutsche wurde nun immer langsamer.

„Brrr", machte Arthur. Dann hielten er sie an.

Er stieg ab und öffnete den Verschlag. Noch ehe er ein Wort sagen konnte, fiel ihm Margaret in die Arme und weinte bitterlich.

„Die Mädchen, Mary, die Countess ..." Sie schüttelte verzweifelt den Kopf. „Wir müssen nach Hertfordshire, jetzt."

„Unmöglich. Es ist zu gefährlich in der Dunkelheit." Arthur sprach mit tiefer Stimme, die seinen Brustkorb zum Beben brachte.

Margaret klammerte sich an ihn und folgte seinem besorgten Blick. Die Flammen von Grithwood Castle waren weithin zu sehen. In der Kutsche machte sich das Baby mit zarten Lauten bemerkbar.

„Eleanor! Sie ist die Einzige, die ..." Margaret verstummte. Es war ihr nicht möglich, diesen furchtbaren Satz, die schrecklichste aller Tatsachen, auszusprechen. Sie musste sich einen Funken Hoffnung bewahren. Vielleicht waren die Countess, Mary und die Kinder doch noch entkommen.

„Wir fahren noch ein Stück. Sobald ich einen geeigneten Platz gefunden habe, verstecken wir uns, bis der Morgen graut."

Arthur half Margaret wieder in die Kutsche. Behutsam nahm die Gouvernante das Bündel auf den Arm

und als die Kutsche sich sanft in Bewegung setzte, begann sie, ein Schlaflied für Eleanor zu summen.

2.

EINE INTERESSANTE BEGEGNUNG

Die Londoner Ballsaison des Jahres 1817 war bereits in vollem Gange. An diesem Abend hatten der Viscount Turner und seine Gemahlin eingeladen. Die Viscountess war nicht nur eine hervorragende Gastgeberin, sie hatte auch einen ausgezeichneten Sinn für die perfekte Auswahl ihrer Gäste. Die hübschen unverheirateten Töchter der Gesellschaft wurden von ihren Müttern zu gern vorgezeigt. Die jungen Damen putzten sich angesichts der ledigen Söhne des Hauses immer noch etwas hübscher heraus und erröteten noch etwas schneller, wenn nur das Gespräch auf einen der beiden kam.

Sampson, der jüngere Sohn des Viscounts, legte nicht viel Wert auf die Festlichkeiten, aber er liebte seine Familie und wusste, was sich gehörte. Als Zweitgeborener sah er sich eher in der Verantwortung für seine Tiere als für den Ruf der Familie Turner in der Gesellschaft. Da sein nur ein Jahr älterer Bruder Jefferson ohnehin den Titel des Vaters erben würde, lag jegliches Augenmerk auf ihm. Dieser Umstand wiederum bescherte Sampson einige Freiheiten.

Die Jagdgesellschaft, die sich schon am Morgen auf Rickhamstead Manor, dem Landsitz des Viscounts unweit von London in Hertfordshire, versammelt hatte, war Sam ein angenehmer Ausgleich zu den steifen Festen in der Stadt gewesen. Er mochte den Geruch von Wiesen und Wäldern und mistete lieber einen Stall aus, als mit jungen Damen unter den prüfenden Augen ihrer Mütter zu tanzen.

Unter der Vorherrschaft des Viscounts hatte die muntere Jagdgesellschaft einen erfolgreichen und unterhaltsamen Vormittag miteinander verbracht. Nun befanden sich Hunde und Reiter mit ihrer Beute auf dem Rückweg nach Rickhamstead Manor, einem der großen Landsitze der Familie Turner.

Allerdings hatte Sam schon vor einiger Zeit festgestellt, dass Jack, ein Spaniel mit goldbraunem Fell, nicht mehr inmitten der kläffenden Meute herumsprang. Eine Weile hatte er sich in Geduld geübt. Jagdhunde liefen nun einmal einer Fährte nach und verschwanden vorübergehend, sie kehrten aber irgendwann wieder zurück und schlossen sich ihrem Rudel an. Jack war ein Jagdhund und Sam hatte darauf vertraut, dass es auch dieses Mal so sein würde. Doch Jack kam nicht zurück und da der kleine Kerl nun einmal Sams Lieblingshund war, beschloss er, sich auf die Suche nach ihm zu machen.

„Reitet voraus, ich komme nach!", rief er seinem Bruder, der einige Meter vorausritt, hinterher und zügelte sein Pferd.

„Was ist los?" Jeff ließ sein eigenes Pferd auf der Stelle wenden und ritt zurück.

„Jack ist nicht da. Ich werde ihn suchen müssen."

Jeff zog die Stirn kraus und blickte auf die Hundemeute. Er zeigte sich aber nicht sonderlich besorgt.

„Jack ist ein Hund. Mach dir um den keine Sorgen. Der kommt schon noch oder ist längst zu Hause."

Doch seine Worte konnten Sam nicht beruhigen. Für Sam war Jack mehr als nur ein Hund in der Meute, er war besonders und Sam war sich sicher, dass sein treuer Gefährte noch irgendwo hier draußen unterwegs war. Wenn er nicht von allein kam, war ihm womöglich etwas zugestoßen.

„Nein, das glaube ich nicht." Sam hielt sein Pferd an und sah sich suchend um. Er konnte sich nicht erklären, was ihn beunruhigte. Er hing sehr an dem Tier und wollte es nicht zurücklassen. Selbst wenn Jeff ihn deshalb für schwach hielt, er würde zurückreiten.

„Es wird etwas geschehen sein. Ich suche nach ihm."
Jeff warf ihm einen ungläubigen Blick zu.

„Komm schon, Sam. Du willst dich doch nur vor dem Ball drücken. Wir müssen zurückreiten, wenn wir uns nicht Mutters Unmut zuziehen wollen." Er räusperte sich und brachte seine nüchterne Einschätzung der Lage hervor. „Wenn dieser Hund einer Spur gefolgt ist, wird er schon wieder auftauchen. Wenn ihm tatsächlich etwas zugestoßen ist, wirst du nicht viel ausrichten können, sofern du ihn überhaupt findest. Dann bleibt dir nur, ihn zu erschießen."

„Das werden wir sehen, wenn ich ihn gefunden habe." Sam sprach gefasst und entschlossen, sein Blick strich aufmerksam übers Gelände. „Richte Mutter meine Entschuldigung aus. Ich werde mich beeilen und wie ein

Gentleman auf dem Fest erscheinen. Sie wird nicht enttäuscht sein." Seine Stimme klang nun warm und besonnen.

„Das glaubst du doch selbst nicht." Jeff blickte seinen Bruder spöttisch an und sah den anderen Reitern ungeduldig nach. Sie hatten bereits ein gutes Stück Abstand gewonnen.

„Es ist mir ernst. Ich finde Jack, dann komme ich nach und werde auf dem Ball erscheinen. Es ist noch früh am Tag."

„Ich würde dich einen Dummkopf schimpfen, wenn du nicht mein Bruder wärst. Ach was, du bist ein Dummkopf. Aber gut, wie du willst. Ich werde es ihr ausrichten. Du kennst Mutter und weißt, dass sie in solchen Dingen zur Unversöhnlichkeit neigt. Wenn du dich verspätest und nicht wenigstens fünf Damen zum Tanz aufforderst, was schwierig wird, je später du auftauchst, wird sie dir für den Rest der Saison böse sein."

„Dann werde ich wohl in den sauren Apfel beißen müssen und mir die Füße wundtanzen." Er machte eine Pause und fügte hinzu: „Sobald ich Jack gefunden habe, versteht sich. Glücklicherweise habe ich einen älteren Bruder, gutaussehend und mit Aussicht auf den Titel eines Viscounts. Wahrscheinlich bemerkt nicht einmal Mutter, dass ich nicht da bin, solange du die Damen galant wie immer um den Finger wickelst."

„Gutaussehend", echote Jeff. „Du bist unverbesserlich, Sampson Turner, aber von mir aus ... tu, was du nicht lassen kannst." Jeff gab nickend sein Einverständnis, dann schnalzte er mit der Zunge und preschte davon. Er hatte mittlerweile einen beträchtlichen Rückstand aufzuholen.

Das Gebell der Hunde verhallte in der Ferne und Sam lenkte sein Pferd umgehend in die entgegengesetzte Richtung. Er würde Jack suchen und finden.

Eineinhalb Stunden später war er sich seiner Sache nicht mehr so sicher. Er trieb seine Stute nun bereits zum dritten Mal die Waldkante entlang, seinem scharfen Blick entging selten etwas, doch Jack blieb spurlos verschwunden.

„Jack! Jack, komm schon! Wo steckst du, mein Junge?" Sam rief und pfiff.

Seine Bemühungen blieben vergeblich. Das Pferd schwitzte stark und Sam musste es einige Minuten Schritt gehen lassen. Dabei blickte er über die saftig grünen Wiesen Hertfordshires, die sich vor ihm erstreckten. Es regnete nicht, die letzten Tage waren erstaunlich trocken geblieben und er hatte gute Sicht. Abermals nahm er den Waldrand ins Visier und rief den Namen seines Hundes.

„Jack! Komm zu mir! Mach schon, Jack!" Er lauschte, doch bis auf den Gesang einiger Vögel war nichts zu vernehmen.

Ein erneuter langgezogener Pfiff verhallte, doch von dem Spaniel war weder etwas zu sehen noch zu hören. Sam gab es auf, hier zu suchen. Unzufrieden und beunruhigt schnalzte er mit der Zunge, übte mit den Schenkeln etwas Druck auf die Flanken des Pferdes aus und gab die Zügel leicht nach. Die Stute verfiel wieder in gemächlichen Trab. Sie ließen den Wald hinter sich. Sam beschloss, seine Strategie zu ändern und seine Suche auszuweiten. Ohne Jack wollte er nicht nach Hause zurückkehren. Er hatte es sich nun einmal in den Kopf gesetzt.

Der Rüge und dem Unmut seiner Mutter würde er nicht entgehen können. Sein Bruder Jeff hatte recht. Dolores Turner würde ihrem Sohn ihr Missfallen über seinen Ungehorsam und den Mangel an Respekt für den Rest der Saison zeigen, wenn er am Abend nicht oder erst viel zu spät auftauchte. Schließlich hatte sie sich mit der heutigen Jagdgesellschaft erst einverstanden gezeigt, nachdem die Brüder ihr Wort gegeben hatten, am Abend in London zu erscheinen und sich von ihrer besten Seite zu zeigen.

Sam hatte die Ebene fast durchquert und wollte schon wieder umkehren, als er dicht bei einer Baumgruppe eine Kutsche erkannte. Seltsam. Von Neugier getrieben, näherte er sich. War eventuell jemand in Not geraten und benötigte seine Hilfe? Als er nahe genug war, erkannte er zwei Damen auf einer Picknickdecke, die in die Beschäftigung mit irgendetwas oder irgendwem so außerordentlich vertieft waren, dass sie weder ihn noch sein Pferd bemerkten. Sie waren der adligen Gesellschaft entsprechend gekleidet. Müssten sie sich dann nicht eher in London aufhalten? Wie er zuvor mit seinem Bruder diskutiert hatte, war Ballsaison und die Damen der Gesellschaft waren ausgesprochen versessen darauf.

Er näherte sich weiter und erkannte sehr deutlich, dass die beiden Damen in hübschen Kleidern einen goldbraunen Hund streichelten. Nicht nur das, sie verwöhnten ihn auch mit Leckerbissen. Von einem Moment auf den anderen verwandelte sich Sams Besorgnis, es könnte etwas vorgefallen und gar seine Hilfe vonnöten sein, in Empörung. Die beiden Damen waren ihm fremd, aber seinen Hund erkannte er sofort.

Jack! Das durfte doch nicht wahr sein! Der Ärger, der sich in Sam zusammenbraute, ließ sich kaum unterdrücken. Nur die Ursache dafür war ihm noch nicht klar, schließlich sollte er doch froh darüber sein, dass er die Suche nach seinem Hund nun erfolgreich beenden konnte. War es der Umstand, dass Jack sich als treuloser Gefährte entpuppte oder die Tatsache, dass die Fremden mit ihren hübschen Kleidern und Sonnenschirmchen sich erdreisteten, seinen Hund mit Süßigkeiten vollzustopfen?

Sam saß ab und zog seinen Hut.

„Guten Tag, die Damen. Mein Name ist Sam Turner." Seine Stimme verriet nichts von seinem sonst so herzlichen Wesen. Die Frauen, eine der beiden noch sehr jung, mit beinahe kindlichen Zügen, blickten überrascht auf.

„Wie ich sehe, haben Sie meinen Hund gefunden." Sam bemühte sich, ruhig zu bleiben. Dass Jack nicht einmal jetzt angemessen auf ihn reagierte und zu ihm kam, sondern nur müde mit der Rute wedelte, irritierte ihn außerordentlich.

„Oh, wie wunderbar. Wir haben uns schon gefragt, ob der Ärmste nicht längst vermisst wird." Eine der beiden Frauen, die jüngere, zeigte sich erfreut, blickte kurz auf und schob Jack gleich darauf ein weiteres Stück Pastete in den Fang.

Sam schnaufte und trat noch ein paar Schritte näher. Sein Pferd hielt er am langen Zügel. Er stand nun am Rand der Picknickdecke und ging in die Hocke. Erst jetzt bemerkte er, dass Jacks linke Hinterpfote mit einem weißen Tuch verbunden war. Sein Ärger verflog augenblicklich und ihn erfasste erneut Sorge.

„Jack, mein Junge, was ist passiert?" Er streckte den Arm aus. Nun bewegte sich der Spaniel in geduckter Haltung und mit verhaltener Freude auf ihn zu.

„Er hat sich verletzt." Der jungen Dame mangelte es reichlich an Verlegenheit. „Es steckte ein großer Dorn in seiner Pfote. Ich war so frei, ihn herauszuziehen und die Wunde zu versorgen. Wenn wir Glück haben, ist er mit ein wenig Ruhe und Pflege bald wieder auf den Beinen. Wenn Sie mich fragen, ist es halb so schlimm. Er übertreibt etwas, um noch mehr Pastetchen zu ergaunern." Sie strich Jack liebevoll über den Rücken. Sam beobachtete die Geste mit einer Mischung aus Wohlwollen und Eifersucht, dabei fiel ihm auf, dass die Fremde feine Lederhandschuhe trug.

„Wir?", wiederholte er ungläubig.

Ihre Blicke trafen sich. Sam sah in ein paar sehr warme, gefühlvolle braune Augen, umrahmt von einem blassen, sehr hübschen und vor allen Dingen verdammt jungem Gesicht. Das Kleid, der Hut und die darunter frisierten dunklen Haare konnten aus der Ferne täuschen. Wie alt mochte sie sein? Allerhöchstens fünfzehn vielleicht. Wenn man sich dieser Tatsache bewusst wurde, fehlte es ihr nicht nur an Verlegenheit, sondern sie war ausgesprochen vorlaut.

„Selbstverständlich." Sie nickte, ließ den Hund los und stand auf. Auch Jack richtete sich wieder auf und trat einen Schritt zurück. Er war größer als sie, als beide Damen. Die andere hatte er zu seiner Verwunderung für einen Augenblick vergessen. Sie hatte sich bisher sehr zurückgehalten, war deutlich älter und reservierter. Aber auch sie kannte Sam nicht. Ob er hier Mutter und Tochter vor sich hatte? Aber wenn ja, was taten sie hier? Sie waren offenbar fremd in der Gegend. Es erschien ihm seltsam. Sein Name hatte keine von beiden besonders beeindruckt. Sie sahen ihn nicht in der gewohnten Ehrfurcht an, wie es Mütter und Töchter des *ton* sonst taten. Auch blickten sie nicht neugierig an ihm vorbei, um nach seinem Bruder, dem Erstgeborenen und Titelerben, Ausschau zu halten. Im Gegenteil, sie wussten offensichtlich nicht, dass er der Sohn des Viscounts war.

Die jüngere der beiden faltete nun ihren Sonnenschirm zusammen und reichte diesen an ihre Begleitung. Dann bückte sie sich hinab, hob den Hund hoch und fuhr ihm mit der Hand sanft über das Fell.

„So, mein Hündchen, jetzt ist es wohl an der Zeit, Abschied zu nehmen und nach Hause zu gehen." Gleich darauf drückte sie Jack dem verdutzten Sam gegen die Brust, sodass dieser schnell reagieren und ihn festhalten musste.

Dabei ließ er die Fremde keinen Moment aus den Augen. Trotz ihres jungen Alters und der offenkundig etwas nachlässigen Erziehung – ihr mangelte es offenbar an Respekt – faszinierte Sam ihre natürliche Eleganz. Er musste es vor sich selbst zugeben. Sie war unverblümt, selbstsicher und hinreißend.

Den Blick auf die Schönheit gerichtet, Jack auf dem Arm, gewann Sams Neugier die Oberhand. Es war längst überfällig, herauszufinden, mit wem er es zu tun hatte.

„Verzeihen Sie, wo habe ich nur meine Manieren. Ich bin Ihnen zu tiefem Dank verpflichtet. Mit wem habe ich das Vergnügen?" Er warf ihr einen prüfenden Blick von oben herab zu.

„Nora." Die Antwort fiel kurz, bündig und absolut nicht zufriedenstellend aus. So benahm sich doch keine Dame. Einen Augenblick dachte er, sie würde sich doch noch dazu entschließen, ihren vollständigen Namen zu nennen, aber die Fremde dachte nicht daran. Sie bückte sich zur Picknickdecke hinab und begann damit, sie zusammenzulegen, während ihre ältere Begleitung sich schon auf den Weg zur Kutsche gemacht hatte, um den Korb dort zu verstauen.

„Und Ms Nora? Wollen Sie mir nicht Ihren vollen Namen verraten?" Unerhört, dass er sie darauf aufmerksam machen musste.

„Nora Wilmington", erwiderte sie und lächelte ihn unbekümmert an. Dieser kecke, vielmehr freche Ton in ihrer Antwort, imponierte und verärgerte Sam gleichermaßen. Diese Erkenntnis wiederum machte ihn sprachlos. Er betrachtete Ms Nora genauer. Ja, sie war jung und definitiv noch nicht in die Gesellschaft eingeführt, aber wenn es so weit war, gehörte sie gewiss zu den Damen, die ihren Standpunkt verteidigen konnten, sofern man sie ließ.

„Soll ich Ihnen noch mit dem Hund helfen, bevor Ms Lainshore und ich weiterfahren?" Sie hielt die zusammengefaltete Decke mit beiden Händen fest und blickte mit schief gelegtem Kopf zu ihm auf.

„Wie kommen Sie darauf, dass Sie mir helfen müssen?" Sam verlieh seiner Stimme etwas mehr Tiefe und zog demonstrativ eine seiner Augenbrauen hoch, um seiner Entrüstung über diese abwegige Frage zum Ausdruck zu bringen. Auch wenn ihm vorhin sein eigener Mangel an Manieren bewusst geworden war, so wusste er doch, welcher Umgang sich in seiner Gesellschaft gehörte. Er war der Sohn eines Viscounts und die junge Dame pfiff offenbar darauf oder, dies war auch möglich, wusste es nicht besser, da sie nicht die gute und standesgemäße Erziehung erhalten hatte, von der er im ersten Moment ausgegangen war.

Der Name Wilmington war ihm nur in Verbindung mit der Witwe des verstorbenen Viscount Wilmington ein Begriff, aber dieser hatte keinen Erben hervorgebracht, der den Namen hätte weiterführen können.

„Der arme Jack wird mit seiner Verletzung kaum laufen können. Sie werden ihn mit aufs Pferd nehmen müssen. Ich schlage vor, sie steigen auf und ich reiche Ihnen den Hund hinauf", holte Nora Sam aus seinen Gedanken.

Welch vorlautes Mundwerk und sie hatte zudem auch noch recht. Jack wog mindestens zwanzig Pfund und ließ sich wahrscheinlich nicht wie ein totes Kaninchen über den Sattel legen. Sam brummte grimmig. Nora Wilmingtons Vorschlag war vernünftig und sie war auch noch vor ihm darauf gekommen.

„Also gut." Sam wartete, bis sie die Decke ins Gras gelegt hatte und gab ihr den Hund zurück. Eilig bestieg er sein Pferd und beugte sich hinunter zu ihr. Sie übergab ihm den Hund vorsichtig und beobachtete, wie Sam ihn sicher oben platzierte. Jack war ein geduldiger Hund.

Nun, da Sam ihn gefunden hatte und er gerettet war, sollte er zufrieden nach Rickhamstead Manor reiten. Aber die Zufriedenheit stellte sich nicht ein. Vielmehr hatte er, der Sohn des Viscounts, das Gefühl, dass diese kleine vorlaute Nora Wilmington ihn ordentlich dirigierte. Wie kam sie nur dazu?

Hinzu kam der seltsame Umstand, dass ihm noch nicht der Sinn danach war, sich zu verabschieden. Er gedachte zumindest noch ein paar Antworten auf seine Fragen zu erlangen. Welche Umstände führten sie hierher? Gab es eine Verbindung zur Witwe Wilmington? Aber er hatte die Gesellschaft der Fremden schon sehr lange in Anspruch genommen. Es wäre unhöflich, länger zu bleiben.

„Vielen Dank, dass Sie Jack gefunden und versorgt haben. Gestatten Sie mir noch eine Frage?"

„Ms Wilmington!" Die andere Dame saß bereits in der Kutsche und platzte vortrefflich dazwischen.

„Ich komme doch schon, Ms Lainshore", rief Nora gut gelaunt zur Kutsche hinüber und sagte dann an Sam gewandt: „Jetzt, da der kleine Pechvogel wieder sicher bei seinem Herrn ist, können wir endlich weiterfahren. Wir haben sehr viel Zeit aufzuholen. Auf Wiedersehen, Mr Turner." Den letzten Satz betonte sie besonders und vollführte dabei einen bemerkenswerten Augenaufschlag.

Sam stieß verärgert die Luft aus. Es passte ihm nicht, dass er nicht dazu gekommen war, seine Frage zu stellen. Er hätte zu gern mehr über Ms Wilmington und Ms Lainshore erfahren. Mutter und Tochter waren sie wohl nicht. Diesbezüglich würde er sich wohl bis zu einem anderen Tag gedulden müssen. Dass er und Jack noch dazu zur Verantwortung für eine mögliche Verzögerung gezogen werden sollten, entlockte ihm ein missmutiges Knurren. Ein guter Kutscher machte dies ohne Weiteres wett. Vielleicht sollten sie sich einfach besseres Personal zulegen. Erst jetzt fiel ihm auf, dass von eben diesem Kutscher weit und breit nichts zu sehen war. Nora hatte die Kutsche bereits erreicht.

„Aber wie wollen Sie …", Sam stellte seine Frage nicht zu Ende, denn im nächsten Augenblick kletterte die junge Dame behände auf den Kutschbock und löste die Zügel. Mit gekonnter Bewegung dirigierte sie die Pferde, woraufhin sie sich in Bewegung setzten. Ohne sich umzublicken, lenkte Nora die Kutsche und trieb die Pferde schon bald zur Eile an. Sam konnte sich nicht daran erinnern, dass er jemals eine Dame von Rang gesehen hatte, die allein eine Kutsche lenkte. Und mindestens eine von beiden musste von Rang sein. Die Kutsche war ein Prachtstück. Er würde sich die fehlenden Informationen wohl bei seiner Mutter, der Viscountess Turner einholen. Sicherlich wusste diese, wie es um die Familiengeschichte der Wilmingtons oder Lainshores stand.

Bis zu seiner Ankunft auf Rickhamstead Manor, es dunkelte bereits, war er die Gedanken an die außergewöhnliche, offensichtlich verzogene und doch sehr hübsche Ms Wilmington nicht losgeworden.

Er brauchte sich nicht viel Mühe zu geben, um festzustellen, dass die Herren der Jagdgesellschaft längst auf dem Weg nach London waren. Abgesehen davon, dass keine fremden Droschken bei den Ställen standen, war es still und es brannten nur vereinzelt Lichter. Die Dämmerung legte sich wie ein dunkler Schleier über das Anwesen.

In London waren die Festlichkeiten sicherlich in vollem Gange. Seine Mutter liebte es hell und geschmückt. Gäste einzuladen bereitete ihr eine außerordentliche

Freude. Seit Tagen schon residierte die Viscountess in London und ging in den Vorbereitungen für den diesjährigen ersten Ball in Turner House auf.

Sam war an den Stallungen angelangt. Er hielt Jack im Arm, während er sein Bein über den Hals des Pferdes schwang und dann seitlich an ihm herunterglitt. Er übergab seine Stute einem Stalljungen, der überrascht angelaufen kam und die Zügel übernahm.

„Reibe sie gut ab. Gib ihr eine doppelte Portion Hafer und viel Wasser. Sie hat heute mehr als genug gearbeitet."

Der Junge nickte und führte das erschöpfte Tier eilig davon, um es zu versorgen. Sam sah sich um und betrachtete den Himmel. Es zeigte sich bereits in den verschiedensten tiefen und dunklen Rottönen. Jeff würde recht behalten. Wie sein Bruder es vorausgesagt hatte, war es Sam unmöglich, noch pünktlich in London zu erscheinen. Allein die Kutsche würde in der Dunkelheit mehr als zwei Stunden brauchen und er trug noch nicht einmal passende Kleidung. Er würde den Rest der Saison, wenn er irgendwann wieder die Gunst seiner Mutter erlangen wollte, mit jeder einzelnen unverheirateten Dame tanzen müssen, die ihm Gelegenheit dazu gab. Dolores Turner war eine angenehme und gerechte Person und sie neigte dazu, wenn sie sich im Recht wägte, nachtragend zu sein. Da sie aber über die Verbindungen der Gesellschaft und vor allem über sämtliche junge Damen im heiratsfähigen Alter Bescheid wusste, würde ihr Wohlwollen es ihm ungemein erleichtern, unauffällig Informationen über Ms Wilmington einzuholen.

„Komm schon, alter Freund", sprach er aufmunternd, mehr zu sich, als zu Jack, den er immer noch auf dem Arm hielt, „eine grauenhafte Saison wartet auf uns. Nutzen wir die Zeit sinnvoll und schauen uns deine Pfote genauer an. Bilde dir nicht ein, dass ich dich hier zurücklasse. Du kommst mit nach London. Du hast mir den Schlamassel schließlich eingebrockt." Er strich Jack über den Kopf und brachte den Hund in seine Gemächer. Dort ließ er sich Verbandstücher und Salbe bringen, um dann vorsichtig das Tuch von der Verletzung zu lösen.

Ms Wilmington hatte gute Arbeit geleistet. Die Wunde war von ihr gesäubert worden und würde schon bald verheilt sein. Nachdem der neue Verband angelegt war, bemerkte Sam die Stickerei auf dem schmutzigen Tuch. Es waren die Initialen N.W.

3.
LADY ELOISES ENTSCHLUSS

„Mylady, ich sage es nicht gern, aber Ihre Gesundheit bereitet mir einige Sorgen." Doktor Smith, seit Jahren Vertrauensperson, wenn es um die Gesundheit von Eloise Wilmington ging, runzelte die Stirn und räusperte sich.

„Ich nehme an, dass die geschwollenen Beine und Ihre immer häufiger auftretenden Schwächeanfälle im Zusammenhang stehen. Ich fürchte, es ist das Herz."

Eloise Wilmington ging unentschlossen einige Schritte nach links, dann wieder nach rechts. Dann blieb sie stehen, strich ihre Röcke glatt und verschränkte die vom Alter gezeichneten Hände ineinander. Eloise sah Doktor Smith freundlich an und formulierte ihre Frage mit Bedacht.

„Nun, was ist denn mit meinem Herzen nicht in Ordnung? Sprechen Sie offen. Was können Sie tun?" Mit geraden Schultern und aufmerksamem Blick wartete sie ab, was ihr der Arzt raten würde, um die lästigen Beeinträchtigungen endlich loszuwerden.

„Das ist es ja, Mylady. Ich fürchte, mir sind die Hände gebunden. Sie mögen mir den Ausdruck verzeihen. Ihr gesundheitlicher Zustand entspricht Ihrem Alter. Es ist nicht ungewöhnlich, dass die Kräfte nachlassen und gewisse Ermüdungserscheinungen auftreten."

Eloise sog hörbar die Luft ein und verzog ihre Mundwinkel ein winziges Stück nach unten. Für eine außenstehende Person wäre nicht erkennbar gewesen, dass sie um Contenance rang. Doktor Smith allerdings erkannte die Bemühungen seiner Patientin sehr genau.

„Sie nehmen wie immer kein Blatt vor den Mund, Doktor. Dafür sollte ich Sie teeren und federn oder vierteilen oder wenigstens in Schimpf und Schande davonjagen lassen. Aber zugleich möchte ich Ihnen meinen Dank aussprechen." Lady Wilmington trat einen Schritt auf Doktor Smith zu und nahm seine Hand. „Sagen Sie mir die Wahrheit. Wie viel Zeit bleibt mir noch?" Sie sah ihm tief und ernst in die Augen.

„Mylady, diese Frage kann ich unmöglich beantworten. Wir werden uns wohl überraschen lassen müssen." Doktor Smith hob entschuldigend die Schultern.

„Sie sind ein unverbesserlicher Narr, Doktor. Wie können Sie es nur wagen, so mit einer Lady zu sprechen." Eloises Stimme klang trotz der Bedrückung warm und herzlich.

„Es ist mir ebenso ein Rätsel wie Ihnen, meine Liebe. Ich weiß nicht, welcher Dämon mich zu solch törichtem Tun verleitet, wenn ich mich mit Ihnen in einem Raum befinde." Doktor Smith legte seine Hand auf die der Witwe Wilmington und schenkte ihr ein mitfühlendes Lächeln.

„Immerhin weiß ich, dass Sie so klug und ehrbar sind, über unsere gemeinsamen Themen zu schweigen."

„Sehr wohl, Mylady. Ich mag zuweilen ein Narr sein, aber verrückt bin ich deswegen nicht." Er zückte ein frisches Tuch und schnäuzte sich.

Eloise nickte abwesend, trat zurück und ließ ihren Blick aus dem Fenster wandern. Der März sorgte bereits für hellere Tage und an einigen Bäumen und Sträuchern zeigten sich die ersten frischen Knospen.

„Nun, Doktor, haben wir Zeit, die nächste Ballsaison abzuwarten?"

Doktor Smith räusperte sich und überlegte einige Sekunden. Seine Antwort erklang leise. „Darauf würde ich mich nicht verlassen, Mylady."

Eloise Wilmington nickte, gefasst und wenig überrascht.

„Dann werde ich ihr wohl endlich die Wahrheit erzählen müssen."

Sie verkündete ihren Entschluss voller Zuversicht und in Aufbruchsstimmung. Ihr Ton verriet nicht, wie sehr Eloise bei dem Gedanken daran das Herz schmerzte. Zu gut wusste sie, dass sie die Angelegenheit viel zu lange aufgeschoben hatte. Es wurde höchste Zeit. Ihre Enkelin wurde in etwas mehr als fünf Monaten achtzehn Jahre alt und war somit alt genug, um zu debütieren. Sie musste endlich Teil der Gesellschaft werden und angemessen verheiratet werden.

„Ich darf mich empfehlen?" Der alte Smith brachte sich vorsichtig wieder in Erinnerung.

„Selbstverständlich." Eloise wandte sich ihm zu und nickte. Doktor Smith deutete eine kurze Verbeugung an, griff nach seiner Tasche und verließ den Salon.

Für einige Sekunden stand Eloise wie erstarrt allein inmitten des blauen Salons, den Blick auf die Tür gerichtet. Dann fasste sie sich, trat hinüber zu dem großen Spiegel, der an einer der Längsseiten des Raumes angebracht war, und betrachtete ihr Ebenbild. Sie war eine ansehnliche Frau Anfang sechzig, mit üppiger Figur und vollem Haar. Nach dem Tod ihres Gatten, Viscount Wilmington, hatte sich Eloise entschlossen, nicht wieder zu heiraten. Sie bereute diese Entscheidung nicht. Aber es ließ sich nicht leugnen, dass sie in der letzten Zeit deutlich schwächer geworden und auch ihr Haar nicht mehr nur grau, sondern fast weiß geworden war. Ihr normalerweise munteres und freundliches Gesicht verriet unverblümt die Tatsache, dass aus Eloise Wilmington eine Lady höheren Alters geworden war. Sie glaubte an die Fähigkeiten und vertraute dem Urteil des alten Smith. Er lag sicherlich richtig mit seiner Diagnose. Ihr Herz lag im Verborgenen, aber Eloise wusste, dass es sich nichts vormachen und nicht vertrösten ließ. Freilich, verwundert war sie darüber nicht. Es hatte genug Leid ertragen, durfte sich zurecht alt und erschöpft fühlen, doch sie war noch nicht bereit, diese Bühne zu verlassen.

Eloise straffte die Schultern. Bevor sie das Zeitliche segnete, galt es, ihrer Enkelin endlich die Wahrheit zu sagen und ihr eine angemessene Zukunft zu sichern. Beides waren keine einfachen Aufgaben, aber die Zeit drängte und es gab keinen Grund mehr, diesen wichtigen Schritt aufzuschieben. Sie seufzte, ihre Tränen hatte sie bereits vor langer Zeit aufgebraucht. Die einzige Tochter, Enkeltöchter und ihren Mann hatte sie ausgiebig beweint. Doch auch wenn keine Träne mehr fließen wollte, so saß der Schmerz tief und sie hatte ihn nie überwunden.

Eloise musste sich setzen. Überfallartig legte sich Trauer auf ihre Brust und erschwerte das Atmen. So lange lag dieses schreckliche Ereignis nun schon zurück, mehr als siebzehn Jahre. Sie hatte in der Feuernacht nicht nur ihre einzige Tochter Abigail verloren, sondern auch drei Enkelkinder. Eleanor war wie ein Wunder zu ihnen gelangt.

Zehn gemeinsame Jahre hatte Eloise mit ihrem Mann und dieser gelebt. Nun verbrachte sie ihre Zeit als Witwe auf Wilmington Hall. Das Kind und seine schreckliche Geschichte hatten sie in die Verantwortung genommen und schließlich davor bewahrt, in ihrem eigenen Leid zu vergehen. Dieses aufmüpfige, kluge und einfühlsame Kind hatte dafür gesorgt, dass weiterhin Leben auf Wilmington Hall herrschte und sie gebraucht wurde.

Doch nun gab es kein Entrinnen mehr. Auch Eloises Zeit auf Erden war gezählt. Sie musste sich um die Zukunft ihrer Enkelin und auch ihre eigene kümmern. Eleanor sollte einen Mann finden, den sie lieben konnte und in dessen Händen ihr Erbe sicher war. Sie selbst hatte als Witwe einen besonderen Status. Doch ihre Enkelin brauchte einen guten Ehemann, der das Vermögen zusammenhielt. Wilmington Hall, das Anwesen in Hertfordshire in der Nähe von London gehörte ebenso dazu wie das Londoner Stadthaus, welches die längste Zeit ungenutzt geblieben war. Das würde sich nun ändern. Bereits in wenigen Wochen würden sie sich für die kommende Saison in London einrichten.

Eloise seufzte abermals. Die Zeit war gekommen. Eleanor durfte nicht länger in dem Glauben leben, sie sei ein Mündel des Viscounts, das Kind einer weit entfernten Cousine. Sie sollte in Bälde die Wahrheit erfahren und ihre Rolle als Tochter eines Earls mit Würde annehmen. Doch zuvor musste sie mit Margaret sprechen. Lady Wilmington klingelte nach dem Personal.

„Lassen Sie Ms Lainshore kommen und bringen Sie uns Tee." Das Dienstmädchen blieb stehen.

„Verzeihen Sie, Mylady, Ms Lainshore und Ms Wilmington sind noch nicht wieder zurück."

„Ach nein? Wo sind sie denn?" Eloise warf ihr einen auffordernden Blick zu und verschränkte die Finger, als könnte sie ihre Frage damit unterstreichen.

„Mit der Kutsche ausgefahren."

„Wie sollte es auch anders sein ..." Eloise stieß matt die Luft aus und nickte resigniert. „Dann geben Sie Ms Lainshore Bescheid, sobald die beiden von ihrem Ausflug zurückgekehrt sind, dass ich sie gern im Salon sprechen möchte, und dann bringen Sie uns Tee. Lange kann es wohl nicht mehr dauern. Es ist bereits später Nachmittag."

Das Dienstmädchen schloss die Tür und Eloise, nun von angespannter Nervosität getrieben, durchquerte den Salon erneut. Die gegenüberliegende Längsseite des Raums, die durch hohe Glasfenster und drei Doppelflügeltüren, ebenfalls aus Glas, bestach, gab den Blick auf eine üppig mit Blumentöpfen dekorierte Terrasse frei. Dahinter erstreckten sich der aktuell blütenlose Rosengarten und die sattgrünen Ländereien. Eloise öffnete eine der Türen und sog die frische Frühlingsluft ein. Sie spielte mit dem Gedanken, auf der Terrasse in einem der Korbsessel Platz zu nehmen und dort auf Margaret zu warten, unterließ es dann aber, denn die Sonne entschwand bereits langsam. Sie würde sich nur verkühlen.

Bevor sie Eleanor in die Geheimnisse der Familie einweihte und deren Leben auf den Kopf stellte, musste sie das Gespräch mit Margaret suchen. Diese hatte seit Eleanors Ankunft in Wilmington Hall die Erziehung des Kindes übernommen, war Freundin, mütterliche Vertraute und in den letzten Jahren Gesellschafterin für ihre Enkelin gewesen. Arthur Linfield, der Kutscher, kümmerte sich seit jenem Tag um Pferde und den Fuhrpark. Von ihm hatte Eleanor Reiten und Fahren gelernt.

Diese seltsame Konstellation war über all die Jahre gewachsen und hatte alle Beteiligten nach dem Tod des Viscounts noch weiter zusammengeschweißt. Arthur und Margaret waren keine üblichen Bediensteten. Die beiden würden sich nie mehr um eine andere Anstellung bemühen müssen. Niemand hatte bisher von Eleanors Herkunft erfahren. Der Viscount sah sich zu großem Dank verpflichtet und so erhielten beide, Margaret Lainshore und Arthur Linfield, eine überdurchschnittliche Entlohnung, gebunden an die Verpflichtung, so lange zu bleiben, wie es für Eleanors Zukunft notwendig war.

Eloise musste sich bis nach dem Dinner gedulden. Erst dann ergab sich die Möglichkeit für eine unauffällige Aussprache mit Margaret im kleinen Salon.

„Nun ist der Tag also gekommen, Lady Wilmington", stellte diese fest.

„Ich gebe zu, ich zittere ebenso wie Sie, meine liebe Margaret, aber die Zeit der Schonung ist vorüber. Eleanor ist nun alt genug. Sie muss in die Gesellschaft eingeführt werden und erfahren, wer sie ist.“

„Eleanor“, flüsterte Margaret, die seit deren Geburt keinen Tag von ihrer Seite gewichen war, die mit all ihrer Kraft dafür gesorgt hatte, dass aus dem kleinen Geschöpf eine junge Dame herangewachsen war, die sich standesgemäß benehmen und Konversation betreiben konnte. Niemand hatte den Namen des Mädchens je wieder ausgesprochen, nachdem sie dem Flammeninferno entkommen und bei ihren Großeltern Zuflucht gefunden hatte.

Die Entscheidung, Eleanor als Mündel aufzunehmen, hatte der Viscount schnell gefällt. Spencer Morton, der Earl of Felleringtonworth, der verrückte Earl, der Mörder seiner einzigen Tochter samt Kindern, hatte genug Schaden angerichtet und Schande über die Familie gebracht. Eleanor sollte, solange es nur ging, von den Folgen seiner Taten verschont bleiben.

Damals dachte auch Eloise, dass dies eine kluge Entscheidung ihres Gatten wäre, denn der neue Earl, ein weit jüngerer Vetter Spencers, der bald darauf den Titel erlangte, sorgte ebenfalls für Unannehmlichkeiten. Er war ein Mann, der sich nicht an die Etikette hielt, bescherte dem Adel in bemerkenswerter Regelmäßigkeit einen Skandal nach dem anderen und hatte auf diese Weise auch das Blut des Viscounts regelmäßig in Wallung gebracht. Simon Morton fand sein plötzliches Ende, als er sich mit dem Sohn eines irischen Grundbesitzers duellierte. Über die Hintergründe wurde in angesehenen Kreisen, selbstverständlich hinter vorgehaltener Hand, wild spekuliert. Aufgeklärt wurden sie leider nie und zu Eloises Betrübnis erlebte Viscount Wilmington diesen letzten Skandal im Hause Felleringtonworth nicht mehr.

Die Entscheidung, Abigail mit Spencer Morton zu verheiraten, hatte der Viscount sich selbst nie verziehen. Gegen das Arrangement an sich war nichts einzuwenden gewesen, bis Spencer dem Wahnsinn verfallen war. Der Viscount hatte sich durch die geschäftlich motivierte Heirat große Schuld auf die Schultern geladen. Das Leid, welches seiner Familie angetan wurde, sah er durch sich verursacht. Dass dieses kleine Wesen, dieses Mädchen den Weg nach Hertfordshire auf so wundersame Weise überstanden hatte, war dem Viscount ein Zeichen des Himmels gewesen. Eleanor Morton, nun Nora Wilmington, war nur ein Mädchen, ohne Anspruch auf Titel oder Erbe, aber sie war nun einmal die Letzte seiner Blutlinie, sie gehörte zur Familie und er wollte ihr Leben beschützen, Wiedergutmachung leisten. Doch zunächst sollte Gras über die Angelegenheit wachsen.

So erfuhr niemand davon, dass Eleanor seine einzige Enkelin war, sondern sie blieb Nora, das Mündel, dessen Mutter das Kindbettfieber dahingerafft hatte. Der große Kummer über all die schrecklichen Geschehnisse und Geheimnisse brach ihm jedoch irgendwann das Herz. Seine bittere Reue nahm er mit ins Grab.

Nach dem plötzlichen Tod ihres Gatten hatte Eloise nichts an dessen Arrangement geändert. Damals hatte sie den Wunsch gehabt, das Kind nicht unnötig durcheinander und in Aufruhr zu bringen. Ihre Enkelin war bis zu diesem Zeitpunkt wohlbehütet in Wilmington Hall aufgewachsen und daran sollte sich auch nichts ändern. Also blieb Eloise die Tante des Mädchens und Ms Lainshore war einfach Margaret, die Vertraute, die Eleanor immer mit Rat und Tat zur Seite stand. Eleanor lernte Schreiben, Rechnen, Sticken, Französisch und Tanzen. Sie konnte bezaubernd Klavier spielen und verbrachte, wie Eloise befand, viel zu viel Zeit im Stall mit den Pferden oder aber, wie skandalös, auf dem Kutschbock.

Doch dagegen erhob die Witwe Wilmington keine Einwände. Arthur Linfield war ein treuer Mensch. Er hatte Ms Lainshore und das Baby damals über mehrere Tage bei Nacht und Nebel lebendig und unversehrt nach Wilmington Hall gebracht. Arthur Linfield trug eine enorme Loyalität in sich und Eloise wusste, dass er jederzeit sein Leben für Eleanor geben würde.

„Ja, Eloise. Ich werde noch morgen mit ihr sprechen.“

Eloise hatte sich einige Zeit von ihren Gedanken ablenken lassen. Nun konzentrierte sie sich wieder auf das Gespräch mit Margaret.

„Veranlassen Sie alles Notwendige für unsere Reise nach London und sorgen Sie dafür, dass das Haus für unsere Ankunft vorbereitet wird. Die Ballsaison ist unumgänglich, wenn Eleanor einen Ehemann finden soll. Der *ton* darf sich wohl auf eine Überraschung gefasst machen.“

4.
DAS GEHEIMNIS

Am darauffolgenden Tag, gleich nach dem Frühstück, wollte Eloise ihre Enkelin endlich über die Wahrheit aufklären. Sie hatte Eleanor und Margaret in den Salon einbestellt, wo sie selbst bereits Platz genommen hatte. Nun verwendete sie große Mühe darauf, sich ihre Schwermut nicht anmerken zu lassen, als Margaret den Raum betrat. Aber auch diese, Geheimnisträgerin und mittlerweile Vertraute im Hause Wilmington, schien von trüben Gedanken geplagt. Eloise wusste, dass es Margaret in all den Jahren nicht leichtgefallen war, Eleanor, die sie von Herzen liebte, nicht nur im Ungewissen, sondern mit einer Lüge aufwachsen zu lassen. Die Welt des Menschen, den Margaret mit ihrem eigenen Leben beschützt hatte, nun mit der Wahrheit zu konfrontieren, brach ihr vermutlich das Herz.

Eloise atmete schwer und bedeutete Margaret mit einer dezenten Handbewegung, auf dem Sessel zu ihrer Rechten Platz zu nehmen. Zwischen Lady Wilmington und Margaret hatte sich im Laufe der Jahre ein eigentümliches und vertrautes Verhältnis entwickelt. Sie gingen behutsam und fast familiär miteinander um, zumindest wenn sie unter sich waren, und das waren sie meistens, denn Empfänge oder größere Gesellschaften hatte es in den letzten Jahren nur wenige auf Wilmington Hall gegeben. Eleanor war die Teilnahme an solchen Veranstaltungen bisher nicht erlaubt gewesen. Dies würde sich nun ändern. Sie würde debütieren, in die Gesellschaft eingeführt werden und eine neue Welt betreten.

Der enge Personenkreis, mit dem sie aufgewachsen war, zählte nur wenige Menschen. Dazu gehörten neben Eloise, Margaret und Arthur Linfield nur noch die Bediensteten im Haus. Diese waren seit vielen Jahren fest dort angestellt. Wechsel hatte es selten gegeben.

Die Anordnungen, welche Lord Wilmington zu Lebzeiten zum Schutz des Kindes getroffen hatte, hatten sich über einen langen Zeitraum für alle Beteiligten von Vorteil erwiesen. Doch nun war Eleanor eine junge Dame und Eloise wusste nicht, wie viel Zeit ihr selbst noch auf Erden blieb. Es wurde höchste Zeit, die Wahrheit ans Licht zu bringen. Schließlich bestand der Sinn, dieses Geheimnis über viele Jahre zu hüten, nicht darin, Eleanor einer ungewissen Zukunft zu überlassen. In den ersten Jahren war es besonders schwer gewesen, das Geheimnis zu bewahren. Doch nach und nach war das neugierige Interesse an dem Kind und überhaupt an dem Schicksal der Wilmingtons geringer geworden.

Selbstverständlich war Eleanors Existenz in Adelskreisen noch immer bekannt, aber da der *ton* nichts über ihre tatsächliche Abstammung wusste, nahm man die Situation als gegeben hin.

„Wie geht es Ihnen, Margaret?", fragte Eloise erschöpft. Die Nervosität vor dem Unvermeidlichen belastete Eloises Kreislauf und begünstigte die lästigen

Schwindelanfälle. Sie bewahrte Haltung, musste aber für einen Moment die Augen schließen.

Margaret saß mit geradem Rücken und verschränkten Fingern versteift in einem Sessel und schien nach den geeigneten Worten zu suchen, ihre Gefühle auszudrücken.

„Sprechen Sie offen", ermunterte Eloise sie.

„Mylady, ich fürchte mich. Seit ihrer Geburt habe ich keinen Tag ohne Nora, Verzeihung, Eleanor verlebt. Das Vertrauen, das mir die Countess entgegengebracht, die Verantwortung, die sie mir übertragen hat, habe ich angenommen und immer für Eleanors Wohlergehen gesorgt, soweit es mir möglich war. Dieses Geheimnis war neben der Trauer eine schwere Bürde. Je länger ich es mit mir herumtrug, desto größer wurde meine Angst vor eben diesem Tag." Die Farbe war aus Margarets Gesicht gewichen, die Ringe unter den Augen zeichneten sich deutlich ab.

Eloise fürchtete sich ebenfalls. Das sagte sie selbstverständlich nicht. „Nun, meine Teure, wir können uns dem Unvermeidlichen nicht entziehen. Die Dinge liefen gut, so wie sie waren, nun sind Änderungen notwendig und denen werden wir uns stellen."

Eloise formulierte ihre Worte klar und deutlich. Trotzdem begehrte Margaret behutsam auf.

„Die Neuigkeiten werden Eleanor furchtbar durcheinanderbringen. Müssen wir ihr die vollständige Geschichte erzählen? Oder gibt es nicht doch noch eine Möglichkeit, dass sie einfach Ms Wilmington bleiben kann?"

„Nein, das kann und will ich nicht. Gewiss wird sie bestürzt sein. Mag sein, dass sie einige Zeit brauchen wird, um zu begreifen, was wir ihr offenbaren. Aber wir wissen auch, welch starkes Gemüt ihr innewohnt. Es führt kein Weg daran vorbei, sie muss die vollständige Wahrheit erfahren. Es ist nicht nur mein Wille, sie hat ein Recht darauf, zu erfahren, woher sie kommt, wo ihre Wurzeln sind. Es wird sich nicht vermeiden lassen, wenn wir sie nicht unter falschem Namen in die Gesellschaft einführen wollen. Stellen Sie sich vor, ihre Geschichte käme dann ans Licht. Es gäbe einen Skandal, der sie und uns alle ruinierte."

Margaret Lainshore presste die Lippen zusammen und Eloise versuchte unnötigerweise das bestickte Kissen in ihrem Rücken zu richten, bevor sie weitersprach.

„Margaret, ich verstehe Ihre Bedenken, aber meine Entscheidung steht bereits fest. Auch wenn Sie es jetzt noch nicht glauben mögen, Eleanors Chancen auf eine gute Ehe stehen als Tochter des verrückten Earls immer noch besser, als die eines Mündels von irgendwo."

„Ach Lady Wilmington, wenn es mir dabei nur nicht so schwer ums Herz würde. Ich wünschte, es wäre schon längst vollbracht."

„Das wünschte ich allerdings auch. Ich hoffe, Eleanor hat einen guten Grund für ihre Verspätung." Eloise zupfte erneut an ihrem Kissen und sah ungeduldig zur Tür des Salons. Ihre Enkelin ließ auf sich warten.

Schließlich beschloss Eloise, Margaret bis zu deren Eintreffen zu einem anderen wichtigen Thema zu befragen. Die Einführung in die Gesellschaft bedeutete für Eleanor zum einen, dass sie nun an den Festen und Bällen des Adels teilnehmen durfte, zum anderen, dass sie eine heiratsfähige junge Dame war, die einen Ehemann suchte. Dafür war es notwendig, über den Sommer nach London zu ziehen und an der jährlichen Ballsaison teilzunehmen.

„Wie weit sind Ihre Vorbereitungen für unseren Umzug? Wird man uns anständig empfangen? Ich wünsche nicht, dass Eleanor einen Ball versäumt, weil es in unserem Haus drunter und drüber geht."

Doch bevor Margaret antworten konnte, war die Tür zum Salon leise geöffnet worden und Eleanor trat ein.

„Du willst auf einen Ball gehen, Tante Eloise?" Die junge Dame trat näher, setzte sich auf den freien Sessel und legte ihre Stickarbeit, die sie mitgebracht hatte, vorsichtig auf dem Schoß ab. Nun sah sie abwechselnd zu Eloise und Margaret. Selbstverständlich war ihr die Anspannung auf den Gesichtern der beiden nicht verborgen geblieben.

„Was ist geschehen? Ihr seht nicht aus, als wolltet ihr auf einen Ball, sondern auf eine Beerdigung. Ist jemand gestorben?" Eleanor stand sofort wieder auf und zog an der Klingel. „Ich lasse uns Tee bringen. Mit einem anständigen Getränk lässt sich beinahe jede Notlage überwinden." Sie lächelte aufmunternd und setzte sich wieder.

„Hoffen wir, dass du recht behältst", raunte Eloise und zog dabei etwas die Augenbrauen nach oben. Sie entschied sich dann aber zu warten, bis der Tee serviert wurde, bevor sie das entscheidende Thema aufgreifen wollte.

Margaret, die mittlerweile unruhig ihre Finger knetete, begann von den bevorstehenden Ereignissen in London zu berichten.

„Wie jedes Jahr wird im Frühling die Ballsaison eröffnet, also schon bald. Alle unverheirateten Damen der Gesellschaft nehmen daran teil. Sie lernen wichtige Personen der Gesellschaft kennen und signalisieren ihren Wunsch, zu heiraten. Diejenigen, die ihren ersten Ball besuchen, sind die Debütantinnen.“

„Ja natürlich, Margaret. Das weiß ich doch alles längst. Es erklärt allerdings nicht eure Verdrießlichkeit. Ich dagegen hätte allen Grund, mich zu grämen. Soweit ich weiß, werde ich mich noch ein ganzes Jahr in Geduld üben müssen, bevor ich auf einen Ball gehen darf.“

Eloise zupfte erneut an dem Kissen hinter ihrem Rücken herum. Dann überwand sie ihr inneres Widerstreben. Sie wandte sich ihrer Enkelin zu und sprach sehr würdevoll. „Meine Liebe, dann wird es dir eine wahre Freude sein, zu erfahren, worüber wir soeben sprachen. Es ist nicht zu vermeiden, vielmehr von außerordentlichem Interesse, dich bereits in diesem Jahr debütieren zu lassen.“

Eleanor starrte Eloise sekundenlang an, ohne auch nur eine Silbe verlauten zu lassen. Dann sah sie unschlüssig zu Margaret und wieder zurück zu Eloise.

„Ich verstehe nicht …“, hob sie an. Die Freude über die Neuigkeiten wollte zu gerne aus ihr heraus, aber die betretenen Gesichter, in die sie blickte, bremsten ihre Euphorie.

„Ihr sitzt beisammen, als sei es keine gute Nachricht. Ihr seht besorgt aus. Glaubt ihr etwa, ich könnte mich nicht angemessen benehmen und den Namen Wilmington der Blamage preisgeben?“ Ihre eigenen Worte schienen sie zu ängstigen, denn nun sah auch sie aus, als bräuchte sie einen starken Tee.

„Nein, das ist es nicht", stellte Eloise besänftigend klar. Sie begann wieder an dem Stickkissen in ihrem Rücken zu zupfen. „Ich frage mich, warum der Tee so lange auf sich warten lässt."

Eleanor antwortete nicht. Stattdessen erhob sie sich, um Eloise mit dem Kissen behilflich zu sein. „Ich kann deine Unruhe kaum ansehen." Sie zog das Kissen hervor, schüttelte es auf und schob es Eloise wieder in den Rücken. „Ist es so besser?" Eloise nickte nur und Nora nahm erneut Platz.

„Oh bitte, verratet es mir. Werden wir in diesem Jahr nach London fahren und auf einen Ball gehen oder nicht?"

Der Tee wurde serviert. Eloise wartete, bis sie wieder unter sich waren, bevor sie fortfuhr.

„Ja, meine Liebe, wir werden auf einen Ball gehen."

„Wie wunderbar!" Eleanor klatschte verzückt in die Hände.

„Ich bin davon überzeugt, dass die richtige Zeit gekommen ist und wir uns auf die Suche nach einem Ehemann für dich begeben werden. Du bist hübsch, klug und gesund. Es wird sicherlich nicht sehr schwer werden, jemanden zu finden, der dir gefällt."

Die Aufregung kroch in Eleanor hoch, umschlang ihre Knie und ließ sie matt werden. Die Finger wurden von einem leichten Zittern ergriffen, unter ihrer Brust schlug ein nervöses, aufgeregtes Herz. Der Gedanke daran, einen Ehemann zu finden und zu heiraten, war zweifelsfrei aufregend. Wie schon so häufig in den letzten Monaten schlich sich der Gedanke an den Gentleman und seinen Hund, dem sie im vorletzten Jahr begegnet war, in ihren Kopf. Ob dieser Mr Turner auch in besagten Kreisen verkehrte? Sie hatte seinen Namen nicht vergessen. Ob sie ihn schon bald wiedersah?

Eloise störte ihre Gedanken und holte Eleanors Aufmerksamkeit wieder in den Salon zurück.

„Dies bedeutet nicht nur, dass wir Wilmington Hall für eine Weile verlassen und nach London ziehen werden. Unser Leben wird sich ab sofort ausgesprochen abwechslungsreich gestalten. Du wirst entsprechende Kleider für die vielen festlichen Anlässe benötigen und die werden wir in der Stadt anfertigen lassen. Wir werden Gäste empfangen und unsererseits unsere Aufwartung machen."

Eleanor wurde abwechselnd warm und kalt, Nervosität, Vorfreude und Ungewissheit verursachten ihr Beklemmungen. Sie musste sich stark auf ihre Atmung konzentrieren, bevor sie sprach. „Also gut, dann ziehen wir nach London." Sie hatte nicht so viel Überzeugung in ihre Worte gelegt, wie sie gehofft hatte. Um ihre Unsicherheit zu überspielen, trank sie einen Schluck Tee und biss in ein Stück Gebäck.

„In diesem Zusammenhang gibt es noch weitere Themen, über die ich mit dir sprechen muss." Eleanor hob interessiert den Blick.

„Du bist nicht nur alt genug, dich bald zu verheiraten, du bist auch alt genug, um endlich ein großes Geheimnis zu erfahren."

Eleanor hörte auf zu kauen. Dem Ton ihrer Tante nach zu urteilen, konnte es sich bei diesem Geheimnis um kein angenehmes handeln.

„Du wirst achtzehn Jahre alt und ich hätte mich längst der Aufgabe widmen sollen, eine angemessene Heirat für dich in die Wege zu leiten. Aber dieses dunkle Geheimnis lag wie ein Schatten über uns.“ Eloise schloss die Augen, der Schwindel arbeitete gegen sie. Mühsam brachte sie die nächsten Worte heraus.

„Nun, die Vergangenheit kann nicht ungeschehen gemacht werden und die Zukunft ist ungewiss. Aber es ist mein Ziel, dass du versorgt bist, wenn ich nicht mehr bin.“

„Was soll das bedeuten, wenn du nicht mehr bist? Bist du krank?“ Eleanor war hellhörig geworden. Überhaupt klang alles, was ihre Tante erzählte, etwas kurios.

„Nein, natürlich nicht.“ Eloise blieb ihrem Vorhaben treu. Sie versuchte, ihre Enkelin zu beschwichtigen. Von ihrem Leiden würde sie ihrer Enkelin keinesfalls erzählen.

„Sei beruhigt. Mir geht es ausgezeichnet. Allerdings weiß ich, dass ich nicht ewig leben werde, leider. Irgendwann werde auch ich loslassen müssen.“

Eleanor ließ die Worte auf sich wirken. Vorsichtig sprach sie ihre Gedanken aus. „Noch in der letzten Woche hast du keinen Gedanken an Bälle und eine Ehe verschwendet. Und du hast soeben ein Geheimnis erwähnt. Ich weiß gar nicht, wie lange ich mich noch ruhig halten kann vor lauter Ungeduld.“

Eloise erwiderte nichts, sondern trank einen Schluck Tee. Als sie die Tasse wieder auf dem Tisch abstellte, verriet das leise Klirren des Porzellans, dass ihre Hand zitterte.

„Nora Wilmington, es gibt etwas, das du wissen musst."

Eine Dreiviertelstunde später war aus Nora Wilmington Eleanor Morton, die einzige lebende Tochter des verstorbenen Earls of Felleringtonworth geworden.

Mit ungläubigen, glasigen Augen und bleichem Gesicht starrte sie abwechselnd Eloise und Margaret an. Eleanor wusste nicht, was sie fühlen sollte. Sie war ihr Leben lang belogen worden. War nicht mehr die Person, die sie fast achtzehn Jahre lang geglaubt hatte zu sein. Und die Person, die sie von nun an sein sollte, war ihr vollkommen fremd.

„Ich bitte um Erlaubnis, mich zurückziehen zu dürfen." Sie legte alle ihr noch zur Verfügung stehende Selbstbeherrschung in ihre Worte.

Eloise nickte erschöpft und sah ihrer Enkelin nach, die sich ohne zu zögern erhob und den Salon verließ.

„Sie ist nicht glücklich über die Neuigkeiten", stellte Margaret betrübt fest und tupfte sich einige Tränen aus dem Augenwinkel.

„Natürlich nicht. Wer wäre das schon." Eloise stand auf, trat hinüber an eines der großen Fenster und blickte hinaus. Das satte Grün der Hügel konnte heute seine beruhigende Wirkung nicht entfalten.

„Nun gehen Sie ihr schon nach", stieß sie müde hervor und warf einen Blick über ihre Schulter. Dankbar stand Margaret auf und eilte Eleanor hinterher.

Endlich allein gab auch Eloise sich einem traurigen Seufzer hin. Abigail war ihr plötzlich wieder so nah. All die Jahre, war Eloise eine fremde Tante für Eleanor gewesen, eine, die sich um das Mündel ihres Gatten gekümmert hatte. Nun war die Wahrheit enthüllt. Plötzlich war Eloise die Großmutter, die ihrer Rolle nie gerecht geworden war. Viel zu viel Zeit war vergangen und nun musste Eleanor die Wahrheit verkraften, in die Gesellschaft eingeführt werden und sich in Bälde verloben.

„Kleider", flüsterte Eloise und versuchte sich auf etwas Sinnvolles zu konzentrieren. Eleanor würde ein paar hübsche neue Kleider benötigen. Dann galt es, sich um die Einladung zum ersten Ball zu kümmern. Die Nachricht, dass Ms Wilmington in Wahrheit Eleanor Morton war, würde sich schon bald wie ein Lauffeuer verbreiten. Eloise zog bei diesem Vergleich erschüttert die Augenbrauen zusammen.

Nun, man würde Eleanor mit gemischten Erwartungen empfangen und begutachten. Sie war trotz aller Vorgeschichte eine gute Partie. Immerhin war sie die Tochter eines Earls und die Enkelin eines Viscounts. Es war an der Zeit, dass Eleanor ihren Platz in der Gesellschaft fand und wer wusste schon ... vielleicht war ihr sogar eine Liebesheirat vergönnt.

Eloise fühlte die Schatten und Schmerzen der Vergangenheit wieder zum Leben erweckt. Abigails Schicksal war mit dem Vertrag besiegelt, den der Earl und der Viscount geschlossen hatten. Sie hatte den Earl geheiratet, er hatte sie mit nach Grithwood Castle genommen und obwohl sie ihm eine gehorsame Gattin war, hatte sie ein schrecklicher, früher Tod ereilt. Ein solch tragisches Schicksal sollte Eleanor erspart bleiben.

5.
PLÄNE FÜR DIE ZUKUNFT

Nora Wilmington wollte sich nicht mit ihrem neuen Ich anfreunden. Eleanor Morton war eine Fremde, eine außerordentlich bedauernswerte Person, die ihr größtes Mitgefühl verdiente. Eine Person, die sie aber nicht kannte und mit der sie keinesfalls tauschen wollte. Die Geschichte, die ihr Tante Eloise und Margaret erzählt hatten, war haarsträubend, grausam und todtraurig. Sie zerriss ihr das Herz. Eleanor wollte weder Teil einer solchen Geschichte sein noch den Namen Nora, an den sie sich bestens gewöhnt hatte, ablegen. Sie wollte das Leben von Eleanor Morton nicht. Sie wollte auch nicht die Tochter des verrückten Earls sein. Die Tochter des Mannes, der seine Familie ausgelöscht hatte, des Mannes, den offenbar alle in der Gesellschaft kannten und verabscheuten. Sie wollte nicht die einzige Nachfahrin dieses Monsters sein, konnte sich nicht vorstellen, dass und wie sie dem flammenden Inferno entkommen war. Seit sie denken konnte, hatte Eleanor Fragen über ihre Herkunft und ihre Mutter gestellt. Sie hatte immer die gleiche Auskunft erhalten. Sie wusste, dass ihre Mutter kurz nach der Geburt gestorben und sie deshalb schon als Baby in Wilmington Hall aufgenommen worden war. Alles in allem nicht gelogen und trotzdem nicht die Wahrheit. Die Feuersbrunst war nur eine der wesentlichen Informationen, die ihr unterschlagen worden waren. Die Vorstellung davon, was sich in der Nacht ihrer Geburt abgespielt haben musste, dass Mutter und Schwestern in den Flammen umgekommen waren und sie allein überlebt hatte, war unerträglich. Obwohl sie großes Mitgefühl, grenzenloses Bedauern für diese Person in sich trug, war und blieb Eleanor Morton eine Fremde.

Sie hatte sich so sehr darauf gefreut, nach London zu reisen, endlich am Leben der anderen teilzunehmen, zu tanzen und einen Ehemann zu finden, mit dem sie Kinder haben würde. Sie wollte so gern eine eigene Familie. Doch nun fürchtete sie sich davor. Sie sollte von jetzt auf gleich eine andere sein. Unvorstellbar. Niemand würde Nora Wilmington kennenlernen. Wie ungerecht. Ihr bisheriges zurückgezogenes und angenehmes Leben wurde ausgelöscht – ersetzt durch einen Skandal und einen Namen, der ihr zuwider war.

Zwar hatte Eleanor in der Vergangenheit auch befürchtet, sie könnte auffallen und sich blamieren, wenn ihr ein Missgeschick hinsichtlich der Etikette geschah und dies hatte sie bei aller Träumerei nervös gemacht. Doch nun fürchtete sie sich vor den wissenden Blicken, dem Gerede hinter vorgehaltener Hand. Dem Mitleid und vielleicht auch der Verachtung für den Mann, der ihr Vater gewesen war.

Natürlich würden die Damen der Gesellschaft ihre Geschichte in jeder Teegesellschaft aufbereiten und diskutieren. Würden die Menschen es wagen, sie offen anzustarren oder schlimmer noch, Fragen zu stellen, auf die sie keine Antwort hatte?

Wie sollte sie je wieder Ordnung in ihr Dasein bekommen? Was konnte sie tun, um sich nicht selbst zu verlieren? Eleanor trug nicht nur die Angst vor den anderen mit sich herum, nicht nur die Sorge, nicht zu wissen, wer sie in deren Augen war. Die herbe Enttäuschung über die gestandene Lüge, die ihr Leben bisher gewesen war, hatte sie hart getroffen. Diese machte sie selbst zur Lügnerin, in jedem Augenblick, in dem sie Nora Wilmington war. Paradox, denn es fühlte sich genau andersherum an. Von nun an Eleanor Morton zu sein, schien grotesk und falsch. Es schien ihr unmöglich und sie fürchtete, die Freude am Leben für immer verloren zu haben.

Mit hängenden Schultern stand sie am Fenster und starrte in einen trüben Tag. Alles um sie herum, ganz Wilmington Hall, zeigte sich verändert. Fremd. Plötzlich schienen die Wände ihrer Gemächer näherzukommen, sie raubten ihr den Platz zum Atmen, schienen sie erdrücken zu wollen. Rasende Panik erfasste sie. Es gab nur noch einen Wunsch: hinaus. Von ihrem Fenster aus konnte sie die Stallungen überblicken. Einige der Pferde schritten gemächlich durch den Auslauf. Dorthin zog es Eleanor und im nächsten Augenblick war sie schon auf dem Weg.

Obwohl sie schon oft in den Stall geschlüpft war und sich eine vierbeinige Begleitung für einen einsamen Spaziergang geholt hatte, achtete sie darauf, dass Arthur sie nicht entdeckte. Sie hatte noch kein Wort mit ihm gewechselt, seit das große Geheimnis gelüftet worden war und sie von seiner Rolle in der Geschichte erfahren hatte. Arthur war ihr immer ein vertrauter Mensch gewesen. Doch auch er hatte ihr die Wahrheit vorenthalten. Er kannte ihre Geschichte, hatte die große Tragödie miterlebt. Er sah sie mit anderen Augen, als sie sich selbst.

Eleanor konnte und wollte niemanden von ihnen ertragen, weder Arthur noch Margaret und schon gar nicht Tante Eloise, besser gesagt ihre Großmutter. Sie musste allein sein. Sie brauchte Zeit, über all das nachzudenken und vielleicht war es ihr sogar möglich, über ihre Verluste zu weinen. Sie hatte nicht nur Mutter und Schwestern verloren, sondern auch sich selbst.

Geräuschlos und unbemerkt betrat sie die Sattelkammer, nahm sich einen der Führstricke, ging wieder hinaus und näherte sich langsam der Koppel. Eine Schimmelstute hob den Kopf, als Nora dort ankam und bedrückt ihre Arme auf den Zaun legte. Gemächlich setzte sich das Tier in Bewegung und trottete durch den aufgeweichten Boden zu ihr hinüber.

„Hallo, meine Gute. Du hast dich entschieden, mitzukommen? Dann los, bevor uns noch jemand entdeckt." Nora befestigte den Strick am Lederhalfter, öffnete das Holztor und führte die Stute aus dem Gatter. Die Luft war nass und kalt, die Aussicht trüb. Aus den Nüstern des Pferdes stieg die Atemluft in kleinen Wolken auf. Vom frühlingshaften Erwachen der Natur war an diesem Vormittag nichts zu spüren. Hinter den Stallungen führte ein breiter Weg durch den Park, vorbei an dem Garten, in dem im Sommer die Wildblumen wuchsen. Nora führte die Stute dort entlang, bis zum Teich, und dann hinüber zum angrenzenden Wäldchen. Je länger sie gingen, desto leichter wurde das Atmen und umso mehr wurde sie wieder zu sich selbst. Hoffnung keimte auf, sich selbst noch nicht verloren zu haben. Eleanor sah sich um. Dieser Anblick war ihr vertraut. Das großzügige Anwesen lag unter dem bedeckten Himmel hinter ihr. Die Bäume streckten ihre kahlen Äste empor, warteten sehnsüchtig darauf, dass die Frühlingssonne sie endlich mit ihren Strahlen bedachte, sie erwärmte und die vielen zarten Knospen in kräftige grüne Blätter verwandelte.

Als Eleanor sich endlich beruhigt hatte, wurde ihr bewusst, wie weit sie sich schon vom Anwesen entfernt hatte. Ein kräftiger Wind erhob sich. Das Pferd wurde unruhig und gab ein dunkles Wiehern von sich. Eleanor fror und beschloss, dass es allerhöchste Zeit war umzukehren. Obwohl sie in Wilmington Hall und mit dem wechselhaften englischen Wetter aufgewachsen war, wurde sie vom Regen überrascht. Zunächst fielen einzelne schwere Tropfen mit einem lauten Klatschen auf den Boden. Wenige Augenblicke später goss es wie aus Eimern. Der Boden um den Teich herum wurde weich und rutschig. Innerhalb kürzester Zeit war Eleanors Umhang durchnässt, froren ihre Finger, denn sie trug keine Handschuhe. Immer mühevoller wurde es, den nassen Strick zu halten und die unruhige Stute festzuhalten. Jetzt wollte sie nicht mehr weitergehen und tänzelte nervös.

„Ruhig, meine Liebe. Es ist nur etwas Regen. Es dauert nicht mehr lange. Schau, wir sind schon bald da." Mit sanfter Stimme sprach sie auf das Tier ein, bis es sich einigermaßen beruhigen und langsam zurückführen ließ. Schon von weitem entdeckte sie den Stallmeister. Arthur wartete vor dem offenen Tor. Er hatte ihren spontanen Spaziergang offenbar bemerkt. Ob er schon lange Ausschau nach ihr hielt? Eleanor fragte sich, ob sie böse auf ihn sein sollte, weil auch er Teil der Lüge war. Aber nein … die Freude in ihrem Herzen, ihn zu sehen, war zu groß. Sie war nicht böse, aber eine tiefe Traurigkeit erfasste sie. Diese kroch ihr die Kehle hinauf und verengte sie. Der Regen, der immer noch kräftig auf sie herabprasselte, war zur Nebensache geworden.

Als Eleanor und die Stute nur noch ein kleines Stück vom Tor entfernt waren, kam Arthur ihnen entgegen. Ruhig und besonnen, ohne sich vom Regen zur Eile drängen zu lassen. Er übernahm den Führstrick und strich der Stute über den nassen Hals.

„Sie hätten etwas sagen sollen, Ms Nora. Dann hätten wir den Ausflug gemeinsam gemacht. Bei diesem Wetter sollten Sie nicht allein unterwegs sein." Er sagte es freundlich, blickte aber Eleanor dabei nicht an. Stattdessen glitt seine Hand behutsam über die warmen Nüstern und das weiche Maul des Pferdes. Langsam setzte sich das Trio in Bewegung. Dass Arthur sie Ms Nora genannt hatte und nicht Eleanor, berührte ihr Herz. Von dem Moment an, als Eloise Wilmington das große Geheimnis gelüftet hatte, hatte diese darauf bestanden, Großmutter genannt zu werden und nicht mehr Tante Eloise. Ebenso sollte Nora der Vergangenheit angehören. Sie nannte ihre Enkelin das gesamte Gespräch über nur noch Eleanor. Margaret hatte es ihr gleichgetan. Es klang so falsch. Es war angenehm zu hören, dass Arthur sie bei ihrem gewohnten Namen nannte. Die Tränen der Erleichterung mischten sich in den Regen, der über ihr junges Gesicht rann und blieben, wie sie hoffte, darin erfolgreich verborgen.

„Ist schon gut, ich war ja gar nicht allein. Aber ich brauchte Zeit für mich. Eine Auszeit, um meine Gedanken zu sortieren."

„Hat es denn funktioniert?" Nun blieb Arthur stehen und sah sie direkt an. Sorge und Mitgefühl lagen in seinem Blick. Eleanor kannte ihn nicht anders, aber heute sah er sie besonders aufmerksam an, ergründete sein Blick ihre Gefühlswelt noch ein Stück genauer. Er war ihr immer sehr zugewandt gewesen und sie hatte schon immer großes Vertrauen in ihn gehabt. Diese besondere Verbindung konnte Eleanor nun, Dank der neuesten Erkenntnisse, ihrer dramatischen gemeinsamen Vergangenheit zuordnen.

„Nein, das hat es nicht", erwiderte sie und setzte nach einigem Zögern hinzu: „Ich fühle mich verloren, ausgelöscht. Alles, was ich war und bin, zählt mit einem Mal nicht mehr. Heute ist aus mir eine andere Person geworden, ein Mensch, der ich nicht sein will. Ich stecke fest, irgendwo im Dazwischen, kann nicht mehr zurück und will auch nicht nach vorn."

Der Stallmeister nickte verstehend, wandte sich wieder der Stute zu und strich ihr sanft über die nasse Stirn.

„Es gibt Begebenheiten, die lassen uns zweifeln, manchmal sogar verzweifeln. Wir alle hadern täglich mit uns, ob der Entscheidungen, die wir fällen oder noch fällen müssen. Immer wieder wird uns das Leben vor unlösbare Aufgaben stellen. Die Entscheidung, wie wir damit umgehen, fällen wir allein. Die Entscheidung, wie Sie damit umgehen, Nora, fällen Sie allein. Das bedeutet aber nicht, dass Sie allein sind."

Arthur machte eine Pause, schien zu warten, ob Eleanor etwas erwidern wollte, aber das tat sie nicht. Deshalb setzte er sich wieder in Bewegung. Begleitet vom nachlassenden Regen und dem gleichmäßigen schmatzenden Geräusch der Hufe auf dem nassen Boden erreichten sie das Stallgebäude.

„Krisen durchleben wir alle. Manchmal lernt man das eine daraus, manchmal das andere. Es kann sein, dass wir unsere Sicht auf gewisse Dinge ändern, dass wir vorsichtiger oder mutiger werden. Aber im Inneren unseres Herzens bleiben wir die Menschen, die wir immer waren, auch Sie, Nora Wilmington. Besinnen Sie sich auf das, was Sie ausmacht. Sie sind, wer Sie sind: gutmütig, klug, stark, eine hervorragende Reiterin und mit vielen weiteren Talenten gesegnet. Ein Name vermag das nicht zu ändern." Arthur lächelte, schob seine Mütze etwas nach hinten und wischte sich den Regen aus dem Gesicht.

„Danke", flüsterte Nora nach einigen Sekunden des Schweigens und wandte sich ab, um hinüber ins Haus zu gehen.

Ihre Kleidung war beinahe vollständig durchnässt, sie fror und zitterte, aber sie war innerlich viel ruhiger als vor ihrem Ausflug. Arthur kannte sie von Kindesbeinen an, er hatte sie mit unendlicher Geduld das Reiten und Fahren gelehrt. Er war in ihrem Leben immer wichtig gewesen. Obwohl er nicht zur Familie gehörte, sondern zum Personal, genau wie Margaret, war Eleanor immer klar gewesen, dass er eine wichtige

Rolle in ihrem Leben spielte. Nun wusste sie, wie wichtig diese war. Es ließ sich unmöglich in Worte fassen, wie tief sie in der Schuld der beiden steckte.

„Eleanor!", entrüstete sich Eloise, als ihre Enkelin durchnässt und in verschmutzter Kleidung die Eingangshalle des Anwesens betrat. Es war nicht ihr Name und die Ermahnung verfehlte daher ihre Wirkung.

„Hallo, Großmutter", entgegnete Eleanor zögerlich. Diese Worte dagegen erfüllten ihren Zweck. Sogleich wurde Eloise sanfter. Ein Dienstmädchen eilte bereits mit einem Handtuch herbei, um es Eleanor zu reichen.

„Ich bitte dich, sei vernünftig. Dieser Tag verlangt uns allen eine Menge ab, aber so benimmt sich eine Dame nicht. Nun gehe hinauf, wärme dich und trockne deine Kleider, bevor du dir noch eine Erkältung oder Lungenentzündung holst. Wir treffen uns später zum Tee. Schließlich müssen wir an deine Zukunft denken und können nicht riskieren, dass du krank wirst. Wie sollen wir dich verheiraten, wenn die Ballsaison ohne dich stattfindet?"

Eleanor begegnete Eloise mit einem schuldbewussten Nicken. Im Augenblick stand ihr nicht der Sinn danach, Gedanken an eine Hochzeit zu verschwenden, aber sie wollte auch nicht streiten, vor allem nicht mit ihrer Großmutter. Also begab sie sich in ihre Gemächer. Dort kümmerte sich das Dienstmädchen um die Glut im Kamin, damit es schnell warm wurde. Während es mit dem Schürhaken darin herumstocherte und neues Holz auflegte, wanderten Eleanors Gedanken zu Eloise. Fast achtzehn Jahre hatte diese darauf warten müssen, ihre Großmutter zu sein. Es war ihr schwergefallen, das hatte sie am Morgen gestanden. Sie wollte sich keinen

Tag länger mehr verstecken und ihre Rolle als Großmutter endlich in Gänze wahrnehmen. Die Beziehung
zu Eloise war immer etwas distanziert gewesen.
Eleanor hatte dies nie in Frage gestellt. Doch als sie sie
eben Großmutter genannt hatte, war ihre ganze Erscheinung weich und herzlich geworden.

Eleanor ließ die vergangenen Wochen Revue passieren. Seit einiger Zeit war Eloise häufiger gedanklich abwesend, kurzatmig und noch ernster als sonst. Die Viscountess hatte hin und wieder davon gesprochen, dass
es bald an der Zeit sei, sie zu verheiraten. Aber ihre Aus-
sagen waren immer auf das nächste Jahr gerichtet gewesen.

Das Dienstmädchen verließ den Raum und Eleanor
klingelte nach Margaret, damit sie ihr beim Ankleiden
half und die durchnässten Kleidungsstücke zum Trocknen vor dem Kamin aufhängte.

„Ist es nun wieder angenehm, Eleanor?" Margaret
hielt sich weiterhin an Eloises Anweisungen und verwendete ihren offiziellen Namen. Sie hatte Eleanor den
Sessel am Kamin hergerichtet und kümmerte sich nun
um die verschmutzten Wäschestücke. Eleanor nickte
betrübt.

„Sag doch Nora, wenigstens wenn wir unter uns
sind."

„Das würde ich gern, aber Lady Wilmington ist überzeugt davon, dass Sie sich an Ihren neuen Namen gewöhnen müssen. Sicherlich hat sie recht. Je häufiger
Sie ihn hören, Ms Eleanor, desto leichter wird es Ihnen
bald fallen, ihn anzunehmen." Margarets Stimme und
die Wärme darin, wenn sie mit Eleanor sprach, waren
so angenehm wie immer.

„Aber ist es für dich nicht ebenfalls seltsam?"

„Das ist es, aber glauben Sie mir, Eleanor, dieser Zustand wird bald vorüber sein. Wenn Sie erst einmal verheiratet sind, werden Sie wieder einen anderen Namen tragen. So geht es allen Frauen. Jetzt ist es erst einmal wichtig, Ihre Herkunft zu offenbaren. Sie mögen es vielleicht nicht glauben, aber dadurch wird sich die Zahl potenzieller Heiratskandidaten mehren."

„Wenn ich erst verheiratet bin." Eleanor sprach den Satz nachdenklich. „Wird man sich jemals für mich interessieren?" Sie löste ihren Blick vom Feuer und sah Margaret an.

„Ich werde Ihnen Tee zubereiten lassen, Eleanor", erklärte diese und wollte schon gehen, als Eleanor hinzufügte: „Ja, bring zwei Tassen und Scones. Du musst dich zu mir setzen. Ich habe viele Fragen." Eleanor brauchte Gesellschaft und Antworten.

Wenig später saßen beide mit Tee und Gebäck vor dem knisternden Kamin.

„Ich glaube, Tante El..." Nora unterbrach sich und begann noch einmal von vorne. „Ich glaube, Großmutter Eloise hat viele Details der traurigen Geschichte über meine Geburt und die Flucht weggelassen."

Sie warf Margaret einen erwartungsvollen Blick zu, aber diese schwieg. Allein ihre Augen verrieten die tiefe Trauer und den Schmerz, welche durch die Erinnerung wieder lebendig geworden waren.

„So schrecklich es ist: Ich muss wissen, was passiert ist. Erzähle du es mir, ich möchte die schaurigen Einzelheiten nicht von Fremden erfahren und auf alles Kommende vorbereitet sein."

„Ms Eleanor, ich weiß nicht, ob ich das kann." Margarets Stimme versagte fast.

„Ich kann mir vorstellen, dass die Erinnerung an das Feuer und die Reise nach Wilmington Hall dich sehr aufwühlen. Trotzdem bitte ich dich inständig darum, es mir zu erzählen. Ich muss wissen, was passiert ist. Ich muss wissen, wer ich bin und möchte mehr über meine Familie erfahren. Du hast sie alle gekannt: meine Schwestern, meine Mutter und meinen Vater." Eleanors Lippen bebten vor Erregung.

„Ich fürchte, es wird Lady Wilmington nicht recht sein." Margaret verschloss sich.

„Aber mir ist es recht und es ist mir wichtig. Wie soll ich nach all den Jahren als Nora Wilmington das Leben von Eleanor Morton führen, wenn ich unwissend bin? Ich muss alles erfahren, was du weißt. Ich muss erfahren, wer ich bin." Margaret gab sich schließlich geschlagen und begann zu erzählen. Von Abigail, vom zurückgezogenen Leben auf Grithwood Castle, den Kindern, die schon bald geboren wurden: Amalia, Prudence, Charlotte. Davon, wie Spencer Morton mit jeder Geburt verrückter wurde. Während ihrer Erzählungen vergoss Margaret viele Tränen und schließlich bat sie erschöpft um Aufschub.

„In Ordnung, erzähle mir ein anderes Mal mehr", flüsterte Eleanor. Auch sie war erschöpft. Sie war zu matt für das Dinner und ließ sich entschuldigen. Noch als sie zu Bett ging, kreisten die Gedanken um die Ereignisse der Vergangenheit. Sie dachte daran, wie es wohl gewesen wäre, mit drei Schwestern aufzuwachsen. Wie diese selbst zum Ball gegangen wären und ihr am nächsten Morgen von den Tänzen mit den vielen Lords berichtet hätten. Sie wären, hätte sie ein anderes Schicksal ereilt, sicherlich längst verheiratet.

An diesem Abend schwor Eleanor sich, dass sie es ihrer Mutter nicht gleichtun würde. Niemals wollte sie einen grimmbärtigen alten Earl heiraten. Sie wollte keinem Mann das Ja-Wort geben, der sie nicht liebte. Und so drifteten ihre unschuldigen Gedanken zu den jungen und freundlichen Gentlemen hinüber, die sie in Bälde kennenlernen würde. Wie sie sich galant vorstellten und um einen Tanz mit ihr baten. Sie würde sich große Mühe geben, sich all ihre Namen zu merken, um keine Peinlichkeiten heraufzubeschwören. Einen Gentleman kannte sie immerhin schon und so schlief sie mit der neugierigen Frage ein, ob sie Sam Turner jemals wiedersehen und vielleicht sogar mit ihm tanzen würde.

6.

BALLVORBEREITUNGEN

Nora hatte sich weder Lungenentzündung noch Erkältung zugezogen und Anfang April war der Umzug nach London erfolgreich bewältigt. Sie hatten sich im Stadthaus eingerichtet. Margaret war mit ihnen gereist, als Eleanor Mortons Gesellschaftsdame. Eloise hatte bereits intensiven Briefverkehr mit den einflussreichen Damen Londons geführt. Dies war ihr, dank ihrer eigenen Stellung, nicht schwergefallen, obwohl sie so viele Jahre zurückgezogen gelebt hatte. Die Damen der Gesellschaft begegneten ihr mit höflicher Neugier und schon bald folgten die ersten Einladungen zum Tee.

„Eleanor, meine Liebe, wir müssen uns unbedingt um eine angemessene Garderobe kümmern", stellte Eloise mit Dringlichkeit fest, als sie sich in der ersten Woche zum gemeinsamen Dinner einfanden.

„Meine Kleider sind doch in ausgezeichnetem Zustand." Eleanor, die sich einigermaßen mit dem neuen Namen arrangiert hatte, warf ihrer Großmutter einen verständnislosen Blick zu, dann sah sie an sich hinunter, gerade so, als müsste sie sich nochmals vergewissern.

„Kindchen, du hast recht. Der Zustand ist tadellos, aber sie sind nicht zeitgemäß. Wir sollten keinen Anlass für Gerede geben.“

„Du meinst, meine Kleider sind skandalöser als mein Name?“

„Weder deine Kleider noch dein Name sind skandalös. Aber die Garderobe entspricht nun einmal nicht der aktuellen Londoner Mode. Du debütierst nur einmal. Das sollte in einem besonders hübschen Kleid geschehen.“

„Also gut, Großmutter“, gab sich Eleanor einverstanden und freute sich über die Wirkung, die diese vertraute Anrede bei Eloise noch immer hatte. Ihre Gesichtszüge wurden jedes Mal von einem Moment auf den anderen weich.

„Ausgezeichnet.“ Eloise lächelte zufrieden.

„Wann wird die Schneiderin hier sein?“

„Eleanor!“ Eloise verschränkte die Finger vor der Brust. „Sie wird nicht herkommen. Wir werden einen Ausflug in ihr Atelier unternehmen. Bereits am frühen Nachmittag werden wir erwartet. Möglicherweise machen wir im Anschluss noch eine Spazierfahrt, bei der ich dir noch etwas von der Stadt zeigen kann.“

„Vorausgesetzt das Wetter spielt mit und vernebelt uns nicht die Aussicht.“

Eleanor trank einen Schluck Tee, um ihr Lächeln hinter der Tasse zu verbergen, doch Eloise entging es nicht.

„Mir scheint, du bist heute etwas vorlaut. Ich wünsche, dass du nachher tadelloses Benehmen an den Tag legst.“

„Selbstverständlich, Großmutter.“ Sie warf Eloise einen treuen Blick aus großen Augen zu.

„Dann bin ich beruhigt. Die Auswahl der richtigen Stoffe und Kleider ist kein Spaß."

„Wie du meinst." Die Ankündigung dieses Ausflugs versetzte Eleanor in eine eigentümlich euphorische Stimmung und es gefiel ihr, zur Abwechslung gut gelaunt zu sein. In den letzten Tagen hatten sich genug trübsinnige Gedanken in ihren Kopf und vor allem in ihre Träume geschlichen.

„Mir scheint, du nimmst meine Ermahnungen nicht ernst, Eleanor", versuchte Eloise es erneut. Ihre Laune schien jeden Augenblick zu kippen.

Eleanor bemerkte es und besann sich. Sie nahm die feine Stoffserviette auf, tupfte sich ausgesprochen elegant die Lippen und legte sie wieder sorgfältig auf den Tisch. „Sei versichert, Großmutter. Ich habe eine prächtige Erziehung genossen und weiß, was sich gehört. Ich werde dich nicht enttäuschen."

„Ja, das weiß ich doch." Eloise Stimme versagte ihr beinahe und die letzten Silben verloren sich in einem Räuspern. Einmal mehr hatte in ihr die weiche, nahbare Seite Oberhand gewonnen. Dies geschah in letzter Zeit häufiger und ließ sich nicht allein auf den beinahe inflationären Gebrauch des Wortes Großmutter zurückführen. Eleanor musterte Eloise aufmerksam. Lady Wilmington gab sich zwar immer energisch und unternehmungslustig, doch sie nahm ihr dieses Schauspiel seit geraumer Zeit nicht mehr ab. Sie war sich sicher, dass Eloise mindestens ein weiteres Geheimnis vor ihr verbarg. War sie krank?

Als die Droschke der Lady Wilmington am Nachmittag vor dem Atelier der Madame Dubois hielt, zeigten sich Eloise und Eleanor in gelöster Stimmung. Margaret begleitete die Damen. Eloise hatte erklärt, wie wichtig es sei, sich jetzt schon gemeinsam sehen zu lassen. Die Londoner Gesellschaft beobachtete sie mit Sicherheit, obwohl noch nicht ein einziger Besuch absolviert worden war.

Arthur öffnete den Schlag und war den Damen galant beim Aussteigen behilflich. „Lady Wilmington, Ms Morton. Ms Lainshore."

„Vielen Dank, Arthur", entgegnete Eleanor.

Ihr Blick wanderte mit Unbehagen die graue und hässliche Fassade des Hauses hinauf. Hier sollte sie die schönsten neuen Kleider erhalten?

„Wir sollten hineingehen", stellte Eloise fest.

Gleich darauf fanden sich die Damen im geräumigen Atelier von Madame Dubois wieder. Stoffe in verschiedenen Farben und unterschiedlichen Mustern stapelten sich. Fertige Kleider und abgesteckte Entwürfe hingen auf Stangengerüsten. Madame Dubois war eine sichtlich vielbeschäftigte Person. Allerdings sprach sie, entgegen Eleanors Vermutung, nicht Französisch, sondern klares und akzentfreies Englisch. Auch die Kleidung, die sie trug, ein schmal geschnittenes und hochgeschlossenes Kleid, entsprach dem, was Eleanor kannte. Auffällig an ihr war nur der sehr große, breitkrempige schwarze Hut mit einer ebenso auffälligen blauen Feder, den sie stolz auf ihrem Kopf trug. Etwas befremdlich wirkte sie damit schon. Eleanor hoffte inständig, dass die aktuelle Londoner Mode ihr dieses Accessoire ersparte.

„Lady Wilmington", begrüßte Madame Dubois die Damen mit einer tiefen und rauchigen Stimme. Sie wandte sich an Eleanor und betrachtete sie aufmerksam, mit klarem Blick, von oben bis unten, als wollte sie sich ihre Figur bis ins kleinste Detail einprägen. Eleanor lächelte unsicher. Dann warf sie einen unglücklichen Blick auf Margarets Garderobe und seufzte, als stünde ihr in diesem Fall eine unlösbare Aufgabe bevor. Madame Dubois sagte nichts und drückte damit so viel aus. Sie war eine wenig zurückhaltende Person.

„Ms Wilmington und Ms Lainshore", stellte Eloise höflich vor.

Eleanor warf ihr daraufhin einen dezenten Blick der Verwunderung zu. War es nicht ihre Großmutter, die darauf bestanden hatte, sich sofort und umgehend an den neuen, den richtigen Namen zu gewöhnen? Warum wurde sie dann nicht als Ms Morton vorgestellt?

„Die erste Ballsaison?" Madame Dubois trat einen Schritt näher und fuhr fort. „Selbstverständlich. Ich hätte mich sicherlich an Sie erinnert, Ms Wilmington." Die Neugier stand Madame Dubois ins Gesicht geschrieben, doch Eloise hielt sich nicht mit Klatschgeschichten auf und Eleanor war zu angespannt.

„Ja, es ist die erste Saison", bestätigte sie deshalb anstelle ihrer Enkelin und blickte sich betont im Atelier um.

„Ich hatte darum bitten lassen, neue Stoffe und Kleider bereitzulegen. Wir werden sicherlich auch einige der Entwürfe nehmen, die sie nur noch anpassen müssen, denn uns drängt die Zeit."

„Sehr wohl, Mylady." Madame Dubois verstand und setzte sich in Bewegung. In den nächsten zwei Stunden brachte Eleanor viel Geduld auf. Sie ließ sich Stoffe in den verschiedensten Farben anlegen, überstreifen und feststecken. Immer wieder nahm Madame Dubois Maß und schrieb sorgfältig Notizen und Zahlen in ein kleines Büchlein. Schließlich zeigte sie sich zufrieden und das lag sicherlich zu einem Großteil an der stattlichen Summe, die sie für die neue Garderobe errechnet hatte.

„Selbstverständlich ist das helle Chemisenkleid mit dem abgesetzten Brustband zuerst fertiggestellt", bemerkte Eloise, als sie eine stattliche Anzahlung tätigte, und blickte Madame Dubois, die etwas größer als ihre vornehmen Gäste war, eindringlich an.

„Selbstverständlich, Mylady. Ich lasse es noch in der nächsten Woche liefern. Sie werden zufrieden sein. Ms Wilmington, Sie werden bezaubernd aussehen. Es wird ihre Anmut und Schönheit unterstreichen." Madame Dubois lächelte überzeugt.

„Nun, dann kommen wir zu Ms Lainshore. Auch sie benötigt eine Ballgarderobe. Madame Dubois, haben Sie wohl die Güte, ebenfalls Maß zunehmen?"

Madame Dubois sah aus, als habe sie einen Geist gesehen. Sicherlich kostete es sie ein enormes Maß an Überwindung, Margaret nicht zu fragen, die wievielte Ballsaison es für sie sein würde. Aber sie fing sich schnell wieder.

Sie musterte Margarets Figur und Kleidung, so, wie sie es zuvor bei Eleanor getan hatte. Dann zog sie ihr Büchlein hervor und blätterte darin herum. Sie schien unschlüssig, ob Eloise sich im Klaren darüber war, was sie hier von der Schneiderin erwartete. Diese bemerkte den inneren Konflikt.

„Ich versichere Ihnen, Madame Dubois, Ms Lainshore braucht ebenfalls angemessene Ballgarderobe und ich werde ebenso dafür aufkommen wie bereits im Fall von Ms Wilmington.“

Eloises Worte zeigten Wirkung und Madame Dubois machte sich sogleich an die Arbeit. Angesichts der Zahlung, die sie bereits für die beauftragte Garderobe von Ms Wilmington erhalten hatte, dürfte auch die Zahlung für Ms Lainshores Kleider mehr als üppig ausfallen.

„Komm, meine Liebe, setzen wir uns.“ Eloise bedeutete ihrer Enkelin, sich zu setzen, nickte zufrieden und nahm selbst in einem der bequemen Sessel Platz. Auf Eleanors fragenden Blick beugte sie sich etwas vor und raunte: „Du darfst mir viele Fragen stellen, aber nicht hier. Später.“

Es dämmerte schon, als Eloise, Eleanor und Margaret das Atelier verließen und endlich die Droschke bestiegen.

„Du siehst erschöpft aus, Großmutter. Wollen wir nicht gleich nach Hause fahren? Es wird bald dunkel, wir werden kaum die Aussicht genießen können. Du kannst mir die Stadt auch noch in den nächsten Tagen zeigen.“

„Nein. Ich habe mich so sehr darauf gefreut. Wer weiß, wann ich wieder die Gelegenheit dazu habe.“

Verwundert sah Eleanor zu Margaret. Diese hatte schon während des gesamten Aufenthalts im Atelier kaum ein Wort gesagt. In dem Augenblick, als Eloise eröffnet hatte, dass auch sie Ballgarderobe erhalten sollte, hatte sie noch überrumpelter ausgesehen als Madame Dubois. Eleanor war sich sicher, dass Eloise diese Entscheidung sehr kurzfristig getroffen hatte. Die Frage war nur, warum?

„Wir fahren noch etwas durch den Hyde Park", wies Eloise den Kutscher an.

Nun sah Eleanor sich gezwungen, dezent einzugreifen. „Großmutter Eloise, mir ist nicht wohl. Mich plagen plötzlich heftige Kopfschmerzen und es wäre mir lieb, wenn ich mich ausruhen dürfte. Es ist mir bewusst, dass ich deine Pläne durchkreuze. Lass uns morgen in den Hyde Park fahren, sodass ich den Ausflug auch genießen kann."

„So? Kopfschmerzen ... du? Nun, es war in der Tat ein aufregender Tag bis jetzt. Dann fahren wir also nach Hause", entschied Eloise und Eleanor lehnte sich zufrieden zurück.

Die Kutsche war erst wenige Minuten gefahren, als Eloise die Augen zufielen. Etwas Derartiges war ihr in ihrem bisherigen Leben noch nie passiert. Eleanor und Margaret warfen sich überraschte Blicke zu, verloren jedoch kein Wort. Sie ließen sich auch eine knappe halbe Stunde später, als sie das Stadthaus erreicht hatten, nichts anmerken, als Eloise erwachte und sich überrascht umsah.

„Ich habe auch etwas Kopfschmerzen bekommen und fühle mich erschöpft. Hoffentlich brüten wir nichts Ernsthaftes aus, Eleanor." Eloise schaute besorgt.

„Ich werde mich lieber zurückziehen", erklärte sie dann, als sie in der Eingangshalle angekommen waren. „Wie ist dein Befinden? Geht es dir wieder besser?" Sie musterte ihre Enkelin, die etwas müde aussah, aber sonst bei bester Gesundheit schien.

„Ja. Es ist schon wieder gut, Großmutter. Ich komme zurecht. Ich werde Tee und Sandwiches zur Stärkung bestellen und mich noch einige Zeit im Salon aufhalten. Margaret wird mir Gesellschaft leisten, nicht wahr?“

„Selbstverständlich.“

Sie begaben sich in den Salon, der wesentlich kleiner war als der in Wilmington Hall. Aber das Grün an den Wänden war kräftig und brachte die Gemälde und Spiegel samt Rahmen sehr hübsch zur Geltung. Die Sessel waren passend zur Wand mit grünem Samt bezogen und sehr bequem. Fünf an der Zahl gab es im Salon. Zwei standen vor einem Eichentischchen in der Nähe des Kamins.

Darauf waren nach der Rückkehr Tee und Sandwiches serviert worden. Nun stand dort ein großer Kerzenleuchter und erhellte den Raum. Eleanor und Margaret hatten ihre Stickarbeiten auf dem Schoß, doch die Arbeit machte angesichts der bescheidenen Lichtverhältnisse keinen Spaß. Außerdem wanderten Eleanors Gedanken immer wieder zu ihren Erlebnissen in Madame Dubois‘ Atelier.

„Hattest du eine Ahnung davon, dass Großmutter auch Ballkleider für dich anfertigen lassen wollte?“

„Selbstverständlich nicht, Eleanor.“

„Oh bitte, Margaret, wir sind doch unter uns. Sage Nora. Sogar Großmutter hat mich heute Ms Wilmington genannt. Das war ein eigenartiger und zugleich wohltuender Moment. Es fühlt sich an, als sei es schon eine Ewigkeit her, dass ich Ms Wilmington war.“

„Also schön. Nora.“ Margaret atmete schwer.

„Ich danke dir. Kannst du dir vorstellen, warum Großmutter der Schneiderin einen Bären aufgebunden hat?“ Eleanor legte das Stickzeug auf den Tisch und setzt sich bequem und Margaret zugewandt in den Sessel.

„Nein, natürlich nicht und sie ist mir auch keine Rechenschaft schuldig. Aber Ihre Großmutter ist eine kluge Frau. Sie hat für alles, was sie tut, ihre guten Gründe. So wird es sich auch mit den Kleidern verhalten, die sie für mich anfertigen lässt. Es heißt wohl abzuwarten und zu sehen, was die Zukunft bringt."

„Bist du denn nicht wenigstens ein bisschen neugierig? Hast du das Gesicht von Madame Dubois gesehen?"

„Es steht mir nicht zu, neugierig zu sein." Margaret nahm ihr Stickzeug zurück und arbeitete konzentriert mit Nadel und Faden. Dabei hielt sie sich den Rahmen dicht vor die Augen. Eleanor vermutete, dass sie das tat, um sich dahinter zu verstecken.

„Würdest du denn gern auf einen Ball gehen?"

Margaret ließ den Stickrahmen sinken und überlegte lange, bevor sie sich zu einer Antwort entschloss. Eleanor übte sich in Geduld.

„Ich werde das tun, was für Ihre Zukunft sinnvoll und wichtig ist, Nora. Wenn Lady Wilmington glaubt, ich müsse Sie zu einem Ball begleiten, dann werde ich das tun."

Eleanor sackte etwas in sich zusammen. „Ich dachte die ganze Zeit über, Großmutter selbst würde mich begleiten." Ihre Enttäuschung war nicht zu überhören. Das war ihr auch gleich bewusst geworden und so beeilte sie sich rasch, eine Erklärung hinzuzufügen. „Was nicht bedeutet, dass ich mich über deine etwaige Begleitung nicht freuen würde."

Margaret lächelte sanft. „Keine Sorge, deine Großmutter wird dich begleiten. Ich bin mir sehr sicher. Es müsste schon ein Unglück geschehen, um sie davon abzuhalten." Im nächsten Moment biss sich Margaret auf die Lippen, gerade so, als ob sie bereits zu viele Gedanken laut ausgesprochen hatte. Sie vermied es, Eleanor anzublicken, doch diese hatte ihre Mimik im Kerzenschein gesehen und ging sofort darauf ein.

„Sie ist oft schwach und müde. Ich mache mir immer häufiger Sorgen um sie. Ich befürchte, dass sie ernsthaft krank ist. Glaubst du, sie verheimlicht mir etwas? Wenn du es weißt, musst du es mir sagen." Eleanor sprach schnell und leise, aber bestimmt.

„Keine Sorge, Ms Nora. Ich weiß nichts Derartiges." Margaret sah auf und hielt Eleanors bohrendem Blick stand, bis diese ihr endlich glaubte und sich ebenfalls wieder ihrer Stickarbeit zuwandte.

„Du wirst sehr hübsch aussehen in den neuen Kleidern, Margaret. Ich freue mich sehr, wenn du mich begleiten wirst, egal wohin wir ausgehen werden. Schließlich bin ich unerfahren und kann jede erdenkliche Stütze gut gebrauchen."

„Wir werden sehen. Warten wir ab, welche Überraschungen Lady Eloise noch für uns bereithält. Sie hat sehr fleißig korrespondiert. Sicherlich ist dein Weg in die Gesellschaft gut geebnet." Margaret zupfte geschäftig an einem Faden herum, während sie sprach.

„Ich habe trotzdem Angst. Was ist, wenn sich mein Makel als so schwerwiegend herausstellt, dass die Gesellschaft mich nicht akzeptiert? Was, wenn keiner der Herren mit mir tanzen mag?"

„Unsinn. Ich bin sicher, dass diese Sorgen unberechtigt sind. Sie werden sehr hübsch aussehen und Ihre

Tanzkarte wird schneller voll sein, als Sie sich vorstellen können. Vertrauen Sie mir."

7.

TEEGESELLSCHAFT IM HAUSE TURNER

Schon am nächsten Tag überbrachte ein Bote einen Brief der Viscountess Turner, adressiert an Lady Eloise Wilmington.

Eloise und Eleanor saßen noch beim Frühstück, dennoch ließ es sich Erstere nicht nehmen, den Brief sofort zu lesen. Ein zufriedenes Lächeln umspielte währenddessen ihre Lippen.

„Entzückend", stellte sie nach der Lektüre der wenigen Zeilen fest und richtete sich nun an ihre Enkelin, deren Neugier sich unübersehbar in ihrem Gesicht abzeichnete und den schmalen Hals immer länger werden ließ.

„Was schreibt dir denn die Viscountess Turner?" Eleanor wusste, dass es unhöflich war, aber sie konnte sich einfach nicht zurückhalten.

„Du bist skandalös vorlaut. Ich sollte es dich gar nicht wissen lassen, Eleanor. Aber da es auch dich betrifft, hat es wenig Sinn, es dir zu verheimlichen. Wir werden am heutigen Nachmittag zum Tee erwartet. Die Viscountess Turner freut sich außerordentlich darauf, etwas Zeit mit uns zu verbringen und dich kennenzulernen." Eloise lächelte zufrieden und legte den Brief zur Seite.

„Deinem Gesichtsausdruck nach zu urteilen bedeutet das etwas Gutes."

„Selbstverständlich. Die Viscountess ist eine angesehene und sehr beliebte Persönlichkeit, nicht nur in London. Außerdem pflegte sie vor langer Zeit eine enge Freundschaft mit deiner Mutter, was für mich nur ein weiterer Grund ist, sie zu mögen. Ich hatte sie vor einiger Zeit angeschrieben und ihr mitgeteilt, dass wir diese Saison in London verbringen werden."

„Sie kannte meine Mutter? Weiß sie denn, wer ich bin?" Eleanors Stimme zitterte leicht.

„Nein, noch nicht. Aber mein Plan ist, unseren Besuch zu nutzen, um ihr die Wahrheit zu offenbaren. Die Viscountess ist sehr feinfühlig und gerecht. Mit ihr als Fürsprecherin werden dir auch viele der anderen wichtigen Damen wohlwollend gegenüberstehen."

Eleanor rieb nervös die Lippen aufeinander. Die Viscountess empfing sie bereits heute Nachmittag und sie war eine Vertraute ihrer Mutter gewesen. Großmutter Eloise war jeden Tag für eine neue Aufregung gut und ließ sich nicht in die Karten schauen. Warum gab sie sich solche Mühe mit der Geheimniskrämerei? Es schadete doch nicht, sie rechtzeitig über besondere Ereignisse zu informieren.

„Was ist, wenn dein Plan schiefgeht? Wie, glaubst du, wird sie reagieren, wenn du ihr die Wahrheit erzählst? Sie könnte sehr böse werden, wenn sie erfährt, über all die Jahre hinweg getäuscht worden zu sein. Ich selbst weiß es nun schon einige Wochen und dennoch hadere ich jeden Tag aufs Neue damit. Es wäre mir lieber gewesen, es hätte keine Lüge gegeben.“

„Ich berufe mich auf meine Menschenkenntnis. Die Gefahr eines Zerwürfnisses besteht bei der Viscountess nicht. Außerdem werden wir deinem Glück etwas unter die Arme greifen.“ Eloise stand auf und beendete das Frühstück.

Eleanor verließ ihren Platz ebenfalls und ging hinüber zu ihrer Großmutter, um sich bei ihr einzuhängen. „Du sprichst schon wieder in Rätseln. Wie darf ich das verstehen, *dem Glück unter die Arme zu greifen?*“

„Natürlich ist es keine gute Idee, ihr deine Geschichte gleich im Foyer vor die Füße zu werfen. Wir werden es geschickt angehen und auf ihre Gefühle achtgeben.“

„Warum hattest du die Idee nicht auch, als du mir die Geschichte erzählt hast?“

„Nun sei nicht albern, Eleanor. In deinem Fall war es etwas bedeutend anderes. Es gab keine andere Möglichkeit und dennoch habe ich mich um deine Gefühle gesorgt.“

„Und welche Idee geht dir nun im Kopf herum?“

Sie waren an der Treppe angekommen. Eloise blieb stehen und zeigte nach oben, dorthin, wo sich die Gemächer befanden. „Wir werden mit eindeutigen Zeichen arbeiten. Du wirst die Kette mit dem roten Bernstein und den Ring deiner Mutter tragen. Viscountess Turner wird beides erkennen. Davon bin ich überzeugt.“

Eleanor begab sich in ihre Gemächer, um ihre Gedanken zu sortieren und sich auf das Zusammenreffen mit der Viscountess vorzubereiten. Margaret half ihr bei der Auswahl eines passenden Kleides. Später leistete sie ihr Gesellschaft beim Sticken, doch diese Tätigkeit stimmte die junge Dame nur verdrießlicher. Die Stunden bis zum Tee schienen viel langsamer zu vergehen als sonst.

„Margaret, ich bin so angespannt und nervös. Ich weiß nicht, wie ich mich bis zum Besuch bei der Viscountess beruhigen soll."

Eleanor befühlte den großen roten Bernstein an der Kette ihrer Mutter, die sie bereits um den Hals trug. Margaret warf ihr einen mitfühlenden Blick zu, erwiderte jedoch nichts.

„Ich muss mich beschäftigen", stellte Eleanor fest und stand auf. „Und ich möchte allein sein."

Margaret blickte auf und nickte zustimmend. Gleich darauf verließ Eleanor den Salon und begab sich ins Bibliothekszimmer des Hauses. Es war viel kleiner als das in Wilmington Hall, dunkler, und die Luft darin roch abgestanden. Dennoch nahm Eleanor sich die Zeit, sich alles genau anzusehen. Sie durchschritt den Raum bis zum Fenster, öffnete es und ließ laue Frühlingsluft hinein. Davor, im Garten, erblickte sie nun auch wieder die alte Linde. Der Baum war ihr bereits am Tag der Anreise aufgefallen, als sie den ersten kurzen Spaziergang durch den Garten unternommen hatte. Nicht nur deshalb, weil darunter eine Bank stand, die ausgesprochen deutlich dazu einlud, zu verweilen, sondern weil um die Linde herum auch eine dichte Hecke wuchs. Diese, gewiss sechs oder sieben Fuß hoch, bot damit einen sehr diskreten, um nicht zu sagen geschützten Bereich, um sich niederzulassen und den Gedanken zu folgen. Die umfangreiche Krone des Baumes bildete ein hübsches Dach. Sie hielt auch das

Tageslicht aus dem Bibliothekszimmer fern und so erkannte Eleanor zwar die Regale und viele Bücher, doch die Buchstaben ließen sich kaum entziffern.

Auf leisen Sohlen lief sie wieder hinaus, den Flur entlang, und die Treppe hinunter ins Foyer. Dort standen immer einige brennende Öllampen. Sie nahm eine davon und begab sich wieder zurück in die Bibliothek, wo sie sich nun die Zeit nahm, den Inhalt der Regale genauer zu begutachten. Lord Wilmington hatte eine beachtliche Sammlung wissenschaftlicher Werke zusammengetragen. Dann entdeckte sie ein schmales Regal, welches nur mit Romanen und Gedichtbänden bestückt war. Sorgsam stellte sie die Lampe auf dem Sekretär ab, lief zurück zum Regal und nahm sich wahllos einen Stapel Bücher heraus. Diese blätterte sie am Tisch interessiert durch und las einige Passagen. Sie vertiefte sich gerade regelrecht in die ersten Seiten eines Romans, der vom Leben einer jungen Adelsdame namens Clarissa erzählte, als die Tür zum Bibliothekszimmer geöffnet wurde.

„Ms Eleanor, ich habe schon das gesamte Haus nach Ihnen abgesucht. Es ist Zeit. Lady Wilmington ist schon ungeduldig." Margaret, wie immer in einem hochgeschlossenen dunklen Kleid, stand mit vorwurfsvollem Blick im Türrahmen. Sie atmete etwas angespannt und ihre Wangen glühten von einer vorausgegangenen Anstrengung rot.

„Ach wie schade. Ich hatte gerade eine so angenehme Beschäftigung gefunden."

„Die wird Ihnen sicherlich bis zu Ihrer Rückkehr erhalten bleiben. Was ich vom Wohlwollen Ihrer Großmutter und der Viscountess Turner nicht behaupten kann, wenn Sie sich nicht beeilen.“

Eleanor stand auf und ließ zu, dass Margaret ihre Röcke gerade strich und die Frisur kontrollierte. Ein Blick aufs Dekolleté der jungen Dame versicherte ihr, dass sich der rote Bernstein dort befand, wo er sein sollte.

„Tragen Sie den Ring Ihrer Mutter?“

„Ja, natürlich. Wir haben ihn doch vorhin gemeinsam herausgesucht.“ Eleanor fuhr ein Stich ins Herz und sie befühlte das Schmuckstück an ihrer Hand. Die Kette mit dem roten Bernstein war ihr bereits zu ihrem sechzehnten Geburtstag überreicht worden. Dass es sich um ein Erbstück ihrer Mutter handelte, hatte Eloise ihr damals erzählt. Seitdem hielt sie die Kette in Ehren und trug sie nur zu besonderen Anlässen. Den Ring hatte Eloise ihr übergeben, als sie das schreckliche Geheimnis um ihre Vergangenheit gelüftet hatte.

Eleanor warf dem aufgeschlagenen Buch einen letzten Blick zu, dann verließen sie eilig das Zimmer und trafen im Foyer auf Eloise.

Diese überraschte mit einem neuen Accessoire. Sie stützte sich auf einen fein gearbeiteten neuen Gehstock aus Holz. Der Griff am oberen Ende schmiegte sich in ihre vom Alter gezeichnete Hand. Am unteren Ende war er mit einem Metallbeschlag versehen, der ein leises Klicken von sich gab, wenn Eloise damit auf den Boden stieß. Auf Eleanors verwunderten Blick hin wiegelte Eloise mit einer kurzen Erklärung ab.

„Eine reine Vorsichtsmaßnahme. Ich habe ihn mir schon vor einigen Wochen anfertigen lassen und

werde ihn heute einmal in der Öffentlichkeit auspro-
bieren. Nun Beeilung, die Kutsche wartet." Eloise
sprach angespannt und bemühte sich zu lächeln, aber
es gelang nur mäßig.

Eleanor bekam sogleich ein schlechtes Gewissen, dass
das unnötige Warten womöglich zu anstrengend für
ihre Großmutter gewesen sein könnte.

Während der Fahrt zum Stadthaus des Viscount Turner wurde Eloise wieder gesprächiger und sanfter. „Die
Viscountess ist eine sehr angenehme und scharfsinnige
Person. Sie und deine Mutter Abigail waren sehr eng
miteinander befreundet. Dann heiratete Abigail den
Earl, deinen Vater, und er nahm sie mit auf den Familiensitz nach Westmorland. Eine halbe Ewigkeit entfernt. Es war für mich eine Zeit voller Sehnsucht gewesen. Aber zurück zur Viscountess. Ihr Mann, Archibald
Viscount Turner, liebte die Londoner Gesellschaft und
seine junge Frau lebte sich sehr schnell in ihre neue
Rolle ein. Sie waren damals ein bezauberndes Paar. Gewiss sind sie das noch heute. Der Viscount war sehr
glücklich über seine Wahl und als Dolores ihm wenig
später zwei gesunde Jungen zur Welt brachte, war sein
Glück perfekt."

„Im Gegenteil zum Unglück meiner Mutter." Eleanor
konnte sich diesen Einwurf nicht verkneifen.

„Ja, so ist es leider. Der Earl hatte Abigail mitgenom-
men und von jeglicher Gesellschaft ferngehalten. Selten schrieb sie Briefe. Mir gegenüber klagte sie nie, aber
es war offensichtlich, dass sie auf Grithwood einsam
war. Aber mir waren die Hände gebunden. Dein Groß-
vater hatte ein Geschäft mit Spencer Morton abge-

schlossen und wollte sich nicht in dessen private Angelegenheiten mischen. Ich hatte immer die Hoffnung, dass der Earl sie wieder nach London reisen lassen würde, wenn er endlich einen Erben hätte. Ich glaube, dass die Viscountess Turner ebenso dachte. Nun, es kam alles anders." Eloise seufzte und verlor sich in ihren Gedanken.

Eleanors Nervosität vor dem Treffen mit der Viscountess, die so einflussreich war und so viel über ihre Mutter wusste, blieb und stieg stetig. Wie würde sie nur auf die Enthüllungen reagieren? Was, wenn sie Eloise das lange Schweigen verübelte und Eleanors Start in die Ballsaison damit erschwerte?

***

Die Viscountess erwartete ihre Gäste in ihrem Salon. Sie war eine Frau von bemerkenswerter Schönheit, Anmut und Freundlichkeit.

„Lady Wilmington, Ms Wilmington, willkommen. Es ist mir eine Freude, dass Sie meiner Einladung gefolgt sind. Setzen wir uns doch." Die Viscountess betätigte die Klingelschnur und orderte Tee. Dann nahmen alle drei Damen Platz.

„Viscountess Turner, wir danken herzlich", erwiderte Eloise freundlich und ließ, auch nachdem sie Platz genommen hatte, ihre Hände auf dem neuen Gehstock ruhen. Als die Viscountess sich Eleanor zuwandte, lag ihr Blick für einen kurzen Moment auf dem leuchtend roten Bernstein. Eleanor bemerkte es und dachte sich, dieses Manöver ihrer Großmutter sei zu offensichtlich, aber die Viscountess verlor kein Wort darüber.

„Wir haben uns sehr lange nicht mehr gesehen, Eloise. Ich freue mich sehr über Ihren Besuch in meinem Hause. Wie ich erfahren habe, widmeten Sie sich in den vergangenen Jahren einer besonderen Aufgabe." Dolores Viscountess Turner warf einen Blick auf Eleanor.

„Sie sind sehr großzügig, Eloise", setzte sie nach einer kurzen Pause hinzu.

Diese nickte nur und wartete ab, bis Dolores das Wort an Eleanor richtete. „Ms Wilmington, wie ich hörte, besuchen Sie London zum ersten Mal. Wie gefällt es Ihnen bis jetzt hier? Haben Sie sich bereits eingelebt? Es ist wohl ein enormer Unterschied zu Ihrem bisherigen Leben auf dem Land."

„Ja, Mylady, es ist ein großer Unterschied, aber es gefällt mir bis jetzt recht gut. Wir haben auch schon einige Ausfahrten mit der Kutsche unternommen." Eleanor nickte höflich.

Der Tee wurde serviert, dazu gab es Shortbread. Als die Damen wieder unter sich waren, ergriff die Viscountess erneut das Wort. „Und nun, meine liebe Eloise, raus mit der Sprache. Wir haben uns lange nicht gesehen, aber ich kenne Sie gut genug, um zu wissen, dass wir heute nicht nur Tee trinken werden und ich Ms Wilmington kennenlernen darf. Mit welcher Bitte beehren Sie mich?" Die Viscountess sprach sanft und zuvorkommend, dennoch stieg Eleanor die Röte ins Gesicht, während Eloise sich Zeit für Ihre Antwort nahm.

„Dolores, Sie vermuten richtig. Die anwesende Ms Wilmington ist nicht nur in London, um die Stadt kennenzulernen und etwas dem Landleben zu entfliehen.

Sie ist hier, weil sie an der Ballsaison teilnehmen und einen Ehemann finden soll."

„Das habe ich mir gedacht und es liegt auch auf der Hand. Ms Wilmington scheint mir alt genug." Die Viscountess warf Eleanor einen weiteren freundlichen Blick zu. Dabei glitt ihr Blick erneut über den roten Bernstein. Für den Bruchteil einer Sekunde wirkte sie bedrückt. Gleich darauf zeigte sie sich so freundlich wie zuvor.

„Wie alt sind Sie, Ms Wilmington. Siebzehn?"

„Ja, Mylady. Im August werde ich achtzehn", erwiderte Eleanor höflich.

„Dann sind Sie in der Tat genau im richtigen Alter. Die Festlichkeiten werden Ihnen sicherlich gefallen." Dann wandte sich die Viscountess wieder Eloise zu. „Liebe Eloise, wenn es darum geht, Ms Wilmington den Start in die Saison etwas zu erleichtern, dürfen Sie sich meiner Unterstützung gewiss sein. Ich nehme an, Sie tragen sich mit der Sorge, sie könne als Mündel ohne ausreichend geklärte Herkunft Nachteile erlangen."

Eleanors Wangen begannen vor Scham zu glühen, gleichzeitig schlug ihr Herz immer schneller. Die Viscountess war bestens informiert. Eloise hatte recht gehabt. Sie brauchte niemanden zu treffen und war doch in aller Munde und über ihre Herkunft wurde wild spekuliert. Glücklicherweise sahen weder ihre Großmutter noch die Viscountess zu ihr hinüber.

„Dolores, es hat sich nichts verändert. Sie sind sehr klug und liegen mit Ihrer Vermutung wie immer richtig. Ihre Unterstützung ist von herausragender Bedeutung und wir fühlen uns zu großem Dank verpflichtet. Da ist allerdings noch mehr."

„So?" Dolores Turner fragte gekonnt beiläufig und trank einen weiteren Schluck Tee.

„Der Umstand, dass Sie vor vielen Jahren eine so besondere Freundschaft zu meiner Tochter Abigail, der Countess of Felleringtonworth, unterhielten, ist noch immer von großer Bedeutung für mich." Eloise hielt sich an ihrem Stock fest.

Die Viscountess sah kurz zu Eleanor, vielleicht um abzuwägen, wie viel die junge Dame von der Tragödie wusste. Sie raunte die folgenden Worte im Ton des tiefsten Bedauerns. „Sie fehlt mir noch immer mit jedem Tag und ich bin untröstlich über unser aller Verlust."

Eloise nickte und ließ andächtig einige Sekunden verstreichen, bevor sie erneut das Wort ergriff.

„Dolores, ich weiß, dass Sie Abigail in der Zeit ihrer kurzen Ehe sehr unterstützt haben."

„Ich tat, was möglich war, doch viel erreicht habe ich nicht. Die Erinnerung schmerzt mich heute noch sehr." Die Viscountess war sichtlich betroffen und gab sich kaum Mühe, ihre Trauer zu verbergen. Wieder huschte ihr Blick über Eleanors Halskette.

Diese bemerkte eine Veränderung in der Haltung der Viscountess und hörte gleichzeitig die Worte Eloises.

„Das ist wahr, Dolores. Die Erinnerung ist schmerzlich. Doch all dies, was Sie über den Tod meiner Tochter wissen, ist nur ein Teil der Wahrheit. Es gibt ein lang gehütetes Geheimnis darüber, was in der Feuernacht geschah."

Wieder warf Dolores Eleanor einen kurzen Blick zu. Sie sprach nun leise und eindringlich zu Eloise, die Finger dabei fest ineinander verschränkt. „Eloise, ich bitte

Sie. Welches Geheimnis es auch ist, Sie müssen es mir unverzüglich mitteilen. Der Gedanke an Abigail und ihre Qualen sticht mir nach so langer Zeit noch immer wie ein Messer ins Herz."

Nun bereitete es Eloise doch Schwierigkeiten, die richtigen Worte zu finden. Eleanor sah, dass sie sehr darum bemüht war, die Fassung zu bewahren.

Um die der Viscountess war es bereits geschehen. Sie beugte sich nach vorn und legte ihre Hand auf Eloises, die noch immer den Stock umklammerte. Dann schien sie sich an Eleanors Anwesenheit zu erinnern. Langsam zog sie die Hand zurück, richtete den Rücken wieder auf und lehnte sich in ihrem Sessel zurück. Ihr Blick ruhte nun sehr aufmerksam auf Eleanor und trieb dieser eine nervöse Hitze unter die Haut. Dolores blickte lange auf den roten Bernstein, musterte sie noch eindringlicher und bemerkte dann den Ring an ihrer Hand.

„Liebe Eloise", die Stimme der Viscountess klang matt. „Welche Rolle spielt Ms Wilmington in Ihrem Geheimnis?"

Einige Sekunden vergingen, Stille erfasste den Raum.

„Ms Wilmington *ist* das Geheimnis." Eloises Worte durchdrangen bedeutungsschwer die Luft.

„Eloise, erlösen Sie mich. Wie ist Ihre Äußerung zu verstehen?" Dolores flüsterte und rang sichtbar um Beherrschung.

„In der Nacht, als der Earl sein Anwesen niederbrannte, in der Nacht, als er sich und seiner Familie den Tod brachte, wollte Abigail die Kinder retten. Er tobte darüber, dass er keinen Sohn bekommen hatte und Abigail ahnte, dass die Mädchen nicht sicher waren. Sie sollten mit der Kutsche fliehen. Also übergab sie ihr Neugeborenes noch im Kindbett an die Gouvernante. Sie befahl, auch die anderen Mädchen zu holen. Die Kutsche sollte sich unverzüglich, noch in der Nacht, auf den Weg nach Wilmington Hall machen. Doch der Earl war gnadenlos. Er vereitelte die Flucht, versperrte die Türen und legte Feuer. Für Amalia, Prudence und Charlotte gab es keine Hoffnung mehr. Aber die Gouvernante und der Kutscher brachten die Jüngste wie durch ein Wunder einige Tage später nach Wilmington Hall. Der Viscount beschloss, bei allem Entsetzen und der Trauer, Stillschweigen darüber zu bewahren und das Kind als Mündel großzuziehen."

Ein Keuchen drang aus der Kehle der Viscountess Turner. Sie saß ungläubig und wie versteinert da.

„Ms Nora Wilmington ist das Kind, das nach dieser Tragödie zu uns gekommen ist. Ihr richtiger Name ist Eleanor Morton. Sie ist meine Enkelin und die Tochter der verstorbenen Countess of Felleringtonworth."

Die Viscountess löste ihre Anspannung, sank fassungslos in den Sessel zurück und warf Eleanor einen tränenverschleierten Blick zu.

„Eloise Wilmington, wie konnten Sie nur? Sie verstehen es, die Dinge spannend zu gestalten. Ist es denn möglich?"

Weder Eloise noch Eleanor sprachen ein Wort, während die Viscountess das Gehörte verarbeitete und sie eindringlich musterte. „Der Bernstein, er hätte es mir von Beginn an verraten müssen. Wie bin ich gleichermaßen erschüttert und erfreut. Es freut mich, Ihre Bekanntschaft zu machen, Eleanor Morton. Welch glückliche Fügung des Schicksals. Ich war Ihrer Mutter äußerst verbunden und Sie sehen ihr so unglaublich ähnlich. Wie hatte ich es all die Jahre nicht bemerken können?“

„Der Viscount legte großen Wert auf Diskretion und ich habe mich nach seinem Tod weiterhin an dieses Arrangement gehalten. Niemand wusste von Eleanors Existenz. Sogar sie selbst hat es erst kürzlich erfahren.“ Eloise tippte mit ihrem Stock auf den Boden.

„Wie außerordentlich betrüblich und doch verständlich. Ich bin vollkommen aufgewühlt. Darf ich Sie zu einem Spaziergang durch unseren Garten einladen? Mir ist nach frischer Luft. Anschließend lasse ich uns Sandwiches servieren.“

Abgesehen davon, dass Eleanor sich nie gegen einen Vorschlag der Viscountess ausgesprochen hätte, das gehörte zum guten Ton, war sie sehr angetan von der Idee.

In der nächsten Stunde flanierten alle drei Damen gemächlich durch die prächtige Gartenlandschaft des Anwesens. Die Viscountess nahm sich Zeit, einige Fragen zu Eleanors bisherigem Leben zu stellen und sowohl Eloise als auch ihre Enkelin antworteten unverzüglich und ausführlich.

„Sie sind als Nora Wilmington aufgewachsen, nun werden Sie in Bälde überall als Eleanor Morton vorgestellt. Wie geht es Ihnen damit?“

„Mylady, wenn ich ehrlich sprechen darf?“

„Ich bitte darum.“

„Es fällt mir noch schwer, mich an meinen neuen Namen zu gewöhnen. Ich weiß, dass Nora nicht der Name ist, den mir meine Mutter gab, dennoch fühle ich mich mit ihm sehr verbunden. Er gehört zu mir. Ihn abzulegen ist, wie einen Teil von mir aufzugeben.“

„Nun, wenn es Ihnen so schwerfällt, dann tun Sie es nicht. Für meine Begriffe spricht nichts dagegen. Nennen wir Sie Ms Nora Morton. Nora ist doch eine legitime Kurzform für Eleanor.“

Eleanor schluckte verlegen und als ihre Großmutter sich nicht gegensätzlich äußerte, war die Angelegenheit beschlossen.

Zurück im Salon, die Sandwiches waren gerade serviert worden, zwängte sich plötzlich ein kleiner brauner Hund mit langen Ohren durch die noch geöffnete Tür. Eilig stürmte er durch den Raum, direkt auf den Tisch zu. Noch bevor jemand etwas dagegen hätte unternehmen können, hatte er sich auch schon eines der mit geräuchertem Schinken belegten Sandwiches vom Tablett gestohlen und es gierig hinuntergeschlungen.

„Jack! So ein Unglück, wie kommt denn nur der Hund hier hinein? Fort mit dir!“ Die Viscountess schimpfte zwar, aber es klang weniger bedrohlich als vielmehr amüsiert, was sie in Eleanors Augen noch sympathischer machte.

Ein gellender, langgezogener Pfiff ertönte vor dem Salon und das Tier machte sofort kehrt, um hinauszujagen. Eleanor blickte ihm neugierig hinterher. Und sogleich wurde ihr etwas klar: Sie war im Hause Turner und es könnte sich bei diesem frechen Spaniel namens Jack womöglich um jenen handeln, dem sie vor fast zwei Jahren die Begegnung mit dem beeindruckenden Sam Turner zu verdanken hatte. Ja, nun war sie sich sicher. Es lag doch auf der Hand. Wohnte Mr Turner etwa hier?

„Sie müssen diesen unangenehmen Vorfall entschuldigen. Dieser verzogene Hund wird es nie lernen. Sobald er eine offene Tür entdeckt, nutzt er diese Chance gnadenlos aus. Wenn es nicht so ärgerlich wäre ...“Die Viscountess warf einen Blick zur Tür, schien nach den richtigen Worten zu suchen und beließ es dann dabei. „Ich werde uns neue Sandwiches bestellen.“

Sie ließ abräumen. Das Personal achtete peinlich darauf, die Tür zum Salon geschlossen zu halten.

„Ich bin untröstlich, Dolores.“ Eloise stützte sich auf ihren Stock und machte ein betrübtes Gesicht. „Sie müssen einer alten Lady verzeihen, ich fühle mich schwach und bin müde. Es wäre mir angenehm, wenn wir uns nun auf den Heimweg machen könnten.“

Dolores schaute ebenfalls bedrückt, machte aber keine Anstalten, Eloise und Eleanor länger bei sich zu behalten.

„So ungern ich Ihre Gesellschaft aufgebe, ich verstehe Sie sehr wohl. Natürlich sind es aufregende Neuigkeiten. Auch ich bin erschöpft. Es war ein aufwühlender Tag für uns alle. Und was die Ballsaison angeht, meine liebe Nora, seien Sie unbesorgt. Es wird mir eine große Freude sein, Sie allen wichtigen Personen vorzustellen und vor den Scharlatanen zu warnen.“

8.
VISCOUNTESS TURNERS PLAN

Dolores tat in der darauffolgenden Nacht kein Auge zu. Viel zu erdrückend waren der Schmerz, die Überraschung und die Freude über die Neuigkeiten, die sie am Nachmittag erfahren hatte. Wenn sie doch für geraume Zeit in eine Art Dämmerzustand glitt, suchten sie schreckliche Bilder vom Feuer, Abigail und ihren Kindern heim.

Dolores hatte geahnt, dass hinter Eloises Besuch mehr stecken würde. Zu lange hatte sie sich zurückgezogen. Es war naheliegend gewesen, dass die Witwe sich mit der Bitte an sie wenden würde, Ms Wilmington mit Wohlwollen zu begegnen und ihr den Eintritt in die Gesellschaft auf diese Weise zu erleichtern. Es hätte nichts dagegengesprochen, Ms Wilmington ein wenig zu unterstützen, allerdings hätte sie auch ohne Dolores' Zutun keinen ungünstigen Stand. Als Mündel eines verstorbenen Viscounts, dessen Witwe von ihrem Erbe lebte und das Alleinsein vorzog, vorgestellt zu werden, wäre nicht das Schlechteste für Eleanor gewesen. Aber nun?

Dolores Turner wusste um ihren Einfluss und mochte Eloise sehr. Das Leid, welches die Witwe des Viscount Wilmington in ihrem bisherigen Leben erfahren hatte, war erschütternd. Die Erinnerungen, die Dolores in dieser Nacht quälten, waren schmerzlich. Das Leben war ungerecht.

Als Abigail Wilmington debütiert hatte, war die nur ein paar Jahre ältere Dolores bereits seit einem Jahr Viscountess gewesen. Sie hatte das erste Kind unter dem Herzen getragen und ihr Gatte Archibald sie aufrichtig geliebt. Abigail war gerade erst sechzehn Jahre alt gewesen. Sie hatte sich schüchtern und zurückhaltend gezeigt. Ihre Schönheit war ihr nicht bewusst gewesen. Sie war von großem Wuchs, mit einer Haut, als wäre sie aus Porzellan und sie hatte glänzend schwarzes Haar. In ihrem Herzen jedoch war sie noch fast ein Kind gewesen. Es war Dolores damals ein Bedürfnis gewesen, sich ihrer anzunehmen und schon bald hatten sich zarte freundschaftliche Bande zwischen den Frauen entwickelt. Die Zahl Abigails' Verehrer wuchs wöchentlich.

Dolores erinnerte sich noch genau daran, wie überwältigt Abigail von dem Interesse an ihrer Person gewesen war und dass sie sich einigen der Anwärter sogar angenehm verbunden gefühlt hatte. Sie war die einzige Tochter des Viscount Wilmington und Dolores wusste von Abigail, dass er sich einen gesellschaftlichen Aufstieg durch die Heirat seiner Tochter erhoffte. Er ließ es sich also nicht nehmen, die Entscheidung für den künftigen Gatten seiner Tochter selbst zu fällen.

„Ich weiß nicht, ob ich mich bereits für einen Ehemann entscheiden kann." Dies hatte Abigail ihrer Freundin mehr als einmal gestanden.

„Du bist noch so jung, hübsch, klug und aus gutem Hause. Es wird sicherlich nicht schaden, wenn du noch eine zweite oder, so verrückt es auch klingen mag, gar eine dritte Saison erlebst. Du wirst sehen, mit der Zeit kommt der Richtige. Dein Herz wird es dir verraten."

„Wie?" Abigail hatte mit neugierigen Augen vor Dolores gestanden.

„Du wirst es erkennen. Glaube mir." Diese Antwort war selbstverständlich nicht zufriedenstellend gewesen, aber Dolores hatte ihrer Freundin nicht viel mehr offenbaren können. Sie selbst war so glücklich mit ihrem Archibald, dass sie sich nicht vorstellen mochte, es könnte Abigail eine Liebesheirat verwehrt bleiben.

Doch dann war alles recht schnell gegangen. Der Earl of Felleringtonworth hatte sich zu einigen Festen gezeigt und seinen Wunsch, sich zu vermählen, geäußert. Bald darauf blieben die Besuche der jungen Herren aus, was Abigail enttäuschte, wie sie Dolores damals anvertraut hatte. Allerdings wurde Lord Spencer nun täglich empfangen. Sein Auftreten und sein Interesse an Abigail unterschieden sich deutlich von dem der bisherigen Verehrer.

„Sie brachten mir immer Blumen, fuhren mit mir aus in den Park oder begleiteten mich zu Spaziergängen im Garten, selbstverständlich nie allein, aber Lord Spencer ist anders. Ein einziges Mal hat er mir Blumen geschenkt. Wenn er mir nun seine Aufwartung macht, verbringt er viel Zeit mit meinem Vater im Arbeitszimmer. Sie trinken Whisky, rauchen Zigarren und beim

Dinner sprechen sie nur über Geschäftliches, das ich nicht verstehe und das mich auch nicht interessiert."

„Magst du ihn denn?" Dolores hatte die Frage gestellt, obwohl sie sich die Antwort ausmalen konnte.

„Ich kann weder sagen, dass ich ihn mag, noch dass ich ihn nicht mag. Ich kenne ihn doch gar nicht. Allerdings wirkt er manchmal unheimlich auf mich. Als wir neulich mit der Kutsche ausgefahren sind, hat er kaum mit mir gesprochen. Immerhin hat er meine Schönheit und meine Größe gelobt. Die ist ihm, wie mir scheint, das Wichtigste von allem. Er selbst ist ja mindestens einen Kopf kleiner als ich."

„Du kannst ihn abweisen, wenn du ihn nicht heiraten möchtest. Wir werden schon ausreichend Gründe finden."

„Ich fürchte, das wird mein Vater nicht zulassen und Lord Spencer wird sicherlich gekränkt sein, wenn ich seinen Antrag nicht annehme."

Dolores wälzte sich hin und her. Die Frage, ob sie damals hätte Einfluss nehmen können, wenn sie sich rechtzeitig ihrem Gatten anvertraut hätte, hatte sie all die Jahre begleitet. Er hatte ihre Sorgen und Bedenken immer ernst genommen und war auch damals schon eine einflussreiche Person gewesen. Gewiss war sie Abigail am Ende keine gute Freundin gewesen.

Abigails Verlobungszeit mit dem Earl hatte nicht mehr Zeit als nötig in Anspruch genommen und dann war aus der jungen, zurückhaltenden Abigail Wilmington die Countess of Felleringtonworth geworden. Lord Spencer hatte sie ins entfernte Westmorland gebracht. Dort lag Grithwood Castle und von dort war Abigail nie mehr zurückgekehrt. In ihren Briefen schrieb sie von ihrem Wunsch, dem Earl einen Sohn schenken zu können und ihn auf diese Weise zu besänftigen. Dolores hoffte mit ihr. Archibald hatte sie nie bedrängt. Dass sie ihm schon ein Jahr nach der Hochzeit Jefferson geboren hatte, war dennoch ein Segen für alle gewesen. Als Abigail zum ersten Mal guter Hoffnung war, erwartete Dolores bereits ihr zweites Kind. Zur Freude des Viscounts gebar Dolores einen weiteren Sohn, Sampson. Abigail schenkte Amalia das Leben. Trotz einer anstrengenden Schwangerschaft war sie ein gesundes und kräftiges Baby, doch in den Augen des Earls hatte Abigail versagt. Sie machte in ihren Briefen nur vage Andeutungen, aber Dolores kannte ihre Freundin mittlerweile gut genug, um herauszulesen, wie schlimm es um sie stand und wie sehr ihr Gatte sie verachtete. Mit jeder Tochter verschlimmerten sich die Umstände und die Schuldgefühle, nicht genug für Abigail getan zu haben, nagten an Dolores.

Dass ausgerechnet Ms Wilmington, die bisher nicht großartig in Erscheinung getreten war, Abigails Tochter war, dass sie nun hier war und ihre Unterstützung benötigte, erschien Dolores wie ein Wink des Schicksals. Sie musste sich um Eleanors Zukunft kümmern. Sie würde ihren Einfluss nutzen und Eleanor Morton den Weg in eine glückliche Zukunft ebnen. Das war das Mindeste, was sie für Abigail tun konnte. Sie hoffte, damit einen Teil der Schuld, die sie auf sich geladen hatte, zu begleichen.

Schon am nächsten Morgen schickte sie Boten mit Briefen aus, in welchen sie ihre Söhne Jefferson und Sampson zum Dinner einlud. Jefferson, der den Titel erben würde, lebte in einem eigenen Haus, nur wenige

Meilen entfernt. Sampson besaß eine Wohnung in der Nähe, hielt sich aber die meiste Zeit auf Rickhamstead Manor, dem Landsitz der Familie Turner auf. Nach dem kurzen Auftritt seines frechen Spaniels war sich Dolores allerdings sicher, dass er derzeit in London weilte. Dafür, dass er es gewagt hatte, seinem Vater einen Besuch abzustatten und es nicht für nötig gehalten hatte, seine Mutter zu begrüßen, würde sie ihn zu gegebener Zeit rügen. Nicht dass Dolores deswegen tatsächlich verärgert war. Derlei Benehmen gehörte sich zwar nicht, aber die Ereignisse des gestrigen Tages hatten ihre Spuren hinterlassen. Sie war im Nachgang froh gewesen, dass sie Sam nicht mit Abigails Mutter und Tochter hatte bekannt machen müssen. Diese einigermaßen prekäre Angelegenheit hatte weitreichende Konsequenzen und erforderte Fingerspitzengefühl. Den ganzen Tag lang überlegte sich Dolores entsprechende Formulierungen und Möglichkeiten, ihre Familie über die jüngsten Ereignisse zu informieren und vor allen ihre Söhne von der Dringlichkeit ihrer Unterstützung zu überzeugen.

Nun saß Dolores in Erwartung ihrer Familie im Salon. Ein Buch lag auf ihrem Schoß und sie versuchte sich darauf zu konzentrieren, wenigstens ein paar Seiten zu lesen. Es gelang nicht recht. Stattdessen wanderten ihre Gedanken von der Protagonistin in ihrem Roman immer wieder zu Abigail. Beiden war gemeinsam, dass ihre Eheschließungen dem gesellschaftlichen Aufstieg der Familie und der Vermehrung ihres Reichtums dienten.

Selbstverständlich wurden die meisten Ehen aus eben diesen Beweggründen geschlossen. Dass Dolores unsagbares Glück mit Archibald hatte, war ihr bewusst. Dennoch saßen tief in ihrem Inneren der Zweifel und der Schmerz, sich nicht ausreichend ihrer Position bedient und somit ihre Freundin im Stich gelassen zu haben. Sie blinzelte eine Träne fort und wischte sich eilig über die Wange, als Jefferson den Salon betrat.

„Guten Abend, Mutter.“

„Jefferson.“ Sofort legte sie die Trauermiene ab, setzte ein bezauberndes Lächeln auf und begrüßte ihren Sohn.

„Deine Nachricht hat mich überrascht. Um welche geheimnisvollen Informationen handelt es sich denn?“

„Bedeutende, das versichere ich dir, doch du wirst dich bis zum Dinner gedulden müssen.“ Dolores lächelte freundlich.

Jefferson gehörte zu den begehrten Junggesellen in London, weil er der Sohn des Viscount Turner war und später einmal seinen Reichtum und den Titel erben würde. Er war von kräftigem Wuchs, maß wie sein Vater stattliche sechs Fuß, sein dunkelblondes Haar war dicht und fiel ihm in einem widerspenstigen Wirbel in die Stirn. Seine kräftigen blauen Augen hatte er ebenfalls von seinem Vater geerbt. Dolores wusste um deren Wirkung. In der Londoner Gesellschaft begegnete man ihm mit Respekt und Achtung. Er war aufmerksam, klug und wild entschlossen, wenn er sich erst einmal etwas in den Kopf gesetzt hatte. Er war ein Mann, der sein Herz am richtigen Fleck hatte.

„So werde ich also dafür bestraft, dass ich pünktlich erscheine? Die Welt ist ungerecht.“ Er verzog das Gesicht und blieb unschlüssig im Salon stehen.

„Das ist sie in der Tat, doch es bleibt uns nichts anderes übrig, als uns zu fügen." Obwohl sie lächelte, gelang es Dolores nicht, ihre Schwermut zu verbergen.

„Wusstest du, dass Sam in London ist?" Jefferson goss sich einen Sherry ein und setzte sich auf einen der Sessel.

„Ja, das wusste ich. Allerdings hielt er es nicht für nötig, mich selbst darüber zu informieren oder wenigstens einen guten Tag zu wünschen, wenn er schon in diesem Hause weilt." Dolores klappte das Buch hörbar zusammen und legte es auf den Tisch.

„Mir gegenüber hat er auch kein Sterbenswörtchen erwähnt. Ich habe es erst im Club erfahren. Er möchte, wenn alle anderen vor mir richtig informiert wurden, offenbar unsere Pferdezucht ausbauen."

„In der Tat, ich habe ihn damit beauftragt." Archibalds tiefe Stimme mischte sich ins Gespräch. Dolores sah auf. Ihr Gatte und der zweitgeborene Sohn Sam betraten den Salon. „Der Markt ist in Bewegung. Es stehen derzeit einige wertvolle Tiere zum Verkauf." Archibald begrüßte seine Frau mit einem leichten Kuss auf die Wange. „Hallo, meine Liebe, verzeih die Verspätung. Wir haben aufregende Neuigkeiten zu verkünden." Sie genoss diesen kurzen Moment der Nähe, dachte sich aber im gleichen Moment, dass seine Neuigkeiten mit den ihrigen nicht würden mithalten können.

„Hallo, Sam, wie schön, dass du es einrichten konntest. Ich nehme an, du bist häufiger hier, doch die Fülle deiner Aufgaben raubt dir die Zeit, deine Mutter wenigstens für einige Minuten mit deiner Gegenwart zu beehren. Ich habe dich bereits vermisst."

„Verzeih, Mutter. Sei versichert, dass es dringende geschäftliche Angelegenheiten waren, die mich von einem Besuch abhielten. Nun bin ich hier und stehe uneingeschränkt zu deiner Verfügung."

„Du ahnst nicht, wie recht du damit hast, Sampson", erwiderte Dolores zuckersüß. Sie wusste, dass Sam das Tanzen zuwider war und auch, dass er sich lieber mit den Tieren, vorrangig mit der Pferdezucht, auf Rickhamstead Manor befasste. Aber in dieser Saison hatte sie anderes mit ihm vor. Er würde sie unterstützen. Ein Nein wollte Dolores nicht akzeptieren. Sie hakte sich bei ihrem Sohn ein und führte ihn hinüber zu den Getränken.

„Darf ich dir einen Sherry vor dem Essen anbieten?"

Er nickte und Dolores genoss seinen misstrauischen Gesichtsausdruck.

„Wie kann es sein, dass ihr zwei dringende Geschäfte zu besprechen habt und ich nichts davon weiß? Bisher war nie die Rede davon, den Zuchtbetrieb auszubauen." Jefferson leerte sein Glas und wartete geduldig auf die Antwort seines jüngeren Bruders. Doch Sam blieb sie ihm schuldig.

Stattdessen antwortete Viscount Turner. „Mein Sohn, selbstverständlich werde ich dich in Kürze umfassend zu allen Plänen informieren. Die Details besprechen wir nach dem Dinner." Archibald Turner sprach seine Worte höflich, ließ jedoch keinen Zweifel daran, dass er noch immer derjenige war, der die Entscheidungen zu allen Geschäften traf.

„Nun, dann lasst uns hinübergehen und das Dinner genießen. Bei einem guten Essen lassen sich aufregende Neuigkeiten viel besser vertragen." Höflich und bestimmt erfüllte Dolores die Rolle der Gastgeberin.

Archibald bot ihr seinen Arm und führte sie ins Speisezimmer, dicht gefolgt von seinen Söhnen.

„Seit wann bist du in London? Ich hörte, du warst im Club", fragte Jeff, als sie den Tisch erreichten. Er war geschmackvoll für vier Personen eingedeckt.

„Erst seit ein paar Tagen. Sei versichert, ich hatte gehofft, dich dort anzutreffen. Da dies nicht der Fall war, hatte ich vor, dich gleich morgen früh aufzusuchen. Nun kam diese plötzliche Einladung unserer Mutter dazwischen und beschleunigte unser Wiedersehen." Sampson grinste.

„Du bist unverbesserlich. Es muss dir doch klar sein, dass deine Anwesenheit nicht unkommentiert bleibt. Es wirft Fragen auf, wenn ich nicht weiß, dass mein einziger Bruder, mein Seelenverwandter, mein Fleisch und Blut, in der Stadt ist." Jeff brachte seinen Vorwurf mit einem spöttischen Grinsen hervor.

„Selbstredend ist mir das klar und ich freue mich umso mehr, dass sich mein angesehener Bruder so nach mir verzehrt. Sei versichert, dass ich gleich morgen in aller Herrgottsfrühe um eine Audienz in deinem Haus gebeten hätte."

„Mutter, findest du nicht, dass er jetzt albern wird?" Jeff richtete sich wieder an seinen Bruder. „Also wirklich, eine Audienz in aller Herrgottsfrühe."

„Mich beschleicht das Gefühl, dass ihr beide recht albern seid, der eine wie der andere." Dolores kommentierte das übliche Wortgefecht ihrer Söhne mit einem zufriedenen Lächeln.

„Meine Neugier ist dem Bewusstsein geschuldet, Sam im Auge behalten zu müssen." Jeff ging zufrieden in seiner Rolle als Titelerbe und großer Bruder auf.

„Nun, mir scheint es zeitweilig sinnvoll und notwendig, euch beide im Auge zu behalten", meldete sich Archibald zu Wort und versetzte Jeff einen Dämpfer, der bei Sam wiederum für Vergnügen sorgte. Er konnte ein Schmunzeln nicht verbergen.

Dolores war nicht nur eine sehr hübsche Viscountess, sie war auch klug und geduldig. So wartete sie ab, bis ihr Gatte und die Söhne sich hinreichend über die Zukunftspläne, die Pferdezucht, die jüngsten Rennsporterfolge des Duke of York und sein Interesse an einem vielversprechenden Jockey ausgetauscht hatten.

„Jefferson, du wirst dich weiterhin mit mir in die bestehenden Geschäfte einbringen. Du wirst einmal die Verantwortung für all dies tragen. Diese eine zusätzliche Aufgabe habe ich Sampson zugedacht. Er steht zwar nicht in dem Maße in der Öffentlichkeit wie du oder ich, dennoch ist er ein angesehener Gentleman und wird seinen Einfluss im Sinne der Familie geltend machen. Sampson hat ein ausgesprochen geschultes Auge für Pferde. Sein Sachverstand und großes Interesse an der Zucht kann und wird uns von bedeutendem Nutzen sein."

„Das ist richtig und es spricht nichts dagegen. Im Gegenteil, ich bin dafür, dass Sampson seinen Beitrag leistet und sich, statt in Müßiggang aufzugehen, einem sinnvollen Tagesgeschäft zuwendet." Dieser Seitenhieb zeigte Wirkung.

„Müßiggang, aha. Dem habe ich deiner Meinung nach also nachgegeben? Nun, ich verweilte zwar in der Vergangenheit seltener in London als du, Bruderherz. Dies wird sich in den nächsten Monaten jedoch ändern. Ich werde mich langfristig in meiner Wohnung einrichten."

„Welch wunderbare Aussichten. Damit lässt sich auch Jacks Anwesenheit erklären, da du dich kaum für längere Zeit an einem Ort aufhältst, ohne deinen Hund mitzunehmen. Ich hoffe, der Arme hat die Sandwiches, die er vor den Augen meiner Gäste vom Tisch stahl, vertragen?" Die Frage war rein rhetorisch. Dolores erwartete keine Antwort von ihrem Sohn.

„Verzeih mir, Mutter. Es war ein ungünstiger Zufall. Ich wusste zudem nicht, dass du Besuch hattest. Wer war es denn, wenn du mir die Frage gestattest? Bei nächster Gelegenheit werde ich mich für das Benehmen meines Hundes entschuldigen." Dolores winkte ab. „Selbstverständlich habe ich dies bereits getan."

Daraufhin herrschte eine Weile Schweigen am Tisch. Erst als das Dessert serviert worden war, ein Trifle mit Erdbeeren, fand Dolores, es wäre nun an der Zeit, ihre Neuigkeiten zu präsentieren.

„Gestern besuchte mich Lady Wilmington, die Witwe des Viscount Wilmington mit einer jungen Dame."

Sam erwiderte nichts, blickte aber interessiert. Die Informationen Wilmington und junge Dame ließen ihn gleich wieder an die vergangene Begegnung mit der Fremden in Hertfordshire denken.

„Sie wird in dieser Saison debütieren und ich werde sie dabei nach Kräften unterstützen. Es ist mir ein außerordentliches und dringendes Bedürfnis, dafür zu sorgen, dass sie nur die besten gesellschaftlichen Beziehungen knüpft und einer zufriedenen Zukunft entgegensieht. Sie hat es verdient, glücklich zu werden." Dolores sah ihre Söhne herausfordernd an.

„Mutter, du verlangst doch nicht etwa, dass einer von uns beiden sie heiratet?" Jefferson warf seiner Mutter einen prüfenden Blick zu. Bisher waren sowohl er, als auch sein Bruder Sam von solcherlei Anregungen verschont geblieben.

„Selbstverständlich nicht. Dennoch werden wir uns so oft wie möglich mit ihr in der Öffentlichkeit zeigen. Euer Vater und ich werden sie zu einem Picknick einladen und ihr zwei werdet in dieser Saison jeden Ball nutzen und sie zum Tanz aufzufordern."

Es herrschte Stille. Dolores sah in drei irritierte Gesichter.

„Nur um sicherzugehen ... du sprichst von Eloise Wilmington und Nora Wilmington, dem Mündel des Viscounts."

Überrascht zog Dolores eine Augenbraue nach oben. Sampson, dem die Bälle, um die er sich drücken konnte, die liebsten waren, zeigte sich erstaunlich informiert.

„Ja, von genau diesen beiden Damen spreche ich", bestätigte Dolores.

„Und mit welcher von beiden sollen wir tanzen?", forderte Jeff seine Mutter grinsend heraus.

„Mit Ms Wilmington selbstverständlich." Sie hob drohend den Zeigefinger. „Ich lasse nicht zu, dass ihr in dieser Angelegenheit den nötigen Respekt fehlen lasst." Dolores hatte ihre Worte mit Nachdruck formuliert.

Augenblicklich wurde Jefferson ernst. Archibald und Sampson hatten das Gespräch mit neugieriger Zurückhaltung verfolgt.

„Meine Liebe, wenn es dir wichtig ist, werden wir dich bei deinem Vorhaben unterstützen. Es wird unseren Söhnen nicht schaden, sich respektvoll mit einer jungen Dame in der Öffentlichkeit zu zeigen. Aber bitte erlöse mich doch von meiner Neugier. Was bewegt dich zu diesem Schritt?"

„Ms Nora Wilmington ist kein Mündel. Sie ist die Enkelin des Viscounts und der Viscountess, denn sie ist Abigail Mortons Tochter. Der verrückte Earl war ihr Vater. Und sie heißt auch nicht Nora Wilmington, sondern Eleanor Morton."

Nun war es heraus und Dolores stieß ermattet die Luft aus ihren Lungen.

„Verstehe ich dich richtig? Du sprichst von Spencer Morton, dem Brandstifter, der seine Familie ausgelöscht hat?"

„Ja, von selbigem."

9.
DER ERSTE BALL

„Willst du nichts essen? Der Abend wird aufregend und lang. Du musst bei Kräften bleiben. Wie willst du sonst tanzen und dich amüsieren? Du siehst aus, als stünde dir ein Abend auf dem Friedhof bevor und kein Ball." Eloise kräuselte die Lippen, um ihr Missfallen über Eleanors Verweigerung zur Nahrungsaufnahme zu unterstreichen.

„Verzeih mir, Großmutter. Ich würde etwas essen, aber mir ist der Hals wie zugeschnürt. Ich bekomme keinen Bissen hinunter. Sicherlich wird es auf dem Ball Erfrischungen und etwas zur Stärkung geben."

Seit dem Morgen schon war Eleanor ein Nervenbündel. In der Theorie wusste sie sehr wohl, was sie erwartete. Doch dies schien ihren Körper in der Praxis nicht besänftigen zu können. Im Gegenteil, die Nervosität war bereits in jede Faser ihres Seins gekrochen und malträtierte ihren Körper mit Unruhe, Herzklopfen, schneller Atmung und schweißnassen Händen. Dass sie nichts essen mochte, war wohl ihr geringstes Problem.

„Eleanor, ich bitte dich. Du wirst nicht dort sein, um dir den Magen zu füllen oder mit Trauermiene deinen Hunger zu ertragen. Du wirst dich zeigen, bezaubernd lächeln und viele wichtige Menschen kennenlernen. Es wird uns nicht gut zu Gesicht stehen, wenn du gleich mit einer Ohnmacht Aufsehen erregst." Eloise sprach mit engelsgleicher Geduld auf sie ein.

„Du hast recht, der Abend wird aufregend. Ich sollte mir Mühe geben, ihn in heller Freude zu genießen. Trotzdem habe ich Angst und kann mir kaum vorzustellen, mich zu amüsieren, falls jemand Anstoß an meiner Herkunft nimmt. Alle Blicke werden auf mir liegen. Jeder Fehler, der mir unterläuft, wird bestraft werden." Eleanor trug ihre Bedenken mit zitternder Stimme vor. Ihr klopfendes Herz wollte sich einfach nicht beruhigen. Heute war der besondere Abend. Heute wurde sie der Gesellschaft vorgestellt und sie war in höchstem Maße beunruhigt darüber, wie die Enthüllung ihrer Identität auf die Anwesenden wirken würde. Ihre Angst, zum Gespött zu werden und in eine ungewisse Zukunft zu sehen, war größer als die Freude über die Einladung zum Ball.

„Dann machst du eben keine Fehler", bemerkte Eloise spitz.

Eleanor starrte ihre Großmutter irritiert an. Dieser schnippische Ton war ihr neu. Doch gleich darauf lächelte Eloise nachsichtig und zeigte damit, dass sie ihre Bemerkung nicht ernst gemeint hatte. „Meine Liebe, sorge dich nicht. Wir sind bestens vorbereitet. Sollte das Wohlwollen der Viscountess nicht Beruhigung genug sein?"

„Großmutter, du hast sicherlich recht und dennoch werde ich die Angst nicht los." Eleanor griff nach einem Käsesandwich, legte es aber gleich wieder vor sich auf dem Teller ab und seufzte, als wäre es ein unüberwindbares Hindernis.

Vor wenigen Tagen waren die Kleider aus Madame Dubois' Atelier geliefert worden. Sie sahen bezaubernd aus. Sie passten ausgezeichnet und unterstrichen Eleanors natürliche Schönheit. Die Viscountess hatte ihr gestern noch einen Brief übersandt, in dem sie Eleanor Mut zugesprochen und ihr versichert hatte, sie auf dem Ball zu treffen.

Haben Sie Vertrauen und genießen Sie dieses einmalige Ereignis, hatte sie geschrieben.

Eleanor mochte Lady Turner sehr. In der vergangenen Woche waren sie, Eloise und Dolores in ihrer Droschke durch London gefahren. Es hatte sich längst herumgesprochen, dass die Viscountess sehr angetan von Ms Morton war. Und da es immer von Vorteil war, sich mit Lady Turner gutzustellen, zeigten sich auch alle anderen angetan von Ms Morton, auch wenn sie ihr noch nicht persönlich vorgestellt worden waren.

Eleanor hatte sich während des gemeinsamen Ausflugs hin und wieder getraut, einige Fragen zu ihrer Mutter zu stellen. Es fühlte sich sonderbar an, einen weiteren Menschen zu treffen, der ihre Mutter gekannt und geliebt hatte. Sie war sich sicher, dass Dolores' Bestürzung und Trauer um die Countess of Felleringtonworth ebenso echt waren wie die Zuneigung, die sie ihrer verwaisten Tochter entgegenbrachte.

Der Moment, vor dem sich Eleanor so sehr gefürchtet hatte, war vorüber, noch ehe sie sich dessen bewusst geworden war. Ms Eleanor Morton war nur eine von vielen jungen Damen, die an diesem Tag präsentiert wurden und ihren ersten Auftritt in der Gesellschaft hatten. Ehe sie sich versah, standen Eloise Wilmington und Eleanor Morton bereits mit vielen anderen herausgeputzten Gästen an der Seite des Ballsaals im Londoner Anwesen des Viscounts. Falls jemand ihr neugierige oder gar missbilligende Blicke zuwarf, so bemerkte Eleanor es nicht.

„Da sind Sie ja, meine Liebe. Wie freut es mich, Sie zu sehen."

Die glasklare Stimme der Viscountess riss Eleanor aus ihren Gedanken. Urplötzlich war sie aufgetaucht, hakte sich mütterlich bei ihr ein und lächelte gewinnend in den Saal. Lassen Sie uns ein paar Minuten miteinander plaudern. Es ist Ihnen doch recht Eloise, wenn ich Eleanor für einige Minuten entführe?"

Eloise nickte freundlich und blieb zurück, während die Viscountess sich mit ihrer Enkelin in Bewegung setzte.

„Wie geht es Ihnen, Ms Morton?" Dolores Turner zeigte sich ausgesprochen gut gelaunt. Sie trug das Haar in einer hübschen Hochsteckfrisur und zeigte sich in einem eleganten pfirsichfarbenen Kleid, das mit einem gewagten Dekolleté überraschte.

„Vielen Dank, Mylady, es geht mir besser, als ich vermutet hatte. Nachdem die erste Aufregung vorüber ist, wage ich sogar wieder an einen Tanz zu denken."

Die Viscountess blickte freundlich lächelnd zu allen Seiten, während sie Eleanor durch den Saal führte. Vorbei an den Musikern, die noch damit beschäftigt waren, ihre Instrumente aufeinander abzustimmen. Dann schien sie jemanden entdeckt zu haben. Eleanor folgte ihrem Blick und entdeckte gleich darauf zwei attraktive Herren. Beide wurden von sehnsüchtigen Augenaufschlägen einiger Damen begleitet. Abwechselnd blieben sie stehen, verneigten sich und wechselten ein paar Worte mit den Gästen. Beide strahlten in besonderem Maße Eleganz und Selbstsicherheit aus. Sie lächelten fast hoheitsvoll, als sie den Saal durchschritten und sich Eleanor und Dolores näherten. Wer diese beiden Herren wohl waren?

Im nächsten Augenblick fuhren Eleanor der Schreck und die Freude ihres Lebens durch die Glieder. Ihr Herzschlag setzte für einen Moment aus, dann begann es in ihrer Brust heftig zu klopfen. Ihre Knie wurden noch weicher als am Morgen, denn einen der beiden Gentlemen erkannte sie sofort.

„Ausgezeichnet, das freut mich zu hören und Sie werden mit Sicherheit Gelegenheit dazu haben“, sprach die Viscountess nun leiser. „Ich möchte Sie mit meinen Söhnen bekanntmachen.“

„Ach …“, entfuhr es Nora und sie fügte schnell ein „wie erfreulich“ hinzu. Die Hitze stieg ihr in die Wangen und sie hoffte inständig, niemand würde bemerken, wie es ihr im Augenblick erging.

Die Viscountess beobachtete die Szenerie um die jungen Männer einige Minuten, dann stellte sie trocken fest: „Das dauert mir entschieden zu lange. Kommen Sie, wir gehen hinüber zu Ihrer Großmutter und warten dort auf die beiden. Wir können Lady Wilmington unmöglich noch länger sich selbst überlassen.“

Dolores zog Eleanor mit sich. Diese wagte es, sich noch einmal nach den Söhnen der Viscountess umzusehen. Just in diesem Augenblick sah Sam Turner auf.

Ihre Blicke trafen sich für den Bruchteil einer Sekunde. Eleanor erschrak, geriet ins Straucheln kam aus dem Tritt.

„Immer darauf achten, die Haltung zu bewahren", flüsterte Lady Turner, verlangsamte jedoch ihren Schritt und führte sie sicher zurück zu Eloise, wo sie ausharren wollte, bis ihre Söhne endlich bei ihnen angelangt waren.

Es dauerte lange und Eleanor fürchtete, die Wartezeit nicht überstehen zu können. Ihr wurde flau im Magen und sie schalt sich innerlich, dass sie doch etwas hätte essen müssen. Stetig wanderte ihr Blick durch den Saal. Immer wieder wurden die beiden Herren in Gespräche verwickelt. Zwischen den Damen der Gesellschaft, ihre Großmutter zu ihrer linken Seite, die Viscountess Turner zur rechten, gab sie ein eindrucksvolles Bild ab. Und niemand schien zu bemerken, wie es um den Gemütszustand der Debütantin bestellt war.

„Meinetwegen könnte die Musik allmählich beginnen", raunte Eloise. Sie stützte sich auf ihren Stock und wirkte erschöpft. „Wenn sich erst die Tanzpaare durch den Saal bewegen, wird es hier hoffentlich etwas leerer und ich kann für einen Moment verschnaufen. Ich hatte vollkommen vergessen, wie stickig es in Tanzsälen werden kann." Sie fächelte sich etwas Luft zu.

„Du musst doch nicht warten, bis getanzt wird. Es wird dir gewiss niemand übelnehmen, wenn du einen Moment verschnaufst." Eleanor flüsterte und suchte den Saal nach einem geeigneten Platz für Eloise ab.

„Nur keine Eile. Ich würde es mir übelnehmen, wenn ich nicht in der Lage wäre, wenigstens auszuharren, bis du die ersten Bekanntschaften gemacht und nicht wenigstens einen Tanz absolviert hast." Sie tippte mit dem Stock auf den Boden.

„Du bist unverbesserlich. Wenn du dich nicht schonst, erlebst du keines von beiden." Eleanor versah ihren saloppen Kommentar mit einem Lächeln und war insgeheim sehr froh darüber, dass Eloise an ihrer Seite blieb.

„Solche Töne aus deinem Mund?" Eloise zog die Augenbrauen hoch und kräuselte die Lippen. „So etwas darfst du nicht einmal denken." Die Art, wie Eloise auf diese kleine Albernheit reagierte, empfand Eleanor als einen Hauch zu intensiv. Doch es tat ihr leid, dass sie ihre Großmutter aufgeregt hatte.

„Entschuldige, Großmutter. Es kommt nie wieder vor."

Mittlerweile war zumindest einer der beiden Herren, die von der Viscountess bereits als ihre Söhne angekündigt waren, bei ihnen angelangt.

„Guten Abend Mutter." Er grüßte freundlich und souverän.

„Jefferson, ich bin erfreut, dich hier zu sehen", flötete Lady Turner ihm zu.

„Mich freut es ebenfalls. Es war mir ein unerklärlich besonderes Bedürfnis, diesen Abend nicht zu versäumen." Um seine Lippen herum zuckte es verdächtig und seine Augen wurden etwas schmaler.

Machte er sich lustig über sie? Eleanor lief ein erschrockener Schauer über den Rücken.

„Darf ich dich der entzückenden Eleanor Morton und ihrer Großmutter Lady Wilmington vorstellen?", fuhr Dolores unbeirrt fort. Sie wartete keine Antwort ab, sondern plauderte munter weiter. „Meine Damen, das ist mein Erstgeborener, Jefferson Turner.“

„Lady Wilmington, Ms Morton, es freut mich sehr, Ihre Bekanntschaft zu machen.“ Jeffersons Stimme war warm und tief. Er deutete eine Verbeugung an, lächelte und sah Eleanor so lange und intensiv in die Augen, dass ihr die Knie sofort wieder weich wurden. In dieser Verfassung würde es ihr unmöglich sein, zu tanzen.

„Das Vergnügen ist auf meiner Seite, Mr Turner“, brachte sie mit Mühe heraus.

Er musterte Nora zufrieden.

Jefferson Turner war ein großer Mann. Er hatte ebenso dunkelblondes Haar wie seine Mutter und breite Schultern. Sein Gesicht war schön, etwas zu ernst vielleicht. Besonders auffällig waren seine durchdringenden blauen Augen.

„Werden Sie mir später die Ehre erweisen und mit mir tanzen?“

Überrascht von dieser unerwarteten Frage öffnete Eleanor leicht den Mund.

Mr Turner stand ruhig und gefasst vor ihr. Ihn brachte diese Frage nicht aus dem Konzept. Sie schon. Wie überwältigend dieser Moment war. Hatten sie doch, trotz aller Hoffnung, immer wieder Zweifel eingeholt, es könnte sie angesichts der vielen anderen hübschen Damen niemand um einen Tanz bitten. Und nun fragte sie Mr Turner umgehend, nachdem sie miteinander bekannt gemacht wurden. Selbstverständlich durfte sie nicht ablehnen. Das wollte sie auch nicht.

„Sehr gern.“ Eleanor knickste verlegen und bemerkte den zufriedenen Blick, den die Viscountess ihrem Sohn zuwarf, nicht. Nun war auch der andere Gentleman bei Ihnen angelangt.

„Sampson. Ich bin erfreut, dass auch du es geschafft hast, zu uns zu gelangen." Obwohl Dolores ihre Worte in flötendem Singsang hervorbrachte, bemerkte Eleanor den tadelnden Unterton.

„Guten Abend, Mutter. Wie du mit eigenen Augen gesehen hast, liegt ein anständiges Stück Arbeit hinter mir. Sei versichert, ich habe keine Mühe gescheut, dich zu begrüßen."

„Mich und die beiden Damen in meiner Gesellschaft. Lady Wilmington ...", sie machte eine Pause und wartete, bis Sam sie begrüßt hatte, „... und Ms Eleanor Morton. Sie ist Lady Wilmingtons Enkelin. Ms Morton, das ist Sampson Turner, Jeffersons jüngerer Bruder, mein Sohn."

Sampson lächelte gewinnend. „Ms Morton, was für eine angenehme Überraschung." Er vollführte die gleiche eindrucksvolle Geste wie sein Bruder, beugte sich nach vorn, senkte die Stimme und sah sie durchdringend an.

Eleanor nickte. Sie war nicht fähig, zu antworten.

Er dagegen schon. „Ms Morton, es ist mir ein Vergnügen."

Sam Turner war *ihr* Sam Turner, da war sie sich sicher. Doch für Eleanor war es eine einseitige Wiedersehensfreude, denn Sam Turner erkannte sie offenkundig nicht. Sie schluckte die Enttäuschung hinunter und bemühte sich um Fassung. Sofort begann sie in Gedanken damit, Erklärungen dafür zu finden, warum er nicht wusste, wer sie war.

Wie sollte er sich auch zwischen all diesen Damen an sie erinnern? Ihre Begegnung in den Weiten Hertfordshires hatte sich vor langer Zeit ereignet. Sie hatten sich nur ein paar Minuten gesehen und die meiste Zeit war es dabei um Jack gegangen, der verletzt gewesen war. Sie war damals viel zu jung gewesen, als dass sich ein Mann wie Sam Turner an eine Begegnung mit ihr erinnern könnte. Diese und andere tröstende Gedanken gingen ihr durch den Kopf.

Die Brüder hatten sich auf ein Gespräch mit ihrer Mutter eingelassen und so hatte sie Gelegenheit, beide unauffällig anzuschauen. Sie ähnelten sich sehr. Sampson hatte jedoch eisblaue, fast graue Augen und helleres Haar als Jefferson.

Unerwartet richtete Sam nun das Wort wieder an Eleanor und riss sie aus ihrer beobachtenden Haltung. „Ms Morton", er machte eine Pause und schien abzuwarten, wie seine Anrede auf sie wirkte.

„Ja, Mr Turner?" Nora lächelte ihn zurückhaltend an.

„Gehe ich recht in der Annahme, dass mein Bruder Sie bereits um einen Tanz gebeten hat?"

„So ist es." Sie nickte.

„Würden Sie auch mir die Ehre erweisen? Begleiten Sie mich zum Tanz ... Ms Morton?" Wieder betonte er ihren Namen.

„Aber natürlich." Eleanor knickste und bemerkte die kleinen Fünkchen der Freude in seinen Augen. Diese wiederum ließen sie die kürzliche Enttäuschung weniger schmerzlich empfinden.

„Mein Lieber, du wirst dich gedulden müssen. Da ich sie zuerst gefragt habe, wird sie auch zuerst mit mir tanzen", brachte sich Jefferson sofort ins Gespräch ein.

„Die Musik wird wohl jeden Moment aufspielen. Es dauert schon auffällig lange. Darf ich bitten?"

„Gern." Eleanor nahm Jeffersons Hand und ließ sich von ihm zur Tanzfläche führen. Sie stellten sich auf und die plötzliche Nähe, die Berührung, der Druck seiner behandschuhten Hand durch den Stoff ihres Kleides, ließen sie erzittern. Sie blickte auf. So, wie er sie ansah, aufmerksam aus seinen tiefblauen Augen, war ihm die Wirkung, die er auf sie hatte, nicht entgangen. Peinlich berührt schloss Eleanor für einen Moment die Augen. Zu ihrem Glück begann die Musik.

„Wollen wir?" Er raunte seine Frage und sie brachte ein zustimmendes Nicken zustande.

Anfänglich sehr schüchtern, befolgte sie die erlernten Schritte. Von Minute zu Minute wurde es leichter. Unbewusst lockerte sie ihre steife Haltung und überließ sich schließlich Jeffersons Führung.

„Gott sei Dank. Ich dachte schon, Sie lassen niemals los", raunte er wieder, lächelte und warf ihr abermals diesen eindringlichen Blick zu. Sie bewegten sich gleich schwungvoller und eleganter über die Tanzfläche.

„Verzeihung", flüsterte Eleanor, der das Tanzen nun wesentlich leichter fiel. Seine Bemerkung war ihr dennoch sehr unangenehm.

„Entschuldigen Sie sich nicht. Es ist Ihr erster Tanz und es ist meine Aufgabe, Ihnen die Sicherheit zu geben, sich von mir führen zu lassen."

Ein dankbares Lächeln erschien auf ihrem Gesicht. Wenn dem so war, hatte er seine Aufgabe bestens gelöst. Sie fühlte sich in seinen Armen leicht und sicher.

„Es freut mich sehr, dass Sie diesen Tanz nun genießen. Mir geht es ebenso."

Sofort errötete Eleanor. Ihre Wangen wurden unangenehm warm und das lag gewiss nicht an der Bewegung. Sie senkte den Blick.

„Verzeihen Sie, war ich zu forsch?“

„Ich habe viele Stunden üben müssen, aber auf einem echten Ball mit einem echten Gentleman ist es doch etwas anderes“, gab sie ihre Unsicherheit zu.

„Erfrischend ehrlich sind Sie auch. Ich darf Sie beruhigen, Sie sind eine begnadete Tänzerin. Ich bin sehr froh darüber, dass Sie mir Ihren allerersten Tanz geschenkt haben. Ich hoffe allerdings, dass es nicht der letzte gewesen sein wird.“

Eleanors Verlegenheit steigerte sich und sie wäre beinahe aus dem Takt geraten. Wie brachte er es fertig, ihr ein Kompliment zu machen und ihr gleichzeitig das Gefühl zu geben, sie sei unerfahren? Was sie selbstverständlich war, aber musste er ihr das so deutlich unter die Nase reiben? Benahm sich so ein Gentleman?

Sie brachten den Tanz schweigend zu Ende und Jefferson führte sie galant wieder zurück zu ihrer Großmutter, welche ihr ein stolzes Lächeln zuwarf.

Die Viscountess hatte sich nur wenige Schritte entfernt und war dort in ein Gespräch verwickelt. Sampson war weit und breit nicht zu sehen, was Eleanor enttäuschte. Eloise stützte sich tapfer auf ihren Stock. Als sie ihre Großmutter genauer betrachtete, wirkte diese nun außerordentlich matt.

„Komm, wir gehen uns etwas Limonade holen und setzen uns. Ich habe auf der anderen Seite des Saals Stühle gesehen.“ Eleanor flüsterte. Sie wollte kein Aufheben um ihre Großmutter machen. Sie wusste, dass ihr das nicht gefallen würde.

Das bestätigte auch Eloises Reaktion. „Ich würde mich heftig gegen deine Bevormundung wehren, wenn ich könnte. Nun, ich bin froh, dass du wieder da bist. Erzähle mir von deinem ersten Tanz.“

„Das werde ich. Sobald wir sitzen und eine Erfrischung zu uns nehmen.“

Eleanor führte ihre Großmutter zu einem Bereich mit einigen Sitzgelegenheiten. Dann machte sie sich auf den Weg, die versprochene Limonade zu holen. Mit zwei vollen Gläsern bahnte sie sich den Weg zurück, reichte eines an Eloise und nahm selbst einen Schluck aus dem anderen. Gleich darauf gesellte sich ein Gentleman zu ihnen.

„Lady Wilmington, Ms Morton, es freut mich sehr, Ihre Bekanntschaft zu machen. Darf ich mich Ihnen vorstellen? Mein Name ist Neil Sutherland.“

Überrascht sah Eleanor auf.

Mr Sutherland war ein Mann von etwa dreißig Jahren. Er kniff beim Sprechen die Augen ein wenig zusammen, als müsste er etwas sehr weit Entferntes erkennen, und zog gleichzeitig die Oberlippe ein Stückchen nach oben. Dies allein sorgte sicherlich für Irritation in jedem Gespräch und verlieh ihm bereits einen hohen Wiedererkennungswert. Hinzu kam seine nasale Sprechweise. Eleanor hatte augenblicklich Mitleid mit ihm. Er schien nicht gut Luft zu bekommen.

„Guten Abend.“ Sie setzte sich neben Eloise und erwiderte seine Begrüßung höflich. Worauf Mr Sutherland sich erfreut zeigte und anhob, das soeben eröffnete Gespräch fortzuführen, doch er wurde unterbrochen.

„Ms Morton, welch ein Glück, Sie wiederzusehen." Sampson war zu Eleanors großer Freude an sie herangetreten.

Sofort erhob sie sich wieder und Mr Sutherland musste einen Schritt beiseitetreten. Dies missfiel ihm, doch er gab sich ohne weitere Diskussion geschlagen.

„Ich hoffe, der Tanz mit meinem Bruder hat Sie nicht zu sehr beansprucht?"

Sams Augen faszinierten Eleanor. Sie konnte sich nicht daran erinnern, diesen intensiven Blick damals schon wahrgenommen zu haben. Seltsam. Aber damals hatte sie auch nur das Wohlergehen des Hundes im Kopf gehabt. Nun blickte sie ihn wie gebannt an und vergaß zu antworten.

„So schlimm steht es also? Ich hätte es ahnen müssen." Sam lächelte.

Ein bezauberndes Lächeln, das Eleanor ohne Anstrengung erwiderte, aber sie sprach weiterhin kein Wort.

Eine Weile schwiegen sie sich an, bis sie einen sanften Stoß mit dem Stock ihrer Großmutter erhielt. Der schien sie zur Besinnung zu bringen.

„Wie bitte? Nein, es ist alles in Ordnung. Großmutter Eloise und ich wollten gerade etwas plaudern." Sie hoffte damit, der Situation die Peinlichkeit genommen zu haben. Musste sich jedoch wieder geschlagen geben, wie sie an der erneut aufsteigenden Wärme in ihren Wangen erkennen konnte. Da sie gerötet waren, verrieten sie ihm zweifelsfrei ihre Aufregung.

„Dann möchten Sie jetzt lieber nicht mit mir tanzen?"

Verunsichert wandte sich Eleanor ihrer Großmutter zu, bevor diese ihr einen neuerlichen Stups versetzen konnte.

„Doch, natürlich möchte sie", beantwortete Eloise die Frage an ihrer Stelle.

„Geh nur, ich werde hier auf dich warten und mich angenehm mit Mr Sutherland unterhalten, nicht wahr? Es gibt sicherlich einige interessante Dinge über Sie zu berichten."

Mr Sutherland nickte unglücklich. Sicherlich hatte er andere Hoffnungen gehegt, als mit einer alternden Witwe Limonade zu trinken.

„Also gut." Eleanor stellte ihr Glas ab und ließ sich zum zweiten Mal an diesem Abend auf die Tanzfläche führen.

Die Musik spielte noch nicht, durch die Luft drang das leise Gemurmel der Tanzpaare, als plötzlich ein Ausruf des Entsetzens aus gerade dem Teil das Saals drang, in dem Eleanor soeben ihre Großmutter zurückgelassen hatte.

„Zu Hilfe, wir brauchen einen Doktor!" Dies war unverkennbar die näselnde Stimme von Mr Sutherland.

Die Tanzpaare blieben wie angewurzelt stehen, verharrten in ihren Positionen, reckten aber mit verhaltener Neugier die Hälse, um zu erfahren, was soeben geschehen war. Nur Sam nicht. Er griff Eleanors Hand, bahnte sich einen Weg durch die Gäste und zog sie hinter sich her. Sie folgte ihm, ohne darüber nachzudenken. Eine schreckliche Vorahnung hatte sich ihrer bemächtigt.

Nach einer gefühlten Ewigkeit kehrten sie zurück an den Platz, an dem sie ihre Großmutter vor weniger als zwei Minuten zurückgelassen hatte.

„Oh nein", entfuhr es ihr.

Eloise war ohnmächtig auf ihrem Sessel zusammengesunken. Gerade versuchte eine der Damen ihr mit einem Fläschchen Riechsalz behilflich zu sein. Eleanor kniete sich hin, ergriff ihre kraftlose Hand und atmete erleichtert auf, als Eloise langsam wieder das Bewusstsein erlangte. Suchend blickte sie sich um, aber die Viscountess war nicht zu sehen.

„Ich fürchte, dieser wunderbare Abend ist nun für mich zu Ende", murmelte Eloise und schob die Hand mit dem Fläschchen fort. Dann fügte sie matt hinzu: „Wir sollten uns verabschieden."

Eleanor blickte in die Runde und in die vielen neugierigen Gesichter, die sich, nachdem die Angelegenheit klar war, sogleich wieder anderen Dingen zuwandten.

„Das ist eine ausgezeichnete Idee", flüsterte Eleanor und nickte. Sie half Eloise, aufzustehen und reichte ihr den Gehstock. Dann hakte sie sich von der anderen Seite ein und führte sie langsam aus dem Ballsaal.

„Ich werde Sie ins Foyer begleiten und die Kutsche rufen."

Überrascht wandte sich Eleanor um. Sam war noch da. Er sah ausgesprochen besorgt aus.

Langsam verließen sie den Saal. Im Foyer angekommen, ließ Sam einen Stuhl für Eloise bringen und kümmerte sich um die Droschke, wie er es versprochen hatte.

„Ich werde Ihnen umgehend einen Arzt schicken und mich morgen persönlich von Ihrem Wohlergehen überzeugen, Lady Wilmington."

„Das ist sehr aufmerksam, Mr Turner, doch ein Arzt wird nicht notwendig sein. Ich fühle mich schon viel besser."

„Meine verehrte Lady Wilmington, erlauben Sie es mir. Wenn nicht für Sie, dann um meinetwillen", bat er eindringlich.

„Ich sehe schon, mit Ihnen lohnt sich die Diskussion nicht, Mr Turner. Also gut. Wenn es Ihnen so wichtig ist, scheuchen Sie den armen Mann aus dem Bett."

Sam zeigte sich zufrieden. Er gab dem Personal seine Anordnungen, dann wandte er sich an Eleanor, indem er sich leicht zu ihr nach vorn beugte. Hier im Foyer leuchteten weniger Kerzen als im Tanzsaal. Die Farbe seiner Augen stach dadurch noch intensiver hervor. Die kleinen flackernden Flammen ließen ihre Spiegelbilder darin tanzen.

„Es ist außerordentlich bedauerlich, dass ich Sie gehen lassen muss. Das gesundheitliche Wohl Ihrer Großmutter steht selbstverständlich an oberster Stelle und doch betrübt es mich, dass ich auf den Tanz mit Ihnen verzichten muss. Ich hoffe, es bietet sich schon bald eine Gelegenheit für Sie, Ihr Versprechen einzulösen." Kaum merklich strich seine Hand dabei über den Stoff an ihrem Arm. Die beinahe Berührung fühlte Eleanor noch Stunden später auf ihrer Haut.

10.
BESUCH FÜR MS ELEANOR

Als Eloise am nächsten Morgen erwachte, war sie verstimmt. Sie hatte sich das Aufsehen, das sie und Eleanor auf dem Ball des Viscounts und seiner Gattin erregen würden, anders vorgestellt. Sie setzte sich auf und fühlte in sich hinein. Immerhin war sie nur von einem leichten Schwindel und einer kurzen Ohnmacht ergriffen worden und hatte sich davon schnell wieder erholt.

Leider war sie ihrer Enkelin damit ungewollt in die Parade gefahren. Alle Augen hätten auf Eleanor gerichtet sein sollen, die von einem der Gentlemen nach dem anderen zum Tanz geführt werden sollte. Dem hatte sie mit ihrem Schwächeanfall ein vorzeitiges Ende bereitet. Unnötigerweise. Sie hatte nur viel Wirbel um nichts veranstaltet und sie um den Tanz mit dem jüngeren Mr Turner gebracht. Dabei hatte sich Lady Turner solche Mühe mit diesem Arrangement gegeben. Da Mr Sutherland offen gesprochen nicht Eloises favorisierter Kandidat für eine Ehe war, wäre es hilfreich gewesen, wenn Eleanor noch Bekanntschaft mit anderen Herren geschlossen hätte. Eloise schüttelte verärgert den Kopf.

Der Arzt war umgehend bei ihnen gewesen. Eloise hatte sich jedoch geweigert, mit ihm über ihre Beschwerden zu sprechen und hatte ihn wieder fortschicken wollen, nachdem sie ihm den Akt der Höflichkeit gegenüber Lord Turner dargelegt hatte. Doch der Doktor hatte darauf bestanden, dass sie wenigstens den von ihm verordneten Sud aus Baldrian trank und schlafen ging. Sie hatte sich gefügt und das Getränk hatte seine Wirkung gezeigt. Eloise fühlte sich bereits wieder genesen und fideler als in den vergangenen Tagen. Dennoch war ihr klar geworden, dass sie Eleanor, die sich sorgte, nun ins Vertrauen ziehen musste.

Sie klingelte. Als gleich darauf das Dienstmädchen erschien, um die Vorhänge zu öffnen, überlegte sie, wie sie das Gespräch mit ihrer Enkelin am geschicktesten angehen konnte.

Wenig später, im Salon, begegnete sie ihr so freundlich und resolut wie immer. „Guten Morgen, meine liebe Eleanor." Eloise setzte sich, als sei nichts vorgefallen.

„Dir auch einen guten Morgen. Wie fühlst du dich?" Eleanor war aufgestanden, um ihr behilflich zu sein. Eloise registrierte den besorgten Blick, mit dem sie sie eindringlich betrachtete.

„Nun, wie soll es mir gehen, nach einem Ball, den wir meinetwegen viel zu früh verlassen haben? Ich bin verärgert. Deine Sorge sollten strapazierte Füße sein, weil du so oft getanzt hast. Stattdessen ..." Eloise brach ab. Sie war immer noch sehr aufgebracht über ihr Versagen.

„Weißt du, dass es nicht schlimm ist, wenn die Füße schmerzfrei sind?"

„Ach Eleanor. Du musst nicht in allem das Körnchen Gutes finden. Es war dein Abend und ich hoffe, du nimmst es mir nicht übel, dass ich dich um dein Vergnügen gebracht habe. Du hättest tanzen und den Abend genießen sollen.“

„Aber ich habe doch getanzt. Mit Jefferson Turner, erinnerst du dich nicht?“

„Doch, natürlich. Aber nur ein einziges Mal. Das zählt nicht.“

Eleanor legte den Kopf schief und lächelte nachsichtig. „Ich glaube, du hast recht. Es geht dir wieder ausgezeichnet. Keine Anzeichen mehr, über die ich mir Sorgen machen müsste.“

Eloise warf ihr einen mahnenden Blick zu.

„Dem anderen Mr Turner habe ich mein Versprechen für einen Tanz gegeben. Er erinnerte mich gestern Abend kurz vor unserem Aufbruch daran.“

„Das scheint dir sehr zu gefallen“, stellte Eloise aufmerksam fest.

„Ja. Wenn er ein ebenso talentierter Tänzer ist wie sein älterer Bruder, und davon gehe ich aus, wird es ein angenehmes Vergnügen.“

Eloise sah die Freude in Eleanors Augen und nickte zustimmend. „Ja, die Aufmerksamkeit, mit der dich die Söhne des Viscounts bedacht haben, hat ihre Wirkung nicht verfehlt.“ *Ich werde der Viscountess meinen Dank ausrichten*, fügte Eloise in Gedanken hinzu.

„Hoffentlich ist das Interesse der anderen Herren nach meinem Auftritt nicht gleich wieder verloren gegangen.“

„Nun, es wird sicher nicht so schlimm sein, wie du befürchtest.“

Eloise seufzte matt. Nach den anfänglichen Bedenken, der Angst vor dem öffentlichen Auftritt, gab sich ihre Enkelin nun ausgesprochen optimistisch. Wie schade, dass sie nach dem Frühstück ein betrübliches Thema anschneiden mussten.

Etwas später, als sie den Salon betreten und es sich auf den Sesseln gemütlich gemacht hatten, hob Eloise an, um das in ihren Augen leidige Thema zu besprechen. „Wir sprachen vorhin über meinen gestrigen ungeplanten Auf...“ Sie brach mitten im Wort ab, denn die Tür zum Salon wurde geöffnet.

„Blumen für Lady Wilmington und Ms Morton“, verkündete der Butler und öffnete die Tür vollständig. Zwei bezaubernde ausladende Arrangements in Gelb und Orange wurden hineingetragen.

„Wie erfreulich! Stellen Sie sie dort auf den großen Tisch vor dem Fenster“, wies Eloise an.

„So prächtige Sträuße“, entfuhr es Eleanor.

Gerührt über diese Freude stand Eloise auf, schritt zum großen Tisch hinüber und betrachtete die Blumen wohlwollend. Es war schon nach elf und sie hatte befürchtet, die arme Eleanor könnte an diesem Vormittag ohne Blumen ausgehen. Innerlich milde gestimmt, wollte sie zu gern erfahren, wer diesen Aufwand betrieben und gleich beide, Großmutter und Enkelin, mit diesen hübschen Blumen bedacht hatte. Aber da es Eleanors erster Morgen nach einem Ball war und sie bereits den gestrigen Abend nicht hatte auskosten können, fiel es ihr leicht, ihre Neugier zu zügeln.

„Wie wunderschön. Von wem die wohl sind?“ Eleanor war hinzugetreten und schaute beseelt auf die vielen prächtigen Blüten.

„Du wirst es herausfinden, wenn du die Karte liest, die darin steckt", neckte Eloise.

„Ach ja. Ich hatte nach unserer frühen Heimkehr gar nicht mehr damit gerechnet." Sie zupfte erst ihre eigene und dann die ihrer Großmutter heraus, um sie ihr zu übergeben. Aufgeregt öffnete sie die Karte und las. Eloise bemerkte einen unerwarteten Anflug von Enttäuschung in ihrem Gesicht. Sie öffnete ihre eigene und verstand. Die Blumen kamen nicht von einem möglichen Verehrer, sondern von Viscount Turner und seiner Gattin. Sie wünschten eine schnelle Genesung und hofften, Lady Wilmington und Ms Eleanor schon bald wieder in ihrem Haus begrüßen zu können.

„Wie aufmerksam. Sie sorgen sich sehr um dich." Eleanor versuchte sich nichts anmerken zu lassen und steckte die Karte wieder zurück in die Blumen. „Die Sträuße kommen hier vor dem Fenster sehr gut zur Geltung."

Eloise beschloss, zunächst nicht darauf einzugehen. Eleanor konnte nicht ahnen, welch wertvolle Anerkennung ihnen mit diesen ausufernden Blumengrüßen zuteilwurde. In der Londoner Gesellschaft war sie unbezahlbar. Aber Eloise erkannte auch, dass es sich nicht um einen Verehrer handelte, der Eleanors Herz gewinnen wollte.

„Setzen wir uns wieder, ich habe vor, noch etwas mit dir ..." Erneut wurde die Tür zum Salon geöffnet und Eloise unterbrochen.

„Mr Jefferson Turner bittet darum, eintreten zu dürfen."

„Mr Turner?" Eloise taxierte ihre Enkelin kurz. Sie lächelte erfreut.

„Sehr gern. Er möge hereinkommen."

Mr Turner trat ein und brachte ebenfalls Blumen mit – einen Strauß in Gelb, einen in Orange, beide von der gleichen Sorte, die kurz zuvor hereingebracht worden waren. Allerdings fielen die Gebinde etwas kleiner aus als die des Viscounts und der Viscountess.

„Lady Wilmington, ich bin hocherfreut, Sie bei Kräften zu sehen." Er warf einen prüfenden Blick auf die Blumen am Fenster und dann wieder auf die in seiner Hand.

„Nun, im Blumengeschäft werden diese Blumen jetzt wohl ausverkauft sein." Er lächelte souverän und trat näher heran.

„Ms Morton, es ist mir eine Freude, Sie wiederzusehen." Er überreichte die Blumen und warf ihr dabei seinen typischen Blick zu.

„Vielen Dank, Mr Turner." Eleanor roch an den Blüten.

Eloise war sich sicher, dass Lady Turner hinter dem Besuch ihres Ältesten steckte, aber sie war dennoch zufrieden. Der Tag war gerettet. Eleanor brauchte erfreuliche Erlebnisse.

„Bleiben Sie zum Tee, Mr Turner?", wollte Eleanor wissen.

„Sehr gern", erwiderte dieser und Eloise beobachtete, wie Eleanor eilig die Klingelschnur zog.

Jefferson Turner war ein stattlicher junger Mann aus gutem Hause. Es freute sie, dass Eleanor sich freute. Mr Turner setzte sich und gab sich sehr interessiert.

„Da Sie gestern so überstürzt das Fest verlassen mussten, hatten wir kaum Gelegenheit, miteinander zu sprechen. Ich möchte Sie beide daher gern zu einer Spazierfahrt in den Hyde Park einladen. Was halten Sie davon, wenn ich Sie morgen Nachmittag abhole?" Die Art, wie er sprach, ließ darauf schließen, dass er nicht mit einer Ablehnung rechnete.

„Ich denke, das ist eine bezaubernde Idee, nicht wahr Großmutter?" Eleanors Augen leuchteten erfreut und sie warf Eloise einen bittenden Blick zu.

„Lieber Mr Turner, das ist eine reizende Idee. Ich fürchte nur, eine Spazierfahrt strengt mich noch zu sehr an." Dann wandte sie sich Eleanor zu. „Das soll aber nicht heißen, dass du nicht ausfahren darfst. Ms Lainshore wird dich an meiner Stelle begleiten."

„Ms Lainshore?", fragte Jefferson.

„Ja, meine Gesellschafterin", erklärte Eleanor und als diese Information Mr Turner noch mehr verwunderte, beeilte sie sich zu erklären: „Sie ist eine sehr angenehme Person und mir sehr wichtig."

„Also gut, dann hole ich Sie und Ms Lainshore morgen ab." Er nickte.

Der Tee wurde serviert und bald darauf verabschiedete sich Mr Turner zuvorkommend.

„Wie aufregend! Es ist doch sehr nett von Mr Turner, uns einen Besuch abzustatten und zur Spazierfahrt einzuladen. Ich bin gespannt, was Margaret nachher dazu sagen wird." Eleanor stand auf und ging hinüber zu den Blumen, um sie noch einmal in Ruhe zu betrachten.

Mittlerweile war es zwölf geworden und Eloise versuchte zum dritten Mal, das Gespräch auf die künftigen Änderungen zu bringen.

„Nach der Aufregung gestern habe ich mir überlegt ..." Erneut wurde die Tür zum Salon geöffnet.

„Mr Neil Sutherland möchte Ms Eleanor Morton seine Aufwartung machen.“

Eloise unterdrückte ein Schnaufen. So sehr sie sich darüber freute, dass Eleanor die Aufmerksamkeit zuteilwurde, die sie verdiente, so stand es Mr Sutherland nicht besonders gut, dass er für die dritte Unterbrechung verantwortlich war.

„Nun denn. Bitten Sie ihn herein.“

Eloise überkam die Befürchtung, bis zum Dinner warten zu müssen, um Eleanor darüber zu informieren, dass sie selbst keine weiteren Bälle mehr besuchen werde. Die Gefahr, nochmals ohnmächtig zu werden oder ob der Anstrengung gar Schlimmeres heraufzubeschwören, war einfach zu groß. Ms Lainshore, für die zu diesem Zwecke bereits Kleider angefertigt worden waren, würde die Aufgabe einer Begleitung viel besser wahrnehmen können als sie selbst.

Neil Sutherland betrat den Salon mit deutlich weniger Eleganz als sein Vorgänger Mr Turner. Das lag jedoch nur zum Teil daran, dass er soeben in einen kräftigen Regenguss geraten war. Sein Auftreten hatte insgesamt etwas Bemitleidenswertes an sich.

„Guten Tag!“, näselte er und kniff die Augen zusammen.

„Mr Sutherland.“ Eleanor grüßte und nickte.

„Willkommen. Was verschafft uns die Ehre Ihres Besuches?“ Eloise empfing ihren Gast freundlich, übersah dabei aber nicht, dass seine nassen Schuhe und Kleider unschöne Flecken auf dem Boden des Salons hinterließen.

Er wickelte umständlich eine Handvoll Tulpen aus ihrem durchweichten Papier und überreichte Eleanor die deutlich ramponierten Blumen.

„Ich hatte gehofft, meine Bekanntschaft mit Ms Morton zu vertiefen und das schöne Wetter zu nutzen, um sie zu einem kleinen Spaziergang einzuladen.“

„Das schöne Wetter?“ Eleanor schmunzelte. „Sie haben wohl eine eigene Vorstellung für Spazierwetter. Sie sind beinahe vollständig durchnässt. Mögen Sie Regen?“ Sie sprach freundlich zu ihm, ohne jeden Spott.

Mr Sutherland hob entschuldigend die Schultern und trocknete sich mit seinem Taschentuch das Gesicht.

„Wenn ich im Haus bin oder in der geschlossenen Kutsche fahre, kann Regen etwas sehr Beruhigendes sein. Wird man unterwegs von ihm überrascht, kann er sich als sehr unangenehm erweisen. Ich habe wohl eine sehr schlechte Gabe, plötzliche Änderungen des Wetters vorherzusehen.“

„Setzen Sie sich, Mr Sutherland“, bot Eloise an, bevor er noch weiter von einem Bein auf das andere trat und für weitere Flecken sorgte.

„Das Wetter ändert sich hier doch ständig. Sie müssen immer auf alles gefasst sein.“ Eleanor warf ihm einen spitzbübischen Blick zu.

Eloise beschloss, ihrem Gast zu Hilfe zu kommen. „Sie haben recht, Mr Sutherland, im Augenblick ist das Wetter nicht sehr einladend. Erzählen Sie uns doch, was Sie zu uns führt. Nehmen Sie einen Tee? Der wird Ihnen guttun.“

Er nahm das Angebot dankend an. Sie war sich sicher, dass dieser Gentleman, und Mr Sutherland gab sich große Mühe einer zu sein, nicht in die engere Auswahl

Eleanors geraten würde. Dennoch war es gut und wichtig, Beziehungen zu pflegen und niemanden vor den Kopf zu stoßen. Eloise klingelte und ließ erneut Tee bringen.

„Leben Sie in London?", wollte Eleanor wissen.

„Nein. Ich besitze ein großzügiges Anwesen in Devon und verbringe die meiste Zeit des Jahres dort. In London besuche ich meinen Onkel, Reginald Sutherland. Diese Zeit des Jahres zieht viele wichtige Personen in die Stadt und so lassen sich auch viele geschäftliche Dinge schnell und ohne Aufwand verhandeln."

„Aha", war das Einzige, was Eleanor daraufhin erwiderte.

„Ich wollte Sie nicht nur zu einem Spaziergang auszuführen, liebe Ms Morton. Ich möchte Sie ferner gern zu uns einladen, in zwei Tagen schon. Es wird ein bedeutendes Fest im Anwesen meines Onkels geben. Er wohnt in Dirsley House, das befindet sich in unmittelbarer Nähe des Grosvenor Square."

Wie lange Mr Sutherland wohl daran gearbeitet hatte, seine Einladung so zu formulieren, dass er die angesagte Wohnadresse erwähnen durfte …

„Das ist sehr nett von Ihnen, Mr Sutherland. Wenn wir es einrichten können, kommen wir gern."

Eleanors Antwort entzückte ihn so sehr, dass sich seine zusammengekniffenen Augen für einen Moment weiteten und einen Blick auf die Farbe seiner Augen preisgaben. Sie bemerkte das zusätzliche besondere Merkmal dieses Menschen sofort: Neil Sutherland hatte ein braunes und ein grünes Auge.

„Wenn wir es einrichten können, kommen wir gern." Eloise wiederholte die zuvor gesprochenen Worte und nickte wohlwollend.

„Wunderbar. Es wird Ihnen dort gefallen."

„Davon bin ich überzeugt", bestätigte Eleanor freundlich und zeigte sich überrascht, als Mr Sutherland, von einer plötzlichen Eile getrieben, aufstand, ohne seinen Tee zu trinken.

„Da nun alles geklärt ist, darf ich mich empfehlen. Ich freue mich schon darauf, Sie in Bälde wiederzusehen."

Sobald Sutherland den Salon verlassen hatte, faltete Eloise ihre Hände vor der Brust und warf ihren Kopf theatralisch in den Nacken. Mit fragenden Blick nach oben flüsterte sie: „Wir sollen also auf die Probe gestellt werden? Nur zu!"

Eleanor trug die Tulpen, die sie noch immer in der Hand hielt, hinüber zu den Vasen mit den anderen Blumen und sortierte sie zwischen den Sträußen ein.

11.
LADY ELOISES GESTÄNDNIS

„Mr Sutherland ist eine sonderbare Person, sehr freundlich und doch seltsam." Eleanor wandte sich ihrer Großmutter zu.

„Worauf willst du hinaus?"

„Nehmen wir an, er würde mich jetzt fragen, ob ich ihn heiraten würde, könnte ich mir nicht vorstellen, seinen Antrag anzunehmen, obwohl er sich sehr bemüht hat, höflich zu sein."

„Das musst du doch auch nicht. Dies ist doch kein Wettrennen. Er wäre außerdem ein Narr, wenn er dir bereits jetzt einen Antrag machte und du eine Närrin, wenn du diesen annähmest."

„Sei beruhigt Großmutter. Das habe ich nicht vor. Ich frage mich nur, was ich tun würde, wenn er der Einzige wäre."

„Nun, zuerst einmal hat er dir keinen Antrag gemacht. Es gibt viele Gentlemen wie ihn, wohlhabend, angesehen und doch ist ihnen der angemessene Umgang mit einer Dame nicht geläufig. Abgesehen davon, dass er dies womöglich noch lernen könnte, wird er sicherlich nicht der seltsamste Mann gewesen sein, der dir seine Aufwartung macht."

„Du machst mir nicht besonders Mut. Schon habe ich das Gefühl, die Luft hier drinnen wird stickig. Wollen wir nicht hinaus in den Garten gehen? Der Regen ist vorüber und jetzt, wo Mr Sutherland es erwähnt hat, habe ich auch Lust auf einen kleinen Spaziergang."

Schon wollte Eleanor sich zu Tür hinwenden, aber Eloise ging nicht auf den Vorschlag ein.

„Wenn du in den Garten möchtest, wirst du ohne mich gehen müssen. Margaret wird dich begleiten. Aber zuvor setz dich doch bitte noch einige Minuten zu mir." Eleanor schaute argwöhnisch auf und Eloise stieß einen ergebenen Seufzer aus.

„Meine Liebe, in den letzten Stunden bin ich bemüht, dir etwas Wichtiges zu sagen. Ich will es jetzt versuchen, bevor wir erneut gestört werden."

„Also gut, worum geht es denn?" Eleanor war augenblicklich ernst geworden und setzte sich wieder.

„Seit einiger Zeit schon plagen mich hin und wieder leichte Schwächeanfälle. Ich habe Doktor Smith diesbezüglich bereits ausführlich konsultiert. Es lässt sich wohl nichts daran ändern oder beschönigen. Die Dinge sind, wie sie sind und die Schwäche schreibt er meinem Alter zu." Eloise machte eine betretene Pause.

„Nach dem unsäglichen Vorfall gestern Abend kann ich es nicht länger vor dir verheimlichen und brauche auch mir nicht länger etwas vorzumachen. Meine Kräfte lassen nach. Meine Zeit auf Erden ist gezählt." Es fiel Eloise nicht leicht, die Tatsachen auszusprechen.

Eleanor, von ihrer Bestürzung gelähmt, entdeckte eine Mischung aus Nervosität und Wehmut im Gesicht ihrer Großmutter, blieb jedoch unfähig, auch nur ein Wort zu erwidern.

„Ich werde mich häufiger ausruhen und unnötige Anstrengungen vermeiden müssen. Diese Methode hat sich bereits auf Wilmington Hall bewährt."

Nun begann Eleanor unruhig auf ihrem Platz herumzurutschen. „Das bedeutet also, dass so etwas wie gestern schon einmal vorgekommen ist?" Sie hatte bereits vermutet, dass es Geheimnisse gab, konnte es aber dennoch kaum glauben, dass ihre Großmutter sie in solch eine wichtige Angelegenheit nicht einbezogen hatte.

„Ja, so etwas passiert mir häufiger als mir lieb ist, wenn ich mich nicht entsprechend schone."

„Aber warum hast du mir denn nichts erzählt?" Eleanor faltete die Hände wie zum Gebet.

„Weil es nichts ist, worüber du dir Sorgen machen müsstest." Nun klang Eloise zweifelsfrei trotzig.

„Keine Sorgen machen? Großmutter, gestern Abend habe ich befürchtet, es könnte mit dir zu Ende gehen, verzeih diese direkte Wortwahl, und du erwartest, dass ich mir keine Sorgen mache?" Eleanor war außer sich.

„Allerdings. Wir werden die Dinge hinnehmen. Wir können Sie nicht ändern. Doktor Smith riet mir bereits vor Monaten, größere Anstrengungen zu vermeiden." Eloise legte beide Hände auf den Griff ihres Gehstocks und hielt sich kerzengerade auf dem Sofa.

„Ach Großmutter, das hast du aber nicht getan, sondern bist mit mir nach London gereist. Du hast mein gesellschaftliches Debüt arrangiert, mich mit der Viscountess Turner bekannt gemacht und uns auch gleich für den ersten Ball einladen lassen." Eleanor hob kritisch eine Augenbraue. Sie war es nicht gewohnt, in dieser Form mit ihrer Großmutter zu sprechen. Aber da diese bemerkenswert unvernünftig handelte und sie unter sich waren, gestattete sie sich diesen Ton. „Du bist nicht von meiner Seite gewichen und hast nicht auf den ärztlichen Rat gehört. Nicht einmal gestern Abend hast du dich ärztlich untersuchen lassen wollen. Der Viscount hatte extra nach dem Doktor schicken lassen. Das war im Übrigen sehr unhöflich."

Bei dieser Bemerkung musste Eloise schmunzeln. „Ich war nicht unhöflich. Ich habe seine Medizin getrunken. Mehr kann er für mich nicht tun. Doktor Smith hat auf Wilmington Hall bereits offen mit mir über die Konsequenzen gesprochen. Es ist nicht nötig, dass weitere Mediziner involviert werden. Und auch von dir erwarte ich, dass du all das, was ich dir gerade erzähle, als Geheimnis bewahrst."

„Das werde ich, Großmutter", versprach Eleanor und fügte optimistisch hinzu: „Wir werden nach Hause fahren, um dich dort gesund zu pflegen."

„Nein. Das kommt nicht infrage." Eloises Stimme klang entschieden. „Ich werde mir etwas Ruhe gönnen. Dann werden die Strapazen bald vergessen sein. Du dagegen wirst dich keinesfalls zurückziehen, sondern jeden Ball besuchen, der sich dir in den nächsten ein-einhalb Monaten bietet. Sehen und gesehen werden lautet die Devise. Mag sein, dass Neil Sutherland nicht der geeignete Kandidat für eine Ehe ist. In seinem Hause verkehren jedoch andere wichtige und sicherlich angenehmere Gentlemen, denen du nur ins Auge fällst, wenn du anwesend bist. Wie sollen sie dein liebenswertes Wesen kennenlernen, wenn du ihnen nicht über den Weg läufst und sie dich nicht zum Tanz auffordern können?"

Eleanor blieb vor Überraschung der Mund offen stehen. Ihre Großmutter hatte wohl gerade ihren messerscharfen Verstand verloren.

„Ich glaube, du hast eine winzige, aber sehr bedeutende Tatsache vergessen. Großmutter, ich werde doch nicht allein auf einen Ball gehen." Dass sie diese Tatsache erst aussprechen musste, bestätigte Eleanor die Dramatik der Situation. Die ärmste Eloise wurde allmählich verrückt.

„Natürlich wirst du nicht allein ausgehen. Ich bin zwar erwiesenermaßen alt und manchmal schwach, aber noch gänzlich bei Trost. Für dieses Szenario habe ich längst vorgesorgt." Eloise stützte sich auf ihren Stock und erhob sich. „Verzeih, ich muss ein paar Schritte durch den Salon gehen."

„Dann gehe ich mit dir." Eleanor stand auf, reichte ihrer Großmutter ihren Arm, damit diese sich einhängte und sie gingen langsam einige Schritte nebeneinander her.

„Wie genau hast du vorgesorgt?", nahm Eleanor das Gespräch vorsichtig wieder auf.

„Erinnere dich an unseren Besuch bei Madame Dubois. Margaret ist mit einer ausgezeichneten Garderobe ausgestattet und wird dich begleiten."

„Margaret?" Wie konnte ihre Großmutter so viel Wert auf gesellschaftliche Gepflogenheiten legen und sie dann mit ihr allein auf einen Ball schicken? Sie war doch noch unerfahrener als sie selbst.

„Margaret." Eloise wiederholte den Namen nüchtern, gerade als ob sie ihre Entscheidung noch einmal bekräftigen müsste. „Ich vertraue ihr und du auch. Niemand weiß, dass sie einmal deine Gouvernante war. Sie ist als deine Gesellschaftsdame mit uns nach London gereist und nach gestern wird mein Fernbleiben wohl nicht infrage gestellt werden. Es ist nur die logische Konsequenz, dass deine Gesellschaftsdame dich begleitet. Die Fragen über sie werden sich taktvoll in Grenzen halten."

„Weiß Margaret denn schon von deinen Plänen? Bin ich wieder einmal die Letzte, die informiert wird?"

„Nein, dieses Mal nicht und ich nehme an, es wird von Vorteil sein, dass du sie informierst. Ich bin nun reichlich müde und werde mich, wie angekündigt, ausruhen." Unmittelbar stand Eloise auf und trat den Rückzug an.

„Wie stellst du dir das vor?" Eleanor war die Farbe aus dem Gesicht gewichen. Ihr Herz schlug nervös.

„Du wolltest doch spazieren gehen. Geh mit Margaret hinaus in den Garten und erzähle es ihr."

„Großmutter Eloise …", flüsterte Eleanor, doch diese stützte sich auf ihren Stock und verließ, so eilig es ihr möglich war, den Salon.

Angesichts mangelnder Alternativen fügte sich Eleanor. Gemeinsam flanierten Margaret und sie nun schon eine Weile durch den großen Garten des Anwesens. Sie hatte zunächst ausführlich vom Ball des vergangenen Abends berichtet, von den vielen Blumen, den unerwarteten und besonderen Besuchen des Vormittags und hatte gerade damit geendet, Margaret die Pläne ihrer Großmutter zu unterbreiten.

Diese hatte eine eigene Meinung dazu. „Ich gestehe, dass es mich nicht verwundert. Ich bin schockiert, keine Frage, das muss ich sein. Aber wenn es einen Menschen gibt, dem ich diese Art von Entscheidungen zutraue, dann ist es Lady Wilmington und das meine ich als Kompliment.“

„Du kannst dir also vorstellen, mich zu den Sutherlands zu begleiten?“

„Selbstverständlich. Es wird seltsam und ungewohnt, aber es geht schließlich um deine Zukunft. Das ist der Grund, warum wir nach London gekommen sind, nicht wahr?“

„Ja.“ Eleanor lächelte dankbar. Wenn sie den Gedanken daran, dass Margaret einmal ihre Gouvernante gewesen war, beiseiteschob, schien die Idee nicht übel. Sie würden auf der Hut sein müssen, sich nicht zu verraten, aber sie hatte keine Freundin oder Vertraute ihresgleichen, die mit ihr aufgewachsen war. Nur Margaret Lainshore.

„Wollen wir uns dort drüben einen Moment setzen?“ Sie zeigte auf die große Linde, umrahmt von der dichten Hecke. „Es steht eine Bank unter dem Baum. Seit wir angekommen sind, stelle ich mir vor, mit einem Buch darunter zu sitzen und mich am Rauschen der Blätter und dem Gesang der Vögel zu erfreuen.“

Margaret nickte und so spazierten sie an den Efeuranken vorbei. Sie ließen die weißen und gelben Kletterrosen, deren Duft sich angenehm im Garten verteilte und auf deren Blüten sich zahlreiche Schmetterlinge tummelten, hinter sich.

Als sie ihren Platz unter dem Baum eingenommen hatten, lauschten sie aufmerksam. Vogelgesang war kaum zu vernehmen, aber ein emsiges Surren und Brummen. In der Baumkrone herrschte wildes Treiben.

„Es hört sich an, als seien abertausende von Bienen dort oben unterwegs", stellte Margaret fest und blickte mit leichter Besorgnis hinauf.

„Keine Sorge, sie werden uns gewiss nichts tun, solange wir still hier unten verweilen", beruhigte Eleanor sie und so verbrachten sie einige Zeit mit geschlossenen Augen. Plötzlich aber frischte der Wind auf und schon im nächsten Moment zog der nächste kräftige Regen über sie hinweg. Es prasselte und lärmte im Blätterdach über ihren Köpfen. Angenehmerweise fiel aber kaum ein Tropfen auf sie herab.

„Ach, ist es nicht ein herrliches Plätzchen? Hier lässt es sich wohl bei jeder Wetterlage aushalten", freute sich Eleanor.

„Nun, vielleicht nicht bei jeder. Ein wärmendes Kaminfeuer hat auch seine Vorzüge", widersprach Margaret.

Im nächsten Moment registrierte Eleanor eine schnelle Bewegung inmitten des Regenschauers. Ein dunkles zotteliges, vollkommen durchnässtes Tier stürmte unter den Baum und hielt auf sie zu. Erschrocken sprangen beide Damen auf. Das Tier erschrak ebenfalls und blieb abrupt stehen.

„Du meine Güte, es ist ein Hund", bemerkte Eleanor überrascht und schaute sich erwartungsvoll um. War etwa jemand beim ihm? Nein, stellte sie gleich darauf fest. Das Tier war von oben bis unten mit Schlamm beschmutzt. Dieser Hund war allein unterwegs.

„Wie bist du nur hierhergekommen?" Eleanor sprach das Tier mit sanfter Stimme an. Der Hund regte sich nicht, dann neigte er den Kopf und bewegte sich langsam, mit vorsichtig wedelnder Rute, auf Eleanor zu.

„Schau nur, was für ein trauriger Rumtreiber. Wir werden ihn einfangen und trocknen müssen."

„Da ist wohl eher eine vollständige Reinigung nötig", bemerkte Margaret trocken.

„Na komm her, du kleiner Ausreißer." Eleanor ging vorsichtig einen Schritt auf den Hund zu.

„Vorsicht, Ms Eleanor! Sie kennen das Tier nicht. Der Hund könnte wild sein und Sie beißen", warnte Margaret, doch Eleanor ignorierte die Mahnung.

„Gewiss nicht, sieh nur, das arme Geschöpf zittert wie Espenlaub. Der Hund ist solch widrige Witterung nicht gewohnt. Wer weiß, was ihm zugestoßen ist. Sieh nur, ein Halsband trägt er auch."

Sie beugte sich zu ihm hinunter. Als der Hund sich das nasse Fell streicheln ließ und auch nicht weglaufen wollte, als sie ihn mit beiden Händen umfasste, nahm sie ihn, ohne über die katastrophalen Folgen für ihre Garderobe nachzudenken, auf den Arm.

„Ms Eleanor", empörte sich Margaret.

„Schau nur, dieser kleine Schatz könnte gewiss auch ein wärmendes Kaminfeuer vertragen."

„Und eine Wäsche." Margaret hielt sicherheitshalber Abstand.

„Sehr richtig. Wir werden ihn mit ins Haus nehmen und uns um ihn kümmern. Ist es nicht seltsam, dass Tiere in Not immer zu mir finden?"

„Auffallend seltsam. Ich fürchte, Lady Wilmington wird nicht einverstanden sein, dass Sie dieses ..."

„Behalte deine Bedenken lieber für dich, Margaret. Leider können wir Großmutter nicht um Erlaubnis bitten. Sie ruht sich doch gerade aus", verkündete Eleanor schelmisch, begann aber gleich darauf zu zittern, denn das tropfnasse kalte Fell des Hundes hatte mittlerweile auch den Stoff ihres Kleides vollständig durchtränkt.

„Wenn wir ihn nicht mit hineinnehmen, wird er sicherlich krank."

„Genauso wie Sie", seufzte Margaret mehr zu sich als zu Eleanor, aber diese hatte trotzdem jedes Wort verstanden.

„Schau nur, es hat aufgehört zu regnen. Komm!"

„Lassen Sie uns wenigstens Rücksicht auf die Teppiche nehmen und durch den Dienstboteneingang zurückkehren."

„Das soll mir recht sein. Das ist ohnehin der kürzeste Weg und dieser Schmutzfink wird mit jeder Minute schwerer."

Im Haus wollte Eleanor einen Blick auf das Halsband werfen. Möglicherweise verriet dieses etwas über den Besitzer.

12.
UNERWARTETER BESUCH

Sam hatte den Vormittag mit einem langen Besuch in den Ställen verbracht, um geeignete Tiere für die Zucht auszuwählen. Viscount Turner züchtete bereits seit vielen Jahren Englisches Vollblut. Sam war nun damit betraut worden, den Bestand zu veredeln. Blut aus der Linie des diesjährigen Gold Cup Gewinners schien ihm ein geeigneter Weg. Der hierfür notwendigen Korrespondenz hatte er sich im Anschluss gewidmet. Allerdings waren beide Aufgaben nicht zu seiner Zufriedenheit gelungen. Es mangelte ihm an der dafür notwendigen Konzentration. Sam war abgelenkt. Er dachte an Ms Wilmington, die nun, wer hätte das gedacht, Ms Morton war.

Er erinnerte sich zurück an den Tag, an dem seine Mutter zum Dinner geladen hatte, weil diese eine besondere Neuigkeit, verknüpft mit einer dringenden Bitte, verkünden wollte. Als er erfahren hatte, dass Lady Wilmington in diesem Jahr eine junge Dame in die Gesellschaft einführen wollte, war er sofort hellhörig geworden. Es konnte sich nur um eine, nämlich um Nora Wilmington handeln, das Mündel des Viscounts.

Das wusste er bereits über sie. Er hatte sich damals bemüht, einige Erkundigungen über sie einzuholen. Das Ergebnis seiner Recherche war jedoch spärlich ausgefallen und so hatte er sich nicht intensiver bemüht.

Sam hatte sich sein Interesse an Ms Morton äußerlich nicht anmerken lassen. In seinem Inneren regte sich allerdings Neugier. Ms Morton war bei ihrer ersten Begegnung schon sehr hübsch gewesen, sehr jung wohlgemerkt, und sie hatte die Unverfrorenheit besessen, seinen Hund mit Pasteten zu füttern. Dennoch hatte sie etwas Besonderes an sich gehabt, etwas, das ihn immer wieder an diese Begegnung hatte denken lassen. Dass sie sich in London aufhielt, bedeutete, dass sie bald heiraten wollte und das beschäftigte Sam mehr als ihm lieb war. Nicht dass er heiraten wollte – im Gegenteil. Er war erst dreiundzwanzig Jahre alt, für einen Mann viel zu jung, um sich festzulegen. Aber es war unvermeidlich, dass sie irgendwen heiraten würde. Es müsste schon mit dem Teufel zugehen, wenn sich niemand für sie interessierte. Diese Vorstellung beschäftigte Sam.

Fast zwei Jahre lag seine wenig formelle Begegnung mit ihr nun zurück. Sein Interesse an den jährlichen Tanzveranstaltungen war bis dahin gering gewesen. Er wusste zwar, dass er sich als Sohn des Viscounts auf den wichtigsten Bällen der Saison zeigen musste. Seiner Mutter zuliebe tanzte er auch wenigstens drei Tänze an jedem Abend, verteilte Komplimente an die jungen Damen und amüsierte sich mit den Gentlemen, die er aus dem Club kannte. Alles andere interessierte ihn wenig. Als Zweitgeborener war er in der glückli-

chen Situation, gesellschaftliche Verpflichtungen etwas weniger aufwendig anzugehen als sein Bruder Jeff.
Denn im Gegensatz zu Sam würde dieser einmal den
Titel des Viscounts erben. Die Last, sich zu vermählen
und eine Familie zu gründen, lag gänzlich auf den
Schultern seines älteren Bruders. Es war nicht immer
von Nachteil, der Jüngere zu sein.

Sam hatte sich damals vorgenommenen, im Auge zu
behalten, wann die ehemalige Ms Wilmington auf der
gesellschaftlichen Tanzfläche erscheinen würde. Es
stand außer Frage, dass dies irgendwann geschehen
würde. Schließlich wuchs sie im Hause Wilmington
auf.

Nun war es so weit und er war sich darüber im Klaren, dass er sie einige Male zum Tanzen auffordern und
sie näher kennenzulernen wollte. Es interessierte ihn,
was aus ihr geworden war und ob sie sich an diese erste
Begegnung erinnerte. Als Mündel des Viscounts und
dank ihrer bisherigen Zurückhaltung würde sie zwar
nicht von Anfang an zu den Favoritinnen der Saison ge-
hören, aber dies spielte ihm in die Karten.

Es war eine Überraschung gewesen, als seine Mutter
ihn und Jeff damit beauftragt hatte, sich an ihr interessiert zu zeigen. Nicht übermäßig, aber doch so, dass sie
in positivem Sinne für die Londoner Gesellschaft interessant wurde. So etwas hatte sie noch nie verlangt und
ein besonderes öffentliches Augenmerk auf Ms Morton
lag wahrlich nicht in seinem Interesse. Noch bevor er
hatte entsprechende Einwände erheben können, zu
gern schob er die Arbeit und dringende Geschäfte vor,
hatte die Viscountess ihre Beweggründe vorgetragen.
Es war eine tragische Geschichte. Eine Geschichte, die

ihn rührte und die Eleanor Morton für ihn noch interessanter machte.

Zum Ärgernis wurde ihm, dass diese Geschichte bald darauf in aller Munde war und Ms Morton sich schneller als Sam lieb war, aus der Riege der unscheinbaren Damen herausbewegte.

Er verstand, was seine Mutter bezweckte, aber es missfiel ihm deutlich.

Nachdem sowohl Jeff als auch Sam die junge Dame um einen Tanz gebeten hatten, schien das Wettrennen der Gentlemen eröffnet. Nicht nur Sutherland hatte Ms Morton ins Auge gefasst. Sam hatte die Herren des Abends aufmerksam beobachtet. Nachdem Eleanor das Fest verlassen hatte, sprachen sie offen über ihre Absichten, sie kennenzulernen.

Nun betrachtete er Sutherland nicht als ernstzunehmende Konkurrenz und sein Bruder zählte nicht, obgleich er seine Rolle hervorragend gespielt hatte. Sam konnte sich allerdings vorstellen, dass einige der Herren Ms Morton gefallen könnten. Ob er dazugehörte? Sam gestand es sich ungern ein, aber dass Eleanor ihn nicht wiedererkannt hatte, hatte ihn gekränkt.

Er nahm sich vor, sie während des Tanzes, den sie ihm bereits versprochen hatte und den er auch einfordern würde, mit den Einzelheiten ihrer ersten Begegnung zu konfrontieren. Ja, diesen Tanz würde er keinesfalls verschenken. Eleanor Morton war schöner, anmutiger und weiblicher geworden. Sie hatte ihn in eine gewisse Erregung versetzt, als sie auf der Tanzfläche gestanden hatten, bereit, sich zur Musik zu bewegen. Ihm gefiel ihr zurückhaltendes Lächeln. Was ihm nicht gefiel, war

seine Unentschlossenheit. Wollte er sich von ihr angezogen fühlen oder nicht? Er warf die Dokumente auf
den Tisch und stöhnte genervt auf.

Sam hatte Eleanor versprochen, am nächsten Tag
vorbeizukommen und sich nach dem Befinden ihrer
Großmutter zu erkundigen. Das war anständig von
ihm gewesen, aber nun stand ihm nicht der Sinn danach, eine alte Dame zu besuchen. Eleanor seine Aufwartung zu machen, nachdem sie nicht einmal miteinander getanzt hatten, schien ihm übertrieben.

„Ach zum Teufel!“, fluchte er. Er hatte sein Wort gegeben und würde es nicht brechen.

Mit einer unwirschen Bewegung verstaute er seine
Papiere in der breiten Schublade des Schreibtischs und
stand auf. Er musste auf andere Gedanken kommen.
Die beste Gelegenheit dafür bot sich wohl beim Lunch.

Jack, der bis zu diesem Moment neben Sams Schreibtisch gelegen hatte, sprang auf und wedelte in freudiger
Erwartung auf einen Spaziergang mit dem Schwanz.

„Nein, mein Junge. Du kommst nicht mit.“ Da Sam
nicht wusste, wie lange er fortbleiben würde, wies er
seinen Diener an, den Hund später auszuführen.

Eine kluge Entscheidung, wie er bald darauf feststellte. Wilmington House befand sich nicht weit entfernt von dem Club, in dem er und Jeff regelmäßig ihren Lunch nahmen und auch gern die Abende verbrachten. Er konnte sich von dort aus auf den Weg machen, Lady Wilmington einen kurzen Besuch abstatten,
Ms Morton begrüßen und sich anschließend wieder im
Club einfinden. Alles ohne Aufsehen und mit einer soliden Erklärung.

***

Sam klopfte und zeigte dem Butler seine Karte, als dieser ihm die Tür öffnete.

„Guten Tag, Mr Turner."

„Ich traf Lady Wilmington gestern Abend. Kurz vor ihrer vorzeitigen Heimfahrt habe ich versprochen, mich heute nach ihrem Befinden zu erkundigen. Ist sie zugegen?"

Sam bemerkte den erstaunten Blick des Butlers. Dieser hatte wohl geglaubt, er wolle zu Ms Morton.

„Lady Wilmington fühlt sich nicht imstande, Gäste zu empfangen. Möchten Sie eine Nachricht hinterlassen?"

„Ja, bitte richten Sie ihr meine Genesungswün..."

Weiter kam er nicht. Aus einem der angrenzenden Räume ertönte eine helle, amüsierte Frauenstimme.

„Hey, warte! Jack, komm zurück! Hier ist dein Sandwich!" Im nächsten Moment durchquerte ein aufgeregt bellender Cockerspaniel das Foyer. Ihm folgte die ihm bestens bekannte Eleanor Wilmington, jetzt Morton, und hielt ein Sandwich mit Schinken in der Hand.

„Jack!", rief sie erneut.

„Jack?" Sam beobachtete das überraschende Schauspiel. „Ms Morton hat einen Cockerspaniel, der Jack heißt?"

Das Zusammentreffen in Hertfordshire hatte doch Spuren hinterlassen, wenn sie sich gleich einen eigenen Hund zugelegt hatte und dieser auch noch Namensvetter geworden war.

Doch im nächsten Augenblick schlug der Hund einen Haken und lief schnurstracks auf Sam zu. Nun erkannte er ihn. Dieser Jack war sein Jack!

„Jack, alter Junge, was machst du denn hier?" Sofort griff Sam nach dem Hund und hob ihn hoch. Unverkennbar Jack und er freute sich übermäßig, seinen Herren zu sehen. Dann fiel sein Blick auf Eleanor Morton, die noch immer das Sandwich in der Hand hielt und sich angesichts des unerwarteten Gastes bemühte, eine angemessene Körperhaltung einzunehmen.

„Oh, Mr Turner!", rief sie erfreut aus und errötete gleich darauf.

„Ms Morton, füttern Sie meinen Hund mit Sandwiches?" Er gab sich keine Mühe, den Vorwurf in seiner Frage zu verschleiern. Sie nickte betreten.

„Erklären Sie es mir, und wenn ich bitten darf, von Anfang an. Wie um alles in der Welt kommt mein Hund zu Ihnen ins Haus?" Sam sah Eleanor herausfordernd an, dann roch er am Fell des Spaniels und fragte gleich darauf gequält: „Riecht der etwa nach Blumen?"

„Ja, Jasmin. Wir haben ihn gebadet." Eleanor lächelte ihn zufrieden an.

„Wir? Wie kommen Sie nur dazu? Sie können doch nicht einen wildfremden Hund entführen und einfach baden wie ein Spielzeug."

„So war es doch gar nicht. Das ist eine überaus seltsame Geschichte." Eleanor verzog beleidigt den Mund und ließ das Sandwich von einer Hand zur anderen wandern.

„Ach ja? Ich bin ganz Ohr." Sam sah sie argwöhnisch an. Er sprach mit tiefer, eindringlicher Stimme und zog dann eine Augenbraue nach oben. Ihm wurde allerdings im nächsten Moment bewusst, dass er seinen Hund noch kraulend auf dem Arm hielt und damit wahrscheinlich nicht so bedrohlich aussah, wie er es sich vorgenommen hatte.

„Haben Sie denn Zeit?" Ms Morton sah ihn aufmüpfig an. Sie wollte ihn offenbar auf die Probe stellen.

„Sicher, schließlich bin ich für einen Besuch hergekommen. So, wie ich es gestern versprochen habe, werde ich mich vom Wohlergehen Ihrer Großmutter überzeugen", bemühte er sich ruhig zu erklären.

„Dann sollten wir uns in den Salon setzen. Kommen Sie, ich erzähle Ihnen alles."

„Hm, von mir aus ...", gab Sam mürrisch von sich, ließ den frisch gebürsteten und duftenden Jack zurück auf den Boden und übergab seinen Gehrock an den Butler.

Eleanor ging nun in angemessenem Tempo voraus. Sam folgte ihr und ertappte sich dabei, wie er wohlwollend ihre Kehrseite betrachtete.

Im Salon traf er nicht wie erwartet auf Eloise Wilmington, sondern auf eine andere Dame, die ihm bereits bekannt war. Er wäre vielleicht nicht so schnell darauf gekommen, aber in Gesellschaft Ms Mortons erkannte er sie doch wieder.

„Mr Turner. Darf ich Ihnen Margaret Lainshore vorstellen?"

„Sehr erfreut." Er nickte und wartete auf eine Reaktion ihrerseits. Doch nichts dergleichen geschah. Sie saß auf einem der Sessel und war damit beschäftigt, ein Tablett mit Sandwiches in die Höhe zu halten. Sicherlich handelte sie in der Absicht, die Speisen vor der nahenden Gefahr namens Jack zu retten. Margaret würdigte Sam nur eines kurzen Blickes, dann wandte sie sich wieder seinem Hund zu.

„Setzen Sie sich, Mr Turner", bot Eleanor ihm einen Platz an und wandte sich dann Margaret zu. „Welch eine Überraschung. Stell dir vor, Jack ist der Hund von Mr Turner."

Worauf diese wiederum sehr knapp antwortete. „Interessant."

Allmählich kam Sam ins Grübeln. Hatte er sich in den letzten zwei Jahren so sehr verändert? Wie konnten sich gleich zwei Damen weder seinen Namen noch sein Gesicht gemerkt haben? Nicht einmal in Kombination mit seinem Hund bemerkten sie, wer vor ihnen stand.

Eleanor setzte sich auf eines der Sofas und tippte mit der Hand auf den Platz neben sich, damit Jack sich zu ihr gesellte. Sam brummte missmutig. Ms Lainshore keuchte und trug das Tablett zum großen Tisch. Jack schien unentschlossen. Offenbar wusste er nicht, welchem Drang er nachgeben sollte. Sein Blick wanderte zwischen Eleanor, Sam und den Sandwiches hin und her. Sam wurde ungeduldig, rief ihn aber nicht zu sich.

„Ms Morton, würden Sie die Güte haben, mir nun endlich zu erklären, was hier gespielt wird? Wie kommt mein Hund zu Ihnen? Ich bin mir sicher, dass er noch in meiner Wohnung war, als ich sie vor ein paar Stunden verlassen habe. Wie konnten Sie ihn nur baden? Und bitte ...", er machte eine Pause, um seinem Wunsch mehr Eindringlichkeit zu verleihen, „... in Gottes Namen, unterlassen Sie es, ihn weiter mit Sandwiches zu füttern."

„Mr Turner, anstatt sich hier so ungehobelt zu präsentieren und mich zu belehren, sollten Sie sich lieber bei mir bedanken. Wer weiß, wie es um Jack stünde, hätte ich mich nicht um ihn gekümmert. Ich habe Ihren

Hund gerettet. Das arme Tier befand sich in vollkommen desolatem Zustand, als es hier auftauchte."

Sam kniff nachdenklich die Augen zusammen. Schüchtern war Ms Morton augenscheinlich nicht mehr.

„Gerettet?" *Schon wieder,* fügte er in Gedanken hinzu. Das war doch unmöglich. Er verzog spöttisch den Mund.

„Genau." Eleanor ließ sich davon nicht beeindrucken. Es verlieh ihr ein sehr attraktives Äußeres, wenn sie sich aufregte und für eine Sache einsetzte. Etwas unfein für eine Dame, aber ihr Auftreten imponierte ihm.

„Verzeihung, meine Damen, ich möchte nicht vorschnell und ungerecht urteilen", nahm er sich nun höflich zurück. Sams Tonfall wurde deutlich milder. „Bitte erzählen Sie mir, was sich ereignet hat."

„Also gut". Eleanor faltete die Hände, legte sie in den Schoß und hielt ihren Rücken gerade.

„Ms Lainshore und ich spazierten durch unseren Garten. Unter der großen Linde steht eine Bank, ein wunderschöner Ort, an dem man es sich gemütlich machen und ungestört sein kann. Dort verweilten wir einige Zeit. Wir bemerkten, dass es regnete, aber unter der Baumkrone waren wir geschützt. Stimmt's Margaret? Nicht ein Tropfen fiel auf uns herab." Sie blickte Margaret an, die bestätigend nickte.

„Der Regen hielt bereits eine Weile an und dann kam noch jemand, der unter dem Baum Schutz suchte. Ein tropfnasser und von oben bis unten verschmutzter Hund. Er war sehr zutraulich, zitterte vor Kälte und damit ihm nichts zustieß, haben wir ihn mit hineingenommen."

„Und gebadet“, stellte Sam resigniert fest.

„Sicher, was hätten wir sonst tun sollen? Dass er braunes Fell hat, war uns zuvor gar nicht aufgefallen. Als später auch das Halsband sauber war, lasen wir seinen Namen und mich überkam ein erster Verdacht, wo er hingehören könnte.“

Sam stockte. Sie hatte einen Verdacht? Sie hatte Jack nur ein einziges Mal gesehen! Besaß Eleanor Morton die Dreistigkeit, ihn an der Nase herumzuführen? Das wäre eine unerhörte Frechheit.

„Ach ja?“, knurrte er, um ihr seine Überlegenheit zu demonstrieren und den Anflug von Nervosität, der ihn überkam, zu überspielen.

„Selbstverständlich. Als wir die Viscountess Turner zum ersten Mal besuchten, sie hatte meine Großmutter und mich zum Tee eingeladen, kam ein Hund, der ebenso aussah, in den Salon gelaufen und stahl sich eines der Sandwiches vom Tisch. Die Viscountess rief ihn beim Namen und schimpfte mit ihm. Ich hatte anhand dieser Anhaltspunkte die Vermutung, dass der Hund zur Familie der Viscountess gehört. Als Sie vorhin hier aufgetaucht sind und ihn erkannten, sah ich mich in meiner Vermutung bestätigt.“

„Aha“, machte Sam. „Und was hat es mit den Sandwiches auf sich? Wie viele davon haben Sie in ihn hineingestopft?“

„Kein einziges, denn Sie sind hier aufgetaucht und haben uns unterbrochen.“ Der anklagende Unterton blieb Sam nicht verborgen.

„Nun, wenigstens das. Sandwiches sind keine gute Ernährung für Hunde.“ *Genauso wenig wie Pasteten,* fügte er in Gedanken hinzu. Es wollte ihm nicht in den

Sinn, dass Eleanor sich ihrerseits nicht an ihn erinnern konnte. Er seufzte und dann schwiegen sie eine Weile. Jack hatte sich mittlerweile zu Sams Füßen niedergelassen.

„Ach, wo haben wir nur unsere Manieren?", entfuhr es Eleanor plötzlich und sie fuhr hoch. „Mr Turner, dürfen wir Sie zum Tee einladen?"

Es gehörte sich, diese Einladung anzunehmen, doch Sam hatte das Gefühl, schon viel zu viel Zeit hier verbracht zu haben. Schließlich wollte er wieder zurück in den Club und um Jack musste er sich auch noch kümmern.

„Ich bedaure es sehr, aber ich fürchte, dafür bleibt mir heute keine Zeit mehr. Wie ich gestern versprach, bin ich gekommen, um mich nach dem Wohlergehen ihrer Großmutter zu erkundigen. Da sie nicht zugegen ist, bin ich etwas in Sorge."

Er sah für einen Wimpernschlag die Enttäuschung in ihrem Gesicht.

„Das ist sehr nett von Ihnen, dass Sie sich Gedanken machen. In der Tat hat uns das kleine Intermezzo beim gestrigen Ball erschreckt, aber ich kann Ihnen versichern, sie ist auf dem Wege der Besserung. Es war nur eine kleine Schwäche."

Eleanor trug ihre Worte mit einer derartigen Inbrunst vor, dass Sam beschloss, es darauf beruhen zu lassen. Offenbar war eine ihrer besonderen Eigenschaften, dass sie selten um eine Antwort verlegen war.

„Bitte richten Sie ihr meine Genesungswünsche aus."

„Das mache ich bestimmt."

Sam verabschiedete sich, pfiff nach Jack und stand wenige Minuten später etwas ratlos auf der Treppe zum Haus der Wilmingtons. Mittlerweile war es früher Abend. Er wollte nicht riskieren, dass Jack erneut davonlief und wollte ihn auch nicht mit in den Club nehmen. Also beschloss er, sich eine Droschke zu rufen und nach Hause zu fahren. Er hatte das Bedürfnis, über Ms Morton nachzudenken. Dazu eignete sich ein Abend im Club seiner Ansicht nach nicht.

Zu Hause angekommen öffnete ihm sein Diener. Er sah aus, als sei jemand gestorben. Sein Gesicht war leichenblass. Als er Jack erblickte, weiteten sich seine Augen. Schrecken und Freude über den Anblick des Hundes wechselten sich in seinem Gesicht ab. Die Abwesenheit des Tieres war ihm also aufgefallen.

Sam hatte keine Lust, sich über seinen Diener aufzuregen. Dass dieser gelitten hatte, war ihm ein Stück weit Genugtuung. Aber seine Autorität durfte er nicht infrage gestellt sehen. Also bemühte er sich, laut und verärgert zu klingen.

„Hatte ich mich nicht klar ausgedrückt? Sie sollten mit dem Hund spazieren gehen und darauf achten, dass er nicht wieder davonläuft."

„Verzeihen Sie, Mr Turner ..."

„Lassen Sie nur." Sam winkte ab „Ich will keine Ausreden hören. Mein Tag war anstrengend genug. Ich bin in meinem Arbeitszimmer und wünsche nicht gestört zu werden."

Sam schlug die Tür hinter sich zu, setzte sich an seinen Schreibtisch und zog eine Flasche Brandy hervor.

Weder die eine noch die andere erinnerte sich an ihn, falls doch, verbargen sie diese Tatsache sehr gut. Diese Erkenntnis erschütterte Sam und dies wiederum überwältigte ihn. Er hatte Eleanor in all der Zeit nicht vergessen. Natürlich hatte er währenddessen nicht fromm gelebt, er war schließlich ein Mann. Aber er hatte hin und wieder an sie gedacht und zum Teufel, in diesem Augenblick tat er das schon wieder!

13.

BALL IM HAUSE SUTHERLAND

Dirsley House unterschied sich nicht wesentlich von den anderen Häusern der Londoner Gesellschaft, außer vielleicht darin, dass es noch größer war und sich in exquisiter Lage befand. Die Gäste waren zahlreich und da Eleanor nur einen Ball, und diesen nicht einmal zur Hälfte, als Erfahrung vorweisen konnte, war sie nervös.

Tröstlich war, zu wissen, dass Arthur Linfield die Kutsche gesteuert hatte und darauf warten würde, sie wieder nach Hause zu bringen. Vor allem aber half Margarets Anwesenheit. Eloise hatte ihren ausgefallenen Plan in die Tat umgesetzt und Margaret als Gesellschafts- und Anstandsdame auf den Ball geschickt. Sie trug ein dezentes Kleid in Blau, schien in sich zu ruhen und wich Eleanor keinen Schritt von der Seite.

Da Margaret das übliche Alter der heiratswilligen Damen längst hinter sich gelassen hatte, würde sich wohl kaum Interesse an ihrer Person entwickeln. Sie war die unscheinbare alte Jungfer, die auf Ms Eleanor Morton achtgab. Niemand würde ihre Anwesenheit und das Fehlen der Witwe Wilmington nach dem aufregenden Vorfall bei Viscount Turner infrage stellen.

„Komm, Margaret. Wir werden langsam an der Seite zum gegenüberliegenden Ende des Ballsaals hinübergehen. Auf diese Weise können wir uns einen guten Überblick verschaffen. Sobald wir die Viscountess sehen, gehen wir zu ihr, um sie zu begrüßen." Eleanor tat genau das, was Eloise ihr aufgetragen hatte. In Gesellschaft der Viscountess Turner würden sie gut aufgehoben sein. Doch den Weg dorthin mussten Eleanor und Margaret allein bewältigen. Sie lächelten beherzt in die Runde, während sie sich ihren Weg bahnten. Weit kamen sie jedoch nicht.

„Ms Morton, welch eine Freude, Sie hier zu sehen." Neil Sutherlands näselnde Stimme war von der Seite her zu vernehmen und im nächsten Moment stand er bereits vor ihnen. Er trug einen feinen Anzug, lächelte, wobei er seine Oberlippe wieder auffällig nach oben zog und den Blick auf seine sehr langen Schneidezähne freigab.

„Mr Sutherland, es freut mich ebenfalls sehr." Eleanor begrüßte ihn höflich und bemerkte, dass sie die Worte nicht nur so dahingesagt hatte. Sie war sehr froh, einem bekannten Gesicht zu begegnen.

„Wie geht es Ihrer Großmutter? Ist sie ebenfalls hier?" Neil sah sich mit zusammengekniffenen Augen im Saal um.

„Nein, sie hat sich noch nicht wieder erholt. Aber ich bin nicht allein. Schauen Sie, Ms Lainshore begleitet mich." Eleanor trat einen winzigen Schritt beiseite. Nun erst schien er Margaret zu bemerken.

„Ms Lainshore … ach … guten Abend. Verzeihen Sie mir meine Unaufmerksamkeit. Ich wollte keineswegs unhöflich sein." Er deutete eine leichte Verbeugung an, dann wandte er sich gleich wieder Eleanor zu.

„Ich möchte Sie gern meinem Onkel vorstellen. Haben Sie die Ehre, mich zu begleiten?" Im Vergleich zu seinem kürzlichen Besuch auf Wilmington House zeigte er sich an diesem Abend sehr selbstbewusst. „Kommen Sie, ich führe Sie zu ihm. Er äußerte bereits großes Interesse daran, Sie kennenzulernen."

Sie ließen sich durch den Saal geleiten und begrüßten bald darauf den Gastgeber des Abends.

Reginald Sutherland war ein großgewachsener Mann mit schneeweißem Haar. Auf den ersten Blick erkannte Eleanor, dass Neils Eigenart, die Oberlippe beim Sprechen nach oben zu ziehen, wohl in der Familie lag.

„Onkel Reginald, darf ich dir Ms Morton und ihre Begleitung, Ms Lainshore, vorstellen?"

„Willkommen in meinem Haus, Ms Morton." Der ältere Sutherland musterte Eleanor eindringlich. „Ich hoffe, es gefällt Ihnen?"

„Ja, Mr Sutherland, es gefällt mir sehr."

Angesichts ihrer Äußerung strich Reginald Sutherland sich wohlwollend über die Brust. „Ich mag große und besondere Häuser. Grithwood Castle gehörte auch zu diesen beindruckenden Bauwerken."

Bei der Erwähnung des Anwesens wich beiden Damen unmittelbar die Farbe aus dem Gesicht, aber der alte Sutherland bemerkte es nicht. Er plauderte munter weiter.

„Ich erinnere mich noch genau daran. In meiner Kindheit war ich einige Male dort zu Besuch und habe Ihren Vater kennengelernt. Wir hatten vergnügliche Zeiten. Wenn wir ausritten, thronte das Anwesen weit sichtbar auf einem Hügel und ragte über die Wälder hinaus." Sutherland schmunzelte ob der Erinnerungen, die ihm durch den Kopf gingen.

„Leider ist Spencer auf tragische Weise von uns gegangen. Auch wenn es schon sehr lange her ist, bedaure ich es sehr."

Eleanors Knie wurden weich. Ihre Hand tastete suchend nach Margarets, fand diese und hielt sich daran fest. Wie um alles in der Welt kam der alte Sutherland auf die Idee, sie könnte interessiert sein, Geschichten über den Mann zu erfahren, der ihre Familie ausgelöscht hatte? Eleanor blickte zu Neil Sutherland. Er zeigte sich unangenehm berührt von den Ausführungen seines Onkels.

„Ich traf ihn noch ein weiteres Mal" fuhr der alte Mr Sutherland fort. „Es war hier in Dirsley House. Damals habe ich auch Ihre Mutter kennengelernt ... Abigail." Er räusperte sich und kam Eleanor ein Stück näher, sehr nahe, und raunte: „Ich hatte mich damals gerade dazu entschlossen, Ihre Mutter zu heiraten. Wie ich mit Freude feststellen darf, haben Sie eine unglaubliche Ähnlichkeit mit ihr ... das dunkle Haar, die zarte Figur, ein auffallend hübsches Gesicht. Sie sind zwar etwas kleiner als sie, aber das ist wohl kaum der Rede wert." Reginalds rotadrigen Augen ruhten auf Eleanor. Der Ausdruck darin verursachte ihr Unbehagen. Noch immer hielt sie Margarets Hand fest umklammert. Erleichtert atmete sie auf, als der alte Sutherland wieder ein Stück von ihr abrückte. Zudem war sie seinem Neffen Neil in diesem Augenblick sehr dankbar, als er das Wort ergriff und sich wieder ins Gespräch einbrachte.

„Ms Morton, erlauben Sie mir, dass ich mich auf Ihrer Tanzkarte eintrage. Ich wäre untröstlich, wenn ich einen weiteren Abend ohne die Gelegenheit eines Tanzes mit Ihnen verbringen müsste."

„Selbstverständlich." Während Eleanor aufmerksam beobachtete, wie Neil seinen Namen auf die Karte schrieb, drückte Margaret aufgeregt ihre Hand. Sie hatte Lady Turner entdeckt.

„Die Viscountess ist nicht weit von uns. Jetzt oder nie", flüsterte sie Eleanor so leise zu, dass auch Neil es nicht hören konnte.

„Mr Sutherland, Mr Sutherland." Eleanor nickte beiden höflich zu. „Ich bitte Sie ausdrücklich um Verzeihung, wir müssen Sie leider für den Moment verlassen. Die Viscountess Turner erwartet uns in einer dringenden Angelegenheit. Sehen Sie, dort drüben ist sie."

Beide Sutherlands warfen sich einen seltsamen Blick zu. Sie wirkten uneinig, bis Neil mit seiner näselnden Stimme erwiderte. „Sie sollten die Viscountess keinesfalls warten lassen. Ich sehe Sie später und freue mich auf unseren Tanz."

„Vielen Dank, bis später."

Zielstrebig bahnte sich Eleanor, dicht gefolgt von Margaret, den Weg durch den Saal und war sehr erleichtert, in die freundlichen und herzlichen Augen der Viscountess zu blicken.

„Ms Morton, wie schön, Sie zu sehen. Ich bin erleichtert, dass Sie es geschafft haben, Sutherlands Fängen zu entkommen."

„Zumindest vorübergehend", stellte Eleanor ernst fest.

„Sie haben es erfasst. Seien Sie freundlich und auf der Hut." Dolores lächelte an Eleanor und Margaret vorbei zu den Sutherlands.

„Vor Neil?" Eleanor schaute ungläubig.

„Nein, vor seinem Onkel natürlich."

Eleanor wusste nicht genau, worauf die Viscountess hinauswollte. Aber da seine Gesprächsthemen mehr als unangebracht und ihr seine Gegenwart nicht angenehm war, wollte sie die Worte Lady Turners beherzigen und achtsam sein.

„Wie geht es Ihrer Großmutter? Ich bin betrübt, sie nicht zu sehen."

„Es geht ihr schon besser. Auf die Strapazen einer Gesellschaft wird sie jedoch noch eine Weile verzichten müssen. Ich soll Ihnen und dem Viscount Dank für die vielen hübschen Blumen ausrichten. Sie möchte sich bei Ihnen mit einer Einladung zum Tee revanchieren, sobald sie wieder genesen ist." Eleanor übermittelte die freundlichen Worte, aber die Viscountess sah besorgt aus.

„Um Himmels willen, Sie sind doch heute Abend nicht ohne Begleitung hier?" Dolores legte sich erschrocken die Hand auf die Brust.

„Nein. Ich bin nicht allein. Ms Lainshore ist bei mir. Verzeihen Sie, ich hatte Sie einander noch gar nicht vorgestellt." Jetzt erst nahm die Viscountess Margaret zur Kenntnis.

„Ms Lainshore, interessant." Dolores Turner musterte Margaret gleichermaßen eindringlich und freundlich. „Kommen Sie beide doch morgen Vormittag zu mir zum Tee. Ich bin neugierig, was Sie mir über den heutigen Abend berichten werden."

„So viel wird es wohl nicht werden. Im Moment erwartet mich nur ein Tanz mit Neil Sutherland." Eleanor warf einen enttäuschten Blick auf ihre Tanzkarte.

„Besser als mit seinem Onkel", entfuhr es der Viscountess und sie warf Eleanor einen vielsagenden Blick zu. Dann fügte sie aufmunternd hinzu: „Seien Sie bloß nicht ungeduldig. Sie sind doch noch gar nicht lange hier und in dieser Zeit haben Sie sich ausschließlich mit den Sutherlands und meiner Wenigkeit unterhalten. Die Meute wartet nur darauf, sich auf Sie zu stürzen. Glauben Sie mir, ich übertreibe nicht." Dann wandte sich Dolores an Margaret und flüsterte eindringlich: „Sie werden sie hoffentlich keine Sekunde aus den Augen lassen."

„Selbstverständlich nicht." Margaret presste die Lippen aufeinander und nickte.

Die Viscountess hatte recht behalten. Sobald sie Eleanor und Margaret allein gelassen hatte und sich einem anderen Gespräch widmete, kam Eleanor kaum dazu, Luft zu holen oder sich zu erfrischen. Ein Gentleman nach dem anderen stellte sich vor, dazu verschiedene Damen, deren Namen sie sich nicht merken konnte. Alle waren sehr interessiert daran, zu erfahren, was sich damals in der Feuernacht tatsächlich ereignet hatte oder teilten ihr mit, dass sie ihre Mutter, die verstorbene Countess persönlich gekannt hatten. Oder sie wollten wissen, welche Pläne sie für den Sommer hatte und ob sich vielleicht unter den anwesenden Gentlemen jemand befand, der Eleanors Herz höherschlagen ließe. Die vielen Fragen waren kaum zu beantworten und die Namen zu den Gesichtern zu behalten, war eine ausgemachte Kunst.

Eleanor war regelrecht erleichtert, als sie, nachdem sie bereits einige Male getanzt hatte, ein bekanntes Gesicht sah. Jefferson Turner.

„Guten Abend, die Damen. Ich sehe, Sie genießen die Gesellschaft", begrüßte er Eleanor und Margaret lächelnd.

„Guten Abend. Es kommt darauf an, was Sie unter Genuss verstehen. Mir raucht schon der Kopf. Ich weiß noch gar nicht, wie ich mir all die Menschen merken soll. Vermutlich werfe ich morgen alles durcheinander und sorge für den nächsten Skandal."

„Solange Sie meinen Namen nicht vergessen, sehe ich kein Problem." Er sah sie herausfordernd an.

„Seien Sie versichert Mr Turner, Sie habe ich nicht vergessen." Eleanor sprach offen und herzlich zu ihm. Sie genoss seine Gegenwart und dachte sogleich wieder an ihren ersten Tanz mit ihm. Außerdem gehörte er zu den wenigen Menschen, die an ihrer Person interessiert waren und nicht an ihrer Mutter, ihrem Vater oder sonst wem, der etwas mit dem Unglück zu tun hatte. Als er sich jedoch neben sie stellte, unerwartet nah, ergriff sie wieder diese seltsame Erregung. Ein nervöses Kribbeln breitete sich unter ihrer Haut aus, als er sich hinunterbeugte und mit seiner warmen, tiefen Stimme raunte: „Mr Jefferson Turner."

„Wie meinen Sie?" Seine Nähe brachte Eleanor durcheinander. Sie konnte den Zusammenhang seiner Worte nicht mehr herstellen. Als sie zu ihm aufblickte und sein Blick aus den tiefblauen Augen auf ihr lag, bebten ihre Lippen. Wie er sie ansah, gefiel ihr beängstigend gut.

„Sie sagten: Mr Turner, Sie habe ich nicht vergessen. Das war etwas unklar. Deshalb habe ich Ihre Aussage ergänzt."

„Richtig, Jefferson Turner", wiederholte Eleanor. Sie schenkte ihm ein ehrliches Lächeln und er sah sie zufrieden an.

„Sind Sie denn in der Lage, die Gentlemen wiederzuerkennen, denen Sie einen Tanz versprochen haben?" Er neckte sie und sie nahm es ihm nicht übel.

„Nun, dafür habe ich ja glücklicherweise meine Tanzkarte", erklärte sie stolz.

„Es macht Ihnen doch sicherlich nichts aus, sie mir zu zeigen?" Schon streckte er die Hand danach aus.

„Keineswegs." Sie hielt ihm die Karte hin.

„Neil Sutherland?" Er las es laut vor und sah sie ungläubig an.

„Nun, er hat mich schließlich gefragt."

„Ja", entgegnete Jeff und las amüsiert weitere Namen vor. „Basil Ellistor, Stewart Higgins? Oh bitte, Ms Morton, erlauben Sie mir, Ihren Abend deutlich aufzuwerten."

Dass er sich so über ihre Tanzpartner mokierte, gefiel Eleanor nicht.

„Ach, und wie möchten Sie das anstellen, Mr Jefferson Turner?" Sie zog ihm beleidigt die Karte aus den Fingern.

„Tanzen Sie mit mir."

„Mit Ihnen?"

„Selbstverständlich. Ich erinnere mich sehr gut an unseren gemeinsamen Tanz. Ich hoffe Sie auch, immerhin erweckten Sie den Eindruck, es habe Ihnen gefallen."

„Gewiss, das hat es“, beeilte sich Eleanor zuzugeben.

„Dann tanzen Sie mit mir?“ Er lächelte überzeugend charmant.

„Es wird mir ein Vergnügen sein.“ Sie willigte ein und hielt ihm ihre Karte erneut hin.

„Ganz meinerseits.“ Er warf Eleanor einen letzten intensiven Blick zu und überließ sie Basil Ellistor. Den kannte er schon aus seiner Zeit in Eton und ihm hatte Eleanor den nächsten Tanz versprochen.

„Margaret, ich benötige eine Pause“, erklärte Eleanor, nachdem Stewart Higgins sie von der Tanzfläche zurückbegleitet, sie ihm höflich gedankt und er sich verabschiedet hatte.

„Die Luft ist stickig hier drinnen und der Tanz mit Mr Higgins war wenig unterhaltsam. Wir sollten uns eine Limonade holen und für einige Minuten hinaus auf die Terrasse gehen.“

„Was hat er denn zu Ihnen gesagt?“, fragte Margaret, als sie sich auf den Weg hinaus machten.

„Gar nichts, das ist es ja. Ich kann es mir nicht erklären. Wenn ich gestolpert wäre oder etwas Dummes gesagt hätte ... aber nichts dergleichen. Ich habe alle Regeln der Höflichkeit eingehalten. Du hast selbst gesehen, wie schnell er sich von mir verabschiedet hat.“

„Das habe ich und ich kann Ihnen versichern, dass es keineswegs an Ihnen gelegen haben kann. Sie schlagen sich bisher ausgezeichnet.“ Margaret kicherte plötzlich.

„Was hast du? Wenn es etwas Unterhaltsames ist, teile es mit mir.“

„Lieber nicht, es ist nicht gerade höflich.“

„Aber es amüsiert dich sehr. Du musst es mir sagen", stellte Eleanor fest und warf Margaret einen mahnenden Blick zu.

„Ich dachte nur, dass er vielleicht den Lunch nicht vertragen und sich den Magen verdorben haben könnte. Dann musste er gewiss alle Konzentration aufbringen, den Tanz mit Ihnen zu beenden und wird sich nun in den Räumlichkeiten der Herren quälen." Margaret formulierte ihre Vermutung, ohne jeglichen Ernst daran vermissen zu lassen.

Eleanor jedoch schlug sich, halb vor Empörung, halb vor Belustigung, die Hand vor den Mund. „Margaret, solche Dinge dürfen wir nicht einmal denken."

„Es gibt eben Ereignisse, die machen vor niemandem halt."

„Ich hoffe in seinem Interesse, dass es eine andere Erklärung gibt." Sie lachten und genossen zufrieden die Abendluft auf der Terrasse. Die einkehrende Stille zwischen ihnen war keineswegs unangenehm.

„Danke", sagte Eleanor unvermittelt ernst und so leise, dass es nur für Margaret zu hören war.

„Wofür?"

„Dafür, dass du schon mein Leben lang an meiner Seite bist und dass du mich hierhin begleitest."

„Ihre Mutter bat mich, alle Mädchen mit meinem Leben zu beschützen. Ich habe dreimal versagt. Das ist eine schwere Bürde. Ein viertes Mal wird es nicht geben."

Betroffenheit und Rührung zeichneten sich in Eleanors Gesicht ab. Am liebsten hätte sie sich Margaret in die Arme geworfen und geweint, so wie früher, als sie noch klein gewesen war.

„Du hast sie alle gehört, wie sie von meiner Mutter gesprochen haben, was über sie gesagt wurde. Ist es wahr?“

„Soweit ich das beurteilen kann, sind es nur halbwahre Worte. Die Einzige, die eine Freundschaft mit der Countess führte, war meiner Kenntnis nach die Viscountess Turner.“

Sie schwiegen noch eine Weile und blickten in den sternenlosen Himmel.

„Wir sollten wieder hineingehen, sonst verärgern Sie Mr Turner noch“, schlug Margaret vor.

„Mich verärgern?“ Wie aus dem Nichts stand Sampson Turner vor Ihnen. „Wie kommen Sie darauf, wir haben uns doch noch gar nicht begrüßt.“

„Hallo, Mr Turner. Wir sprachen gerade von Jefferson Turner, Ihrem Bruder. Ich habe versprochen, mit ihm zu tanzen.“

„Sie haben meinem Bruder bereits einen weiteren Tanz versprochen, noch bevor Sie ein einziges Mal mit mir getanzt haben?“ Er stellte die Frage rhetorisch und zeigte sich entrüstet. Sein Blick durchbohrte sie tadelnd, was Eleanor einigermaßen verunsicherte und entrüstete. Sie hatte sich nicht falsch verhalten.

„Er hat mich um einen Tanz gebeten und sich auf meiner Karte eingetragen“, verteidigte sie sich.

„Na wenn das so ist: Darf ich?“ Er zeigte auf die Tanzkarte und Eleanor überreichte sie ihm. In seiner Neugier unterschied er sich nicht sehr von seinem Bruder. Doch Sam las nicht nur neugierig die Namen ihrer Tanzpartner, er trug seinen eigenen ohne zu zögern für den letzten Tanz ein.

„Was machen Sie denn da?", flüsterte sie aufgeregt. „Sie müssen mich doch zuerst fragen."

„Aber das habe ich doch längst und Sie schulden mir einen Tanz."

Er reichte ihr die Karte zurück.

„Ich schulde Ihnen …?" Eleanor funkelte ihn mahnend an, doch es schien keine Wirkung auf Sam zu haben.

„Sie entschuldigen mich? Ich werde erwartet." Er deutete eine Verbeugung an, wandte sich ab und ging einfach davon.

„Was sagt man dazu?" Eleanor zischte aufgebracht. Dann sah sie erst auf ihre Karte, dann zu Margaret. Diese aber blickte Sam nachdenklich hinterher.

Als Eleanor an diesem Abend nach Hause zurückkehrte, war sie erschöpft. Ihre Füße schmerzten und sie glaubte, in den kommenden Tagen keinen einzigen Schritt gehen zu können. Das war es wohl, was ihre Großmutter gemeint hatte. Und sie war zudem sehr glücklich. Jefferson Turner hatte sie wie eine Königin durch den Ballsaal hofiert. Er war ein ausgezeichneter Tänzer. Sein Bruder Sam ebenfalls. Mit ihm hatte sie zuletzt getanzt. Er war nicht nur sehr galant gewesen, er war überwältigend. Noch jetzt, wenn sie an ihn dachte, begann ihr Herz wild zu klopfen. Eleanor lächelte still in sich hinein. Diese Art Glücksgefühl war ihr neu.

„Sie sind mir doch hoffentlich nicht böse?" Er hatte sie freundlich angesehen und auf ihre Erwiderung gewartet, während er sie im Takt der Musik sanft durch die Tanzpaare geschoben hatte.

„Ich sollte es wohl sein", hatte Eleanor erwidert und dann nur mit den Schultern gezuckt, als ginge es sie nichts an. Sie hatte seinem Blick standgehalten, als Sam sie mit einem ähnlich durchdringenden Blick bedacht hatte, wie es sein Bruder bereits vor ihm getan hatte. Überhaupt hatte sie bemerkt, dass sich die Brüder in allem sehr ähnlich waren.

„Ja, vielleicht sollten Sie das sein, zumindest wenn wir uns gerade erst vorgestellt worden wären. Aber wir kennen uns nun schon eine Weile."

Eleanors Herz hatte stark zu klopfen begonnen. „Übertreiben Sie da nicht gewaltig? Der Ball im Hause Ihres Vaters ist nicht einmal eine Woche her."

In diesem Augenblick hatte er sie fester gehalten und noch näher an sich herangezogen. „Davon spreche ich doch gar nicht."

„Wovon dann?" Sie hatte leise gekeucht, als er seine Lippen näher an ihr Ohr bewegt hatte.

„Ich spreche von unserem ersten Treffen, Ms Wilmington. Sie erinnern sich gewiss daran, wie sie Jack das erste Mal gerettet haben."

„Oh Mr Turner", war alles, was sie hatte flüstern können. Seine Worte hatten ihr die Sprache verschlagen.

Nun lag sie im Bett und konnte ihr Glück kaum fassen. Er erinnerte sich an sie!

Eleanor schloss müde die Augen und bevor sie endlich in tiefen Schlaf glitt, wiederholte sie in Gedanken den letzten Tanz.

14.
EIN ÜBLER SCHERZ

Sam hatte alles auf eine Karte gesetzt und es war ihm gelungen. Ms Morton erinnerte sich sehr wohl an ihre erste Begegnung. Er hoffte sehr, sie wiederzusehen, aber sie am nächsten Tag zu besuchen, erschien ihm zu forsch. Er mochte Eleanor sehr. Er würde sie beim nächsten Ball, der schon in wenigen Tagen stattfand, erneut um einen Tanz bitten. Dahingehend, dass sie zu den geladenen Gästen gehörte, hegte er keine Zweifel. Dafür hatte seine Mutter sicher gesorgt.

Bis dahin mussten ihn andere Themen beschäftigen. In den kommenden Tagen bemühte er sich, endlich die ausstehenden geschäftlichen Entscheidungen zu fällen und sich um die notwendige Korrespondenz zu kümmern. Er verbrachte vormittags viel Zeit in den Pferdeställen und an seinem Schreibtisch. Ab dem späten Nachmittag fand man ihn im Club, wo sich die Gentlemen der Gesellschaft regelmäßig trafen. Natürlich bot sich auch hier die Möglichkeit, Geschäftliches zu besprechen. Hauptsächlich besuchten die Herren den Club jedoch, um Freundschaften zu pflegen, Neuigkeiten auszutauschen, zu rauchen und zu trinken. Die Brüder Turner waren sehr gern gesehene Gäste.

Als Sam den Club am Abend betrat, drang ihm lautes Gelächter entgegen. Eine Gruppe junger Herren unterhielt sich prächtig. Die meisten von ihnen kannte Sam aus Eton. Es gehörte sich für einen jungen Mann in ihren Kreisen, die Eliteschule zu besuchen. Sowohl Jeff als auch Sam hatten eine prägende Zeit dort verbracht und einen hervorragenden Schulabschluss erworben.

„Sam, setz dich zu uns!" Jeff hatte ihn entdeckt und rief seinen Bruder heran. Er saß inmitten der heiteren Runde. Offenbar ging der Spaß zu Higgins Lasten, denn er war der Einzige, der nicht lachte.

Sam setzte sich dazu. „Was ist los? Was habt ihr mit Higgins angestellt?"

Sofort verfielen die Anwesenden wieder in Gelächter, bis auf Higgins. Er sah in der Tat gequält drein, sagte aber nichts.

„Ach, halb so wild. Ich habe mir einen Scherz mit ihm erlaubt", begann Jeff und lehnte sich zufrieden in seinem Sessel zurück.

„Du machst mich neugierig." Sam bestellte einen Whisky und wartete darauf, dass Jeff ihn in Kenntnis setzte. Alle anderen taten es ihm gleich. Es machte ihnen wohl nichts aus, die Geschichte noch ein weiteres Mal zu hören. Sam lauschte erwartungsvoll.

„Es geht um den Ball bei Sutherlands. Ich hatte mich mit Ms Morton unterhalten und sie um einen Blick auf ihre Tanzkarte gebeten. Als ich Higgins' Namen darauf gelesen hatte, ist mir ein Streich eingefallen, den ich ihm spielen könnte."

Einige der Männer begannen amüsiert zu glucksen.

„Ich nehme an, der Streich ist gelungen?" Sam sah sich um und erntete bestätigende Blicke. „Was hast du getan?"

So wie Higgins aussah, hatte Jeff ihn gehörig leiden lassen. Die Frage war nur wie, denn ihm selbst war an dem besagten Abend nichts dergleichen aufgefallen und auch Ms Morton hatte Higgins ihm gegenüber nicht erwähnt.

„Ich bin geradewegs zu ihm gegangen und habe ihm gesagt, er dürfe zwar mit Ms Morton tanzen, aber kein Sterbenswörtchen mit ihr sprechen. Wenn doch, würde ich ihr erzählen, woher die Narbe an seiner Schläfe stammt."

Die Menge johlte. Sie hoben die Gläser und tranken.

Nun zuckten auch Sams Mundwinkel. Er wusste, wie Higgins sich diese Narbe zugezogen hatte. Es war ein skandalträchtiges Geheimnis, dass die Eton-Schüler miteinander teilten.

„Und darauf hast du dich eingelassen, Higgins?"

Dieser hob betreten die Schulten und sah mittlerweile genervt aus von dem Gewese, das um die Angelegenheit gemacht wurde.

„Er hätte es niemals verraten. Wir alle haben einen Eid geschworen", stellte Sam überzeugt fest und fixierte Higgins mit seinem Blick.

„Ich war mir dessen nicht sicher und riskieren wollte ich es auf keinen Fall. Mit einem Turner lege ich mich nicht leichtsinnig an. Ihr wisst doch: Wer einen Turner reizt, wird von zweien verhauen." Sein Ausspruch wurde unter allgemeinem Gelächter bestätigt.

„Higgins", Sam sprach eindringlich auf ihn ein, „mein Bruder ist manchmal grausam, aber ein Verräter ist er nicht. Niemals hätte er Ms Morton irgendetwas erzählt. Komm schon, Jeff. Sag es ihm."

Aber Jeff schwieg. Er lehnte in seinem Sessel und rauchte genüsslich eine Zigarre. Also übernahm Sam die Antwort für ihn.

„Higgins, mein Freund, natürlich hätte er nichts erzählt. Wie könnte er? Wir sind ehrenhafte Männer. Allerdings ziehe ich meinen Hut vor dir. Beachtlich, dass du es tatsächlich durchgezogen hast."

„Beachtlich, du sagst es. Ich habe mich wie ein Tölpel aufgeführt. Wie stehe ich denn jetzt da?", begehrte Higgins endlich auf.

„Sicherlich hast du einen bleibenden Eindruck hinterlassen und ich fürchte, Ms Morton könnte dir ein wenig böse sein. Für die entstandenen Unannehmlichkeiten hast du eine anständige Entschädigung verdient." Sam schlug Higgins freundschaftlich auf die Schulter.

„Ach ja?" Higgins murrte und sah sich um.

Jeff schwieg immer noch und rauchte.

Die Anwesenden warteten gespannt darauf, wie es weiterging.

„Nun lass ihn nicht weiter schmoren, Jeff!", forderte Sam seinen Bruder auf. „Spendiere ihm endlich etwas zu trinken und lass ihn um Himmels willen noch einmal mit Ms Morton tanzen."

Seine Worte fanden allgemeine Zustimmung. Die Männer stießen an, widmeten sich dann nach und nach eigenen Gesprächsthemen, wobei sie regelmäßig hochprozentigen Nachschub für Higgins orderten.

Nachdem sich die Aufregung gelegt hatte, ließ Jeff sich endlich zu ein paar Worten hinreißen. „Higgins, es war nur ein Streich. Du wirst ihn mir doch nicht nachtragen? Selbstverständlich verrate ich nichts und du kannst Ms Morton meinetwegen so oft um einen Tanz bitten, wie es dir lieb ist."

Higgins musterte Jeff durch schmale Augen. Für einen Augenblick glaubte Sam, Higgins würde seinem Bruder einen Faustschlag ins Gesicht verpassen. Doch schnell änderte sich sein Gesichtsausdruck.

„Schon gut", sagte er schließlich und das Thema schien für ihn erledigt.

Sie rauchten und tranken und unterhielten sich bis in den späten Abend. Einige der Herren hatten sich bereits verabschiedet, als Higgins das Thema erneut aufgriff. Er hatte mittlerweile sehr viel getrunken und lallte stark.

„Ich hätte zu gern gewusst, was es mit dem roten Stein an ihrer Kette auf sich hat. Bernstein, wenn ich mich recht erinnere. Ist das überhaupt gerade in Mode?" Er sah sich um, erntete aber nur halb interessiertes Schulterzucken.

„Du hättest sie fragen sollen", begann Jeff erneut.

Sam ignorierte die Bemerkung seines Bruders. Stattdessen beantwortete er Higgins' Frage. „Ich kann es dir erzählen. Ms Morton hat es mir gesagt, als ich sie gefragt habe."

Higgins sah ihn sehr interessiert an.

„Es handelt sich um ein Erbstück ihrer Mutter. Ich glaube, es ist ihr egal, ob es in Mode ist oder nicht." Sam hatte seine Erklärung gegeben, ohne darüber nachzudenken.

„Schlimme Sache, die da passiert ist, findet ihr nicht? Hübsch ist sie ja, aber was, wenn der Wahnsinn in der Familie liegt?"

Weder Jeff noch Sam erwiderten etwas auf Higgins' Frage. Sam bemerkte, dass er von einem Moment auf den anderen keine Lust mehr hatte, hier und jetzt mit Higgins über Ms Morton zu sprechen.

„Ich wundere mich ja, dass du Partei für mich ergriffen hast, Turner", lallte Higgins nach einer Weile erneut. Der Whisky hatte bereits seine Wirkung entfaltet und ließ die Klarheit in seiner Aussprache und Körperhaltung vermissen. Er lehnte in seinem Stuhl, die Beine locker vor sich ausgestreckt. Mit seinem Glas zeigte er auf Sam.

„Jeff ist zwar mein Bruder, aber wir sind doch deswegen nicht immer einer Meinung. Warum war meine Entscheidung für dich so überraschend?"

„Weil du auch mit ihr getanzt hast." Higgins hatte Schwierigkeiten, die Lautstärke seiner Stimme einzuschätzen. Er zog erneut Aufmerksamkeit auf sich.

„Ja, das stimmt. Ich habe mit Eleanor Morton getanzt. Genauso wie mit Virginia Withmann und Marcia Davis. Worauf willst du hinaus?"

„Ach, ich weiß es auch nicht. Ich hatte nur gedacht ..." Higgins machte eine wegwerfende Bewegung mit seiner Hand. Er sah von Jeff zu Sam und wieder zurück. „Ich meine ja nur so ... so unter Brüdern, also wenn Jeff ... dass du dann eben nicht ..." Higgins schwenkte das Glas in seiner Hand, deutete immer wilder von links nach rechts, zuerst auf Jeff, dann wieder auf Sam und wieder zurück. „Konkurrenz, ihr versteht schon, was ich meine ..."

In diesem Moment glitt ihm das Glas aus den Fingern und fiel ihm in den Schoß. Dort entleerte es sich auf seiner Hose und schlug anschließend dumpf auf dem Teppich auf.

„Oh verdammt!“, fluchte er. „Ich sehe dies als deutliches Zeichen, mich auf den Heimweg zu begeben“, nuschelte er. „Unter diesen Umständen ist es wohl angebracht, eine Droschke zu nehmen. Wahrscheinlich bin ich nicht mehr sehr gut zu Fuß unterwegs.“

„Das sehe ich genauso“, bestätigte Jeff und stand auf. „Komm schon, die Fahrt geht auf mich.“ Er stützte Higgins und orderte die Kutsche, während Sam alleine zurückblieb, den Rauch der Zigarre in Ringen hinausblies und über Eleanor nachdachte. Er wollte sie gern wiedersehen. Sollte er sie besuchen oder bis zum nächsten Ball warten?

„Higgins ist auf dem Heimweg.“ Jeff war zurückgekommen und nahm seine Zigarre wieder auf, die er zuvor auf dem Tisch abgelegt hatte.

„Bevor du was sagst ... ja, möglicherweise habe ich es etwas übertrieben“, gestand er seinem Bruder unter vier Augen.

„Möglicherweise?“ Sam lächelte nachsichtig.

„Ja, du hast recht. Aber ein Spaß war es trotzdem.“ Jeff rauchte genüsslich.

„Ich an deiner Stelle wäre in den nächsten Tagen vorsichtig. Ich würde mich nicht wundern, wenn die Angelegenheit für Higgins noch nicht aus der Welt ist und er auf Rache sinnt, sobald er wieder nüchtern ist.“

„Rede keinen Unsinn“, wehrte Jeff ab. „Higgins tut keiner Fliege etwas und wir haben die Angelegenheit doch geklärt. Der schläft sich aus und hat alles vergessen. Außerdem wird er mit Ms Morton tanzen. Das wird ihn wieder versöhnen."

„Und wenn nicht?"

„Tja, dann halten wir es mit dem alten Sprichwort: Wer einen Turner reizt, wird von zweien verhauen. Du würdest mich doch nicht hängen lassen?" Er lächelte überlegen.

„Natürlich nicht, das weißt du. Aber vergiss Ms Morton nicht. Du hast Mutter nur versprochen, mit ihr zu tanzen. Achte darauf, dass du sie nicht zu deinem Spielball machst."

Jeffs Blick änderte sich plötzlich. Sein Gesichtsausdruck wurde sehr ernst. „Wo denkst du hin? Ich bin doch kein Unhold."

15.
EINE AUFREGENDE EINLADUNG

Nach dem Ball bei den Sutherlands hatte Eleanor fest mit Sams Besuch gerechnet. Sie empfing über den Tag verteilt Neil Sutherland, Basil Ellistor und zu ihrer großen Freude Jefferson Turner. Ein jeder von ihnen brachte ihr Blumen oder süße Geschenke mit und sie plauderte einige Zeit angenehm mit ihnen. Ihre Gedanken wanderten jedoch immer wieder zu Sam. Jedes Mal, wenn Besuch angekündigt wurde, schlug ihr Herz schneller. Der Tag verging, aber er ließ sich nicht blicken, was Eleanor sehr betrübte.

So vergingen einige Tage und sie sprach weder mit Margaret noch mit ihrer Großmutter über ihre Empfindungen. Eloise wiederum zeigte sich sehr froh darüber, dass so viele Gentlemen Interesse an ihrer Enkelin zeigten. Sie unterließ es zwar, Ratschläge in die eine oder andere Richtung zu geben. Hin und wieder lobte sie sich aber selbst.

„Es freut mich außerordentlich, dass mein Plan, dich in Gesellschaft von Margaret an den Festen teilnehmen zu lassen, sich so wunderbar entwickelt. Höre nur nicht auf, mir die vielen Einzelheiten über deine Erlebnisse dort zu erzählen. Es erfreut mich, wenn ich bereits die eine oder andere Anekdote zu den Herren in Erfahrung gebracht habe, wenn sie uns mit ihrem Besuch beehren."

Es folgten weitere abendliche Vergnügungen und dort traf Eleanor regelmäßig auf Sam. Da sie mittlerweile überall ein gern gesehener Gast war, füllte sich ihre Tanzkarte immer schnell und jedes Mal standen auch die Namen Jefferson und Sampson Turner darauf. Eleanor stellte fest, dass ihr die Gesellschaft der beiden von Abend zu Abend wichtiger wurde. Es ging sogar so weit, dass sie von einer leichten Unruhe geplagt wurde, wenn sich ihre Karte füllte und sie noch keinen der beiden Brüder erblickt hatte.

Mit fortschreitender Saison hatte sie den größten Teil ihrer Nervosität verloren und trat immer selbstsicherer auf. Allmählich war es ihr auch sehr gut möglich, die vielen Gesichter und Namen zuzuordnen. Neben dem Tanzvergnügen ergaben sich immer angenehme Gespräche und Zerstreuung. Wobei eine der älteren Damen, Mrs Philippa Basildon, bereits neugierig hatte in Erfahrung bringen wollen, ob sie ihr Herz schon an jemanden verschenkt hätte. Diese Frage war an jenem Abend selbstverständlich unbeantwortet geblieben und Eleanor trug ihr diese Taktlosigkeit nicht nach. Aber sie wusste, dass sie sich mit genau diesem Thema auseinandersetzen musste. Schließlich war sie nach London gekommen, um einen Ehemann zu finden, aber einen Antrag hatte sie noch nicht erhalten.

Die Unterhaltungen mit Jeff und Sam waren ihr die liebsten. Sie waren kurzweilig, interessant und immer wieder auch amüsant. Mit der Zeit hatte Eleanor nicht zur die vielen Ähnlichkeiten zwischen den Brüdern festgestellt, sondern auch einige besondere Wesensunterschiede erkannt.

Jefferson war der kühnere von beiden. Er wusste um seine Position als Titelerbe und strahlte eine gewisse Autorität aus. Es schien ihm auch zu gefallen, sich in der Gesellschaft zu positionieren und den nötigen Respekt für seine Person einzufordern.

„Ms Morton, gewähren Sie mir einen weiteren Tanz?", hatte er sie einmal gefragt und sich erneut auf ihrer Tanzkarte eingetragen. Ihrem empörten Blick war er mit einem überlegenen Grinsen begegnet.

Sam jedoch machte ihr trotz der abendlichen Unterhaltung noch immer nicht seine Aufwartung. Sie wusste, dass er die Etikette gelassener nahm, wünschte sich aber dennoch, ihn häufiger zu sehen. Er hatte ihr einmal erzählt, dass es Zeiten gab, in denen er lieber einen Stall ausgemistet hatte, als auf einen Ball zu gehen.

„Das war selbstverständlich bevor Sie zu den Gästen zählten", hatte er leise hinzugefügt.

„Warum sagen Sie so etwas?"

„Weil es die Wahrheit ist und weil es mir gefällt, wenn Sie verlegen werden."

Das wurde sie auch umgehend. „Mr Turner, Sie sind ein Schuft", hatte sie dann geflüstert und sich bemüht, eine ernste Miene aufzusetzen.

„Finden Sie diese Bezeichnung nicht etwas übertrieben?"

„Nein, im Gegenteil. Ich wollte Ihnen schon längst sagen, dass es sicherlich nicht zu viel verlangt ist, mich auch einmal zu Hause zu besuchen. Ich frage mich, ob

Ihnen meine Gesellschaft tatsächlich so wichtig ist, wie Sie es mich glauben machen wollen."

Am nächsten Tag war er ihr erster Besucher gewesen und mit ihr durch den Garten spaziert, wo sie auch eine Weile auf der Bank unter der Linde gesessen hatten. Margaret hatte sich selbstverständlich immer in der Nähe aufgehalten. An diesen Vormittag dachte Eleanor sehr gern zurück. Die Erinnerung bescherte ihr ein angenehmes Flattern in der Magengegend.

„Da sind Sie ja, Ms Morton, ich habe Sie bereits gesucht." Die durchdringende Stimme von Lady Higgins, der Mutter ihres schweigsamen Tanzpartners bei Sutherlands, ertönte von rechts. Im nächsten Augenblick war sie auch schon bei Eleanor angelangt. Stewart Higgins hatte mittlerweile ein weiteres Mal mit ihr getanzt. Gleich am nächsten Morgen hatte er Eleanor aufgesucht, ihr Blumen überreicht und sie zu einer Spazierfahrt in seiner Droschke eingeladen. Er war im Gegensatz zu den Bemerkungen, welche die Brüder Turner hin und wieder beiläufig über ihn fallen ließen, ausgesprochen nett und wirkte recht klug.

„Ich freue mich so, Sie zu sehen. Wie ich hörte, waren Sie kürzlich mit meinem Sohn im Hyde Park unterwegs. Hat Ihnen der Ausflug gefallen?"

Eleanor hatte mittlerweile einige Fahrten durch den Park erlebt und so schön es dort war, es beschlich sie allmählich das Gefühl der Langeweile. Es musste doch noch andere Unternehmungen geben, als von morgens bis abends den Hyde Park zu durchqueren.

„Es war wie immer sehr angenehm. Es wäre kaum möglich, eine Ausfahrt dorthin nicht zu genießen", erwiderte sie dennoch höflich.

„Wie recht Sie haben Ms Morton“, flötete Lady Higgins. „Was gefällt Ihnen sonst noch? Womit verbringen Sie Ihre Zeit?“

Eleanor runzelte dezent die Stirn. Lady Higgins gab sich ungewöhnlich direkt. Sie überlegte, bevor sie ihre Antwort gab. Auf Wilmington Hall hatte es noch keine gesellschaftlichen Verpflichtungen für sie gegeben. Wenn Sie nicht bei den Pferden war, dann stickte sie, las in einem Buch oder spielte Klavier. Angesichts der vielen Einladungen, Besuche und durchgetanzten Abende hatte sie hier in London kaum Zeit und Muße dafür gefunden. Die verbliebene Zeit verbrachte sie mit ihrer Großmutter, die sich nur sehr langsam erholte. Dies erklärte sie Lady Higgins.

„Darf ich fragen, welcher Gentleman Ihnen bereits einen Antrag gemacht hat?“

Eleanor stockte ob dieser neugierigen Frage der Atem. Sie warf Margaret einen fragenden Blick zu, worauf diese kaum merklich mit den Schultern zuckte.

„Bisher hat mir noch niemand einen Antrag gemacht. Finden Sie nicht, dass es dafür noch reichlich früh ist?“

„Kindchen, die Saison ist schon zur Hälfte vorüber. Ich hätte ja mit großer Sicherheit auf Mr Turner getippt.“

Eleanor sah sich nervös um, ob jemand Lady Higgins’ Kommentar gehört haben mochte. Es schien nicht so.

„Wie auch immer, ich möchte Sie nicht in Erklärungsnot bringen, meine Liebe. Ich wollte Sie nur wissen lassen, dass es auch andere Möglichkeiten gibt, sich die Zeit in Gesellschaft zu vertreiben. Wenn Sie gern lesen, dürften Sie morgen Nachmittag bei mir sehr gut aufgehoben sein. Die Damen aus dem Lesezirkel kommen wie üblich zum Tee und wir sprechen über Gedichte und die neuesten Romanpublikationen. Sie sind herzlich eingeladen." Damit verabschiedete sich Lady Higgins.

Gleich darauf traten zwei Herren an Eleanor heran. Einer von Ihnen war Jefferson Turner – wie immer elegant gekleidet, gut gelaunt und gewinnend lächelnd. Dann beugte er sich zu ihr hinunter, sehr dicht an ihr Ohr, und raunte: „Allmählich spricht sich herum, dass Sie eine bemerkenswerte Partie sind. Wenn Higgins' Mutter Sie bereits zu ihrem Lesezirkel einlädt, haben Sie dem Ärmsten wahrscheinlich den Kopf verdreht."

Eleanor wurde augenblicklich sehr warm und ihr Herz schlug schneller. Was allerdings nicht darauf zurückzuführen war, dass sie Higgins Gefühle, wenn Jefferson denn recht hatte, erwiderte. Sie hatte sich gerade an all die Regeln und Gepflogenheiten gewöhnt und bekam nun Angst vor dem, was sich ändern würde, wenn Higgins tatsächlich um ihre Hand anhalten würde. Konnte sie sich vorstellen, ihn zu heiraten? Durfte sie seinen Antrag, falls es wirklich so weit kam, denn überhaupt ablehnen? Und welche Konsequenzen hätte es für sie, wenn sie das täte?

Der andere Herr, älter schon, räusperte sich. Sie hatte ihn aufgrund der wirren Gedanken bisher nicht beachtet, was Eleanor nun wiederum beschämte und ihre Wangen weiter erröten ließ.

„Gestatten Sie, dass ich mich vorstelle ... mein Name ist Lord Edward Painswick."

Painswick war von mittelgroßer, untersetzter Statur, das braune, etwas schüttere Haar war an den Schläfen bereits ergraut. Er mochte zwischen vierzig und fünfzig Jahre alt sein.

„Eleanor Morton", erwiderte Eleanor und machte einen Knicks. Lord Painswick nickte gefällig und blickte sogleich an ihr vorbei zu Margaret. „Und wer begleitet Sie an diesem Abend?"

„Das ist Ms Margaret Lainshore", beeilte sich Eleanor zu sagen.

„Ms Lainshore." Lord Painswick wiederholte den Namen zufrieden.

„Erlauben Sie wohl, dass ich mich um einen Tanz mit Ihnen bemühe?" Die Frage ging an Margaret, die daraufhin erschrocken nach Luft schnappte und rote Flecken am Hals bekam.

Eleanor stockte bereits zum zweiten Mal an diesem Abend der Atem und sie blickte aufmerksam zwischen Margaret und Lord Painswick hin und her.

„Mich? Aber ich habe doch gar keine Tanzkarte."

„Das ist ja höchst bedauerlich." Er wirkte tatsächlich bedrückt, schien aber noch nicht aufgeben zu wollen.

„Soweit ich weiß, ist diese Karte sehr praktisch und eine schöne Erinnerung. Sie ist aber nicht verpflichtend. Sie dürften mir diese Ehre auch ohne Tanzkarte erweisen." Lord Painswick sprach leise und sehr vertrauensvoll.

„Ich bin hauptsächlich hier, um Ms Morton Gesellschaft zu leisten. Ich kann sie unmöglich allein lassen."

„Oh, machen Sie sich darüber keine Sorgen. Soweit ich weiß, ist Ms Morton im Besitz einer Tanzkarte und mein Name steht neben dem nächsten Tanz." Dieser Einwurf kam von Jefferson, den Eleanor für einen Augenblick vergessen hatte.

„Mr Turner", hauchte Eleanor zugleich empört und angenehm überrascht von seiner Einmischung in dieses Gespräch.

„Was schauen Sie denn so? Es spricht doch nichts dagegen, dass Ms Lainshore und Lord Painswick nun ebenfalls tanzen gehen. Hören Sie, die Musik beginnt gleich. Wir sollten uns beeilen."

„Erlauben Sie?" Lord Painswick reichte Margaret seine Hand und im nächsten Moment entführte er sie schon auf die Tanzfläche.

„Wie aufregend das ist. Finden Sie nicht?", flüsterte Eleanor und blickte hinüber zu Margaret und ihrem Galan, die sich in knapper Entfernung eingefunden hatten.

„Das bedrückt mich jetzt", gab Jeff bedauernd von sich.

„Aber warum denn nur? Soeben haben Sie all dem doch noch zugestimmt." Sie warf ihrem Tanzpartner einen unsicheren Blick zu.

„Das ...", er nickte unauffällig zu dem anderen Paar hinüber, „... meine ich auch gar nicht."

„Was dann?"

„Ich hatte gehofft, dass ich es wäre, der Sie heute in Aufregung versetzt." Er unterstrich seine Worte, indem er seine Hand in Ihren Rücken legte, sie etwas dichter als üblich zu sich heranzog und ihr lange in die Augen sah."

„Oh", entfuhr es Eleanor, denn in seinem Blick lag etwas Neues. Etwas, das sie nicht kannte, das ihr aber den Herzschlag beschleunigte und sie die Augen senken ließ. Eine ungewohnte Hitze durchströmte ihre Glieder.

Als sie wieder aufsah, ruhte sein Blick immer noch auf ihr. Ein zufriedenes Lächeln umspielte seine Lippen.

„Werden meine Hoffnungen etwa doch noch erfüllt?"

Sie brachte es nicht fertig, zu antworten. Im nächsten Moment setzte die Musik ein und Jefferson führte sie elegant wie immer durch den Tanz.

Sampson Turner hatte sich wie immer für den letzten Tanz eingetragen. Normalerweise verschwand er immer in der Menge, sodass Eleanor ihn kaum zu Gesicht bekam, was sie sehr schade fand.

An diesem Abend gesellte er sich bereits kurze Zeit, nachdem Lord Painswick und Jefferson sich wieder verabschiedet hatten zu ihr.

„Guten Abend, meine Liebe. Wie gefällt es Ihnen heute?"

„Vielen Dank, Mr Turner, ausgezeichnet. Der Abend ist sehr abwechslungsreich." Sie warf Margaret einen verschmitzten Blick zu, worauf sich die roten Flecken der Aufregung an ihrem Hals erneut zeigten.

„Werden Sie etwa nach ein paar Wochen Ballsaison in London noch nicht von Langeweile gequält?" Er stand neben ihr und beugte sich leicht hinunter, um das Gespräch leise zu halten und gleichzeitig den Ballsaal überblicken zu können.

„Natürlich nicht." Erwiderte sie ernst. „Es gab allerdings einige unerwartete Begebenheiten, die diesen Abend in besonderer Erinnerung bleiben lassen." Sie sah sich im Saal um, konnte jedoch weder Lord Painswick noch Jefferson entdecken. Dass Sam etwas zögerte, seine nächste Frage zu stellen, blieb ihr nicht verborgen.

„Mögen Sie unerwartete Begebenheiten?"

„Wenn es sich dabei nicht um Unannehmlichkeiten handelt, natürlich." Eleanor sah zu ihm auf und lächelte.

Auch Sam wirkte an diesem Abend seltsam verändert. Die Art, wie er sie ansah, war eindringlicher als sonst. Seine eisblauen Augen schienen sich in sie hineinzubohren und ließen es unter ihrer Haut knistern.

Stimmte womöglich etwas nicht mit ihr? Sie würde doch nicht krank? Die Aufregung, das Stadtleben, die vielen Menschen ... es wäre doch zu schade, wenn sie eine Grippe bekäme. Dieser Gedanke hatte sie so abgelenkt, dass sie unaufmerksam gewesen war. Sie versuchte sich zu konzentrieren und Sam die angemessene Beachtung zu schenken.

„Haben Sie schon einmal etwas vom Gold Cup gehört?"

„Nein", musste sie zugeben.

„Seit zwölf Jahren wird das Pferderennen in Ascot ausgetragen. Damals, zum ersten Rennen, waren sogar der König und die Königin anwesend. Der diesjährige Gold Cup findet in einigen Tagen statt. Ich werde dort sein und habe mich gefragt, ob dies nicht eine angenehme Abwechslung zu den Fahrten durch den Hyde Park für Sie sein könnte.

„Sie wollen mich mit auf ein Pferderennen nehmen? Das klingt in der Tat aufregend. So sehr, dass ich zunächst meine Großmutter um Erlaubnis bitten und sicherlich einige Vorbereitungen treffen muss."

„Nun, ich werde einige geschäftliche Dinge in Ascot erledigen. Es wäre mir eine Freude, wenn Sie mich begleiteten. Ich werde mich um hervorragende Plätze auf

der Tribüne für Sie und Ihre Großmutter und selbstverständlich auch für Ms Lainshore kümmern. Sie werden
einen eindrucksvollen Tag dort verbringen und es wird
Ihnen möglich sein, das vollständige Rennen zu beobachten."

„Das ist sehr großzügig von Ihnen. Ich werde Sie umgehend über die Entscheidung meiner Großmutter in
Kenntnis setzen." Eleanor sprach schnell und aufgeregt, sie fühlte sich keineswegs mehr krank oder erschöpft.

„Davon bin ich überzeugt." Sampson lächelte zufrieden." Sollen wir dann?"

„Was meinen Sie?"

„Wenn mich nicht alles täuscht, spielt die Kapelle
gleich für den letzten Tanz auf und den haben Sie mir
versprochen."

„Ach, schon? Natürlich."

16.
DER GOLD CUP

„Aber natürlich werden wir nach Ascot fahren. Ich fühle mich bei dem Gedanken daran gleich viel munterer. Dieses Schauspiel werden wir uns keinesfalls entgehen lassen." Eloise Wilmington war wie ausgewechselt. Nun galt es, die richtige Garderobe zu wählen und Anweisungen ans Personal zu geben. Alles musste geplant und vorbereitet werden. So viele Fragen waren zu beantworten und sie hatten nur wenige Tage Zeit. Das Rennen fand schon am Donnerstag statt.

Die Zeit bis dorthin verging wie im Flug und endlich war es so weit. Im Hause Wilmington wurde es turbulent. Sam hatte beschlossen, selbst zu reiten. Ihn begleiteten, ebenfalls zu Pferd, zwei Bedienstete. Er hatte seine Gäste mit der eigenen Kutsche abholen wollen, aber Eleanor hatte ihn schließlich überzeugen können, diese Aufgabe an Arthur Linfield zu übergeben. Arthur war sehr erfreut darüber gewesen und hatte gewissenhaft alles vorbereitet. Nun bildeten vier kräftige Schimmel das Gespann. Arthur saß oben auf dem Kutschbock und hielt die Leinen in der Hand.

„Ist die Kutsche bereit?" Eloise stützte sich auf ihren Stock und durchschritt würdevoll das Foyer.

„Ist sie. Unser Ausflug kann beginnen. Ist es nicht herrlich? So einen aufregenden Tag haben wir wohl noch nie erlebt." Eleanor ging neben Eloise her. Sie war sehr aufgeregt. In der Nacht hatte sie kaum geschlafen. Immer wieder hatte sie an das Pferderennen und vor allem an Sam gedacht. Sie würden einen vollständigen Tag miteinander verbringen, außerhalb des Salons, des Gartens oder des Parks. Hoffentlich würden ihn seine geschäftlichen Vorhaben nicht zu lange beanspruchen.

Schon schritten sie die Vordertreppe hinab. Die Pferde schnaubten unternehmungslustig. Der Himmel war auffallend klar und ein angenehm laues Sommerlüftchen wehte.

„Lady Wilmington, Ms Morton, Ms Lainshore." Sam stand zuvorkommend neben der Kutsche mit dem geöffneten Klappverdeck, um jeder Dame die Hand für den Einstieg zu reichen. Anschließend bestieg er selbst sein Pferd und die gutgelaunte Gesellschaft setzte sich in Bewegung. In gemächlichem Tempo ging es unter der warmen Junisonne die Straße entlang. Links und rechts ließen sich blühende Sträucher und Blumen entdecken. Immer mehr Kutschen reihten sich aneinander, je näher sie dem Ziel kamen. Die Menschen darin trugen immer prächtigere und hübschere Kleider. Die Häupter der Damen schmückten ausgefallene und sehr farbenprächtige Hüte, die Herren trugen Zylinder. Immer wieder sah Eleanor unauffällig zu Sam. Er sah stattlich aus auf seinem Pferd. Wenn sich ihre Blicke trafen, sahen sie sich immer etwas länger an als nötig. Eleanor lächelte und Sam nickte vornehm.

„Schaut nur, wie groß die Tribünen sind“, bemerkte Margaret staunend. Sie hatten die Pferderennbahn erreicht, allerdings musste die Kutsche warten, da noch viele andere Gespanne vor ihnen angekommen waren und die Menschen Zeit benötigten, ihr Gefährt zu verlassen.

Sam saß ab und überließ sein Pferd den Bediensteten.

„Wir sind fast am Ziel. Sie erlauben mir hoffentlich, mich zu Ihnen zu setzen?“ Er wartete nicht auf Antwort und bestieg die Kutsche, was Eloise mit einem Hüsteln quittierte. Worauf gleich ein weiteres folgte, als Sam sich auf den noch freien Platz neben Eleanor setzte, die sofort ein Stück für ihn zur Seite gerutscht war.

„Ich hoffe, unsere Reise hat Ihnen bis hierhin gefallen und war nicht zu anstrengend, Lady Wilmington?“

„Sehr aufmerksam von Ihnen Mr Turner. Danke, es geht mir ausgezeichnet. Wenn ich mir meine Enkelin und Ms Lainshore so anschaue, so glaube ich, dass ich von ihnen das Gleiche behaupten kann.“

„Ja, wir freuen uns schon sehr darauf, das Rennen zu sehen. Wir haben nun schon so viel davon gehört, aber können uns noch immer keine Vorstellung machen, was uns erwarten wird. Bis hierhin ist alles schon sehr aufregend.“ Eleanor sah ihn aus strahlenden Augen an.

„Vertrauen Sie mir, der Tag wird noch aufregender.“ Sam erwiderte ihren Blick verheißungsvoll.

Die Tribüne, von der aus sie das Rennen verfolgen wollten, war imposant. Breite Treppen führten hinauf in einen großzügigen Logenbereich.

„Willkommen in Ascot, darf ich Sie zu Ihren Plätzen geleiten?“ Ein Page führte das Quartett zu einer geräumigen Loge mit Bänken, Stühlen und einem Tisch.

„Darf ich Ihnen etwas zu trinken bringen lassen?“

„Unbedingt“, erwiderte Sam. „Ich erwarte, dass Sie den Damen jeden Wunsch von den Augen ablesen.“ An seine Begleiterinnen gewandt, fuhr er fort: „Ich muss mich leider vorübergehend verabschieden. Sie wissen ja, ich habe einige geschäftliche Angelegenheiten zu erledigen. Ich verspreche Ihnen, rechtzeitig vor dem Start werde ich wieder bei Ihnen sein. Ich empfehle mich.“ Damit verschwand er.

Gleich darauf wurden Erfrischungen und ein bedrucktes Blättchen gereicht.

„Meine Damen, gehe ich recht in der Annahme, dass dies Ihr erster Besuch in Ascot ist?“, erkundigte sich jemand höflich.

„Ja, Sie liegen richtig.“ Eloise sah von ihrem Sitzplatz zu einem Angestellten auf, der sehr fein gekleidet und mit Sicherheit kein Page war.

„Sagen Sie mir bitte, was es damit auf sich hat?“ Eleanor zeigte auf die Broschüre.

„Sehr gern, die Dame. Es handelt sich um ein Programmheft. Wenn Sie erlauben, erörtere ich Ihnen, welche Informationen Sie darin finden können. Sie werden feststellen, zu wissen, mit welchen Akteuren Sie es hier zu tun haben, macht das Rennerlebnis um ein Vielfaches interessanter.“

„Ist das so?“ Eloise war zu erschöpft, um sich zu unterhalten, wollte sich dies aber keinesfalls anmerken lassen. Eleanor und Margaret zeigten sich sehr interessiert an den Ausführungen des Mannes.

„Hier finden Sie die Startnummern der Pferde, deren Namen und Alter, die Besitzer und auch den Namen des Jockeys. Wussten Sie, dass das Preisgeld für den ersten Platz auf 100 Guineas festgesetzt ist?"

„Beachtlich", bemerkte Eloise.

„Wenn ich das richtig lese, werden wir uns noch erheblich gedulden müssen, bis das Rennen beginnt", stellte Margaret leise fest.

Der Gentleman hatte sie dennoch gehört und ging sogleich darauf ein. „Ja, es wird noch eine Weile dauern. Währenddessen genießen Sie unseren exklusiven Service. Er zeigte auf die vielen Angestellten, die damit beschäftigt waren, Getränke, Obst und kleine Sandwiches in den Logen zu servieren.

„Eine Frage habe ich noch, bevor ich die anderen Gäste begrüße: Haben Sie daran gedacht, ein Fernrohr mitzubringen? Die Freude ist umso größer, wenn Sie dem Geschehen auch genau folgen können, wenn sich die Reiter in großer Entfernung befinden."

„Oh, wie schade. Nein, daran haben wir nicht gedacht", gab Eleanor zu ihrem Bedauern zu.

„Dann lasse ich Ihnen umgehend eines bringen." Der Gentleman verbeugte sich und verließ die Loge.

Gleich darauf wurden verschiedene Köstlichkeiten serviert. Während Eloise sich etwas zurücklehnte, um zu verschnaufen, beschäftigten sich Eleanor und Margaret mit den Informationen im Programmheftchen.

„Ein Tag beim Pferderennen ist so viel aufregender als ein Ball, findest du nicht Margaret?" Eleanor sah sich um. Von ihrem erhöhten Platz aus hatten sie einen ausgezeichneten Blick über das Gelände.

„Ich vermute, dass Mr Turner nicht ganz unbeteiligt an der Aufregung ist." Margaret ließ ihre Bemerkung wie beiläufig fallen.

„Schon möglich. Wäre daran etwas auszusetzen?“

„Nein. Aber wie, denken Sie, wird es weitergehen? Warum betreibt er wohl diesen Aufwand zu Ihrer Unterhaltung?“

„Weil ich ihm erzählt habe, dass mich die stetigen Fahrten durch den Hyde Park langweilen.“

„Ich bin mir sicher, dass mehr dahintersteckt und ich bin mir ebenfalls sicher, Sie wissen, was ich meine.“

Eleanor errötete. Margaret kannte sie gut und es war kein Geheimnis, dass sie Sam sehr mochte. „Ich bin mir nicht sicher“, entgegnete Eleanor.

„Nun, dann muss ich es erfragen. Sie sind nach London gekommen, um einen Ehemann zu finden. Könnten Sie sich vorstellen, dass Mr Turner geeignet wäre?“

Im ersten Moment sah Eleanor Margaret mit großen Augen an, dann aber schüttelte sie den Kopf und erwiderte: „Woher sollte ich das wissen? Welche Rolle spielt das? Er hat bisher keinen Versuch unternommen, mich um meine Hand zu bitten.“

„Nun, es könnte aber irgendwann geschehen. Wie ist Ihre Meinung dazu?“

Ein unsicheres Lächeln breitete sich auf Eleanors Gesicht aus.

„Dachte ich es mir doch“, triumphierte Margaret leise.

Eine Viertelstunde, bevor das Rennen starten sollte, begaben sich die Pferde auf den frischen und ebenmäßigen Rasen des Geläufs. Eleanor sah sich suchend nach Sam um. Er hatte versprochen, rechtzeitig auf der Tribüne zu sein. Als sie ihn endlich entdeckte, winkte sie ihm zurückhaltend zu. Er lächelte und bahnte sich seinen Weg zur Loge.

„Wie gefällt es Ihnen bis jetzt?“, wollte Sam wissen und setzte sich auf den freien Platz neben Eleanor.

„Es ist besonders und aufregend. Besuchen Sie solche Veranstaltungen häufiger?“

„Im letzten Jahr habe ich ein Rennen in Doncaster besucht. Wir werden unsere Zucht ausbauen und dafür ist es hilfreich, den Markt im Auge zu behalten. Haben Sie sich die Startaufstellung angesehen?“

„Ja, das haben wir. Sogar der Duke of York schickt eines seiner Pferde ins Rennen“, erklärte Eleanor stolz.

Ihr Interesse gefiel ihm. „Ja, ich habe seine Pferde gesehen. Sie sind alle exzellent. Er hat, wie in jedem Jahr, große Chancen auf den Sieg.“ Sam nahm Eleanor das Programm aus der Hand und ging jede Startposition durch.

„Wissen Sie schon, wem Sie den heutigen Sieg wünschen? Wer ist ihr Favorit?“

„Wie sollte ich das wissen? Ich kenne weder die Pferde noch die Reiter noch habe ich bisher Erfahrungen auf Pferderennen sammeln können. Sie fragen die Falsche. Ich könnte mich höchstens für einen klangvollen Namen entscheiden und dies ist nun wirklich keine angemessene Grundlage, einen Sieg vorauszusagen. Finden Sie nicht?“

„Eine kluge Antwort, Eleanor.“ Er nannte sie beim Vornamen!

Eleanor sog erschrocken die Luft ein. „Mr Turner, Sie können doch nicht …“, flüsterte sie kaum hörbar und sah sich verstohlen um. Niemand hatte etwas bemerkt und sie bemühte sich um eine ruhige Atmung.

„Nennen Sie mich Sam, bitte.“ Er sah sie mit leidenschaftlichem Blick an.

Eleanor beschloss, in diesem Moment nicht auf die Etikette, sondern auf ihr Herz zu hören. „Sam", flüsterte sie und ein aufgeregtes Zittern durchlief ihren Körper.

Ihre Blicke hafteten aneinander. Sam schien ihr plötzlich noch näher gekommen zu sein. Für einen Moment vergaß Eleanor ihre Umgebung. Doch dann wandte er sich wieder der Broschüre und der Startaufstellung zu.

„Ich schlage vor, Sie versuchen es einfach. Ich versichere Ihnen, das erhöht die Spannung. Gibt es einen klangvollen Namen auf der Liste, dem Sie den Sieg wünschen?"

Sie las die Namen erneut, sehr konzentriert, dann lächelte sie entschlossen. „Das war eine schwierige Frage, aber ich habe mich entschieden. Das einzige Pferd, auf das ich mich unter diesen Umständen festlegen könnte, ist dieses hier: *Anticipation*. Das ist mein Favorit." Sie reckte stolz das Kinn. Ihre Entscheidung stand fest.

„Wie treffend gewählt und in höchstem Maße interessant." Sam ließ seinen Blick über die Tribüne und das Geläuf schweifen.

„Wie darf ich das nun verstehen?" Eleanor warf ihm einen prüfenden Blick von der Seite zu. Er sah mit seinem dunklen Gehrock und dem Zylinder sehr attraktiv aus.

„Es ist interessant, da es auch mein Tipp ist."

„Ach Mr Turner, das sagen Sie nur, um mir zu schmeicheln."

„Habe ich das nötig, Sie mit Schmeicheleien einzuwickeln?" Er klang gekränkt und sah immer noch über das Gelände.

Eleanors Wangen glühten plötzlich. Sie öffnete den Mund, aber blieb ihm die Antwort auf seine unverblümte Frage schuldig. Denn er wandte sich ihr gleich darauf zu und raunte ebenso leise wie vorhin: „Wir waren doch schon bei Sam." Während er sprach, bedachte er Eleanor erneut mit seinem besonderen, eindringlichen Blick, auf den ihr Körper nun mit einem eigenartigen Ziehen im Unterleib reagierte. Ihre Augen weiteten sich vor Überraschung, aber gleich darauf sprach er wieder in normaler Lautstärke und der Moment war vorüber.

„Unabhängig von Ihrer Entscheidung habe ich vorhin eine Wette abgeschlossen. Eine Dreierwette, das bedeutet, ich wette, dass *Anticipation* zu den ersten drei Pferden zählt, die die Zielgerade überqueren." Sam zog ein Papier aus seiner Rocktasche, um seine Aussage zu bekräftigen.

„Sehen Sie den Unterschied? Mich fragten Sie nach einem möglichen Sieger und Sie selbst entscheiden sich nur für Platz eins bis drei. Ich könnte Sie besiegen."

„Daran hege ich keinen Zweifel", erwiderte Sam und das Funkeln in seinen Augen blieb ihr nicht verborgen. Ein angenehm beängstigendes Knistern herrschte zwischen ihnen. Hatte sie ihn zu sehr herausgefordert?

„Ich glaube, der Spannung tut dies keinen Abbruch", erklärte Sam dann und zog zwei Teleskopfernrohre unter seinem Gehrock hervor. „Wir werden mitfiebern und hoffen, dass *Anticipation* gewinnt. Hiermit verpassen Sie keinen Augenblick."

„Sam, Sie sind so aufmerksam."

Nun hatte Eleanor ein eigenes Fernrohr. Sie drehte sich zur Seite, um es Margaret und Eloise zu zeigen, als es auf der Tribüne und auch unten auf der Wiese vor dem Geläuf sehr still wurde. Dort hielten sich viele weitere Menschen auf und alle warteten gespannt.

„Gleich geht es los", raunte Sam und zeigte ihr, wohin sie das Fernrohr richten sollte, um die Pferde an der Startlinie zu sehen. Im nächsten Moment war das Rennen eröffnet. Die Reiter trieben ihre Tiere an und ein Lärm aus Anfeuerungsrufen entstand. Es war gar nicht so einfach, mit dem Fernrohr alles im Blick zu behalten. Jedes Pferd war am Sattel mit seiner Startnummer markiert worden. So war es möglich, die jeweilige Position des Tieres auszumachen. Aktuell lag *Anticipation* auf Platz vier.

„Komm, du schaffst das", flüsterte Eleanor und ihr Herz pochte heftig. Sam hatte recht behalten. Partei für einen der Galopper zu ergreifen, sorgte für enorme Aufregung. Schon war die Hälfte der Rennstrecke geschafft und mit Begeisterung beobachtete Eleanor, dass *Anticipation* sich nun langsam, aber stetig am aktuellen Platz drei vorbeischob.

„Oh Mr Turner, sehen Sie nur!", rief sie, ohne das Fernrohr abzusetzen. „Unser Pferd zieht vorbei." Angespannt beobachtete sie weiter.

„Und jetzt ist es gleichauf mit Nummer zwei! Das ist ja nicht zu fassen! Wir haben richtiggelegen." Eleanor flüsterte nur noch. Die Spannung drohte sie beinahe zu zerreißen.

Als *Anticipation* nun auch noch zum führenden Pferd aufschloss, war sie nicht mehr in der Lage, zu sprechen. Ihr stockte der Atem und sie hörte weder das tosende Publikum noch Sams leisen Zuspruch. Dann war es so weit. Die Pferde überquerten die Ziellinie.

„Na sowas, das Rennen ist ja schon vorbei", bemerkte Margaret nüchtern.

„Und? Habe ich gewonnen?", wollte Eleanor aufgeregt wissen. „Das wird sich gleich herausstellen. Wir müssen uns noch gedulden, bis die Pferde wieder an der Tribüne angekommen sind."

Die Menschen im Publikum beruhigten sich wieder, sie tranken Limonade und warteten darauf, dass Pferde und Jockeys zurückgelangten. Das Siegerpferd stand nun fest.

„*Anticipation* hat gewonnen! Unfassbar, ist es nicht fabelhaft? Mr Turner, ich kann mich nicht erinnern, wann ich einmal einen solch aufregenden Tag erlebt habe. Ich danke Ihnen vielmals für die Einladung."

„Die Freude ist ganz meinerseits."

Sie saßen eine Weile schweigend nebeneinander, sahen auf die Menschen, die Pferde, und es fühlte sich nicht im Geringsten seltsam an, dass sie kein Wort miteinander sprachen.

„Eleanor, ich muss Ihnen ein Geständnis machen." Sam hatte seinen Oberkörper etwas näher zu ihr bewegt, woraufhin ihr ein angenehmes Prickeln unter die Haut fuhr.

„Ja?", es war mehr ein Hauch als ein Wort.

„Die Tage, an denen ich auf Sie treffe, sind immer aufregend. Sie sind eine bezaubernde junge Dame." Er sagte es so leise, dass nur sie es hören konnte.

Eleanor war sprachlos. Ihre Wangen erröteten und ihr Herz, das sich gerade noch von der kürzlich erlebten Aufregung erholte, begann wieder heftig in ihrer Brust zu schlagen.

„Nach unserem ersten Treffen in Hertfordshire habe ich oft an Sie gedacht.“

Eleanor nickte atemlos. Ihr war es genauso ergangen.

„Jack hat mich damals zu Ihnen geführt und kürzlich hat er es wieder getan.“

„Er ist ein kluger Hund. Ich mag ihn“, wisperte Eleanor.

„Das ist er zweifellos.“ Sams funkelnder Blick lag auf ihr. Es war ein fesselnder, atemberaubender Blick. Er war noch intensiver als der, mit dem sein Bruder Jeff ihr neulich begegnet war. Dieser Blick war erregend, gefährlich und verheißungsvoll zugleich. Er versetzte Eleanor in angenehme Unruhe.

„Sie wollten mir etwas gestehen?“, erinnerte sie ihn mit bebender Stimme.

Sam lächelte. „Sie sind aus einem bestimmten Grund nach London gekommen.“

Sie nickte.

„Sind Sie immer noch überzeugt davon, dass dies Ihr Ziel ist?“

Eleanor wusste nicht, worauf er hinauswollte, doch die Art, wie er sie befragte, deutete darauf hin, dass es ihm ernst war. Was er nicht wissen konnte, war, wie dringlich es Eloise mit einer Heirat für Eleanor war, aber sie beschloss wahrheitsgemäß zu antworten.

„Selbstverständlich.“

„Wenn jemand Ihnen diese wichtige Frage nun stellte, wären Sie also erfreut darüber?“

„Was soll ich sagen ...“, wisperte sie schüchtern. „Es käme vielleicht darauf an, wer die Frage stellte. Doch ich wäre sicherlich erfreut und ängstlich und würde dem Rat meiner Großmutter folgen.“

Er sah sie fragend an.

„Welchen Rat hat sie Ihnen denn gegeben?“

„Mir Bedenkzeit auszubitten.“

„Das ist in der Tat ein weiser Rat.“ Er sah sie prüfend an.

Ein aufgeregtes Schweigen breitete sich zwischen ihnen aus.

„Und wenn ich Ihnen diese Frage stellte?“ Dabei glitt seine Hand wie beiläufig über den Stoff ihres Handschuhs.

Sie keuchte. Einige Sekunden zögerte sie, doch dann hob sie den Blick. „Ich wäre gewiss erfreut und viel weniger ängstlich.“

Sie achtete längst nicht mehr darauf, ob jemand sie beobachtete. Ein unbeschreibliches Glücksgefühl überwältigte sie.

„Sie erwähnen keine Bedenkzeit. Sind Sie sich dessen sicher?“

Sie nickte kaum merklich.

„Eleanor, Sie ahnen nicht, wie glücklich Sie mich bereits in diesem Augenblick machen. Ich bitte Sie nur, verlieren Sie noch kein Wort über meine Absicht. Seien Sie versichert, ich werde Sie schon bald aufsuchen.“

17.
EINE RISKANTE BEGEGNUNG

Sam war sich sicher, der glücklichste Mann in London zu sein. In dem Augenblick, als *Anticipation* die Ziellinie passiert hatte, war seine Entscheidung gefallen. Es stand ernst um seine Gefühle für Eleanor. Sie war die Frau, die er begehrte. Die heimliche Bekundung ihrer Zuneigung förderte seine Entschlossenheit. Hatte er zuvor die Gesellschaft Eleanors gesucht und genossen, so wusste er jetzt, dass ihm dies nicht mehr reichen würde. Schon längst traf er sich nicht mehr mit ihr, um seiner Mutter, der Viscountess, einen Gefallen zu tun. Er tat es für sich und mit jeder Minute, die er neben ihr verbrachte, entbrannte das Feuer der Leidenschaft in ihm heftiger. Den Gedanken, sie in den Armen eines anderen zu sehen, konnte er nicht ertragen. Sam wollte sie zu seiner Frau machen. Bald!

Er begehrte Eleanor Morton und wenn sie nicht in einer Loge, mitten auf der Tribüne in Ascot, umringt von unliebsamen Zeugen, gesessen hätte, so hätte er sich wahrscheinlich nur schwer zurücknehmen können. Sicher hätte er sie geküsst. Er wollte ihr Haar riechen, seine Lippen ihren Mund und Hals erkunden lassen. Er wollte ihr ein zunächst überraschtes und dann entzücktes Seufzen entlocken. Und ...

Er musste einen klaren Kopf behalten.

Umgehend nach der Ankunft auf Wilmington House verabschiedete er sich höflich bei Eloise, Margaret und Eleanor. Der Abend war jung. Er würde seinen Bruder sicherlich im Club treffen. Dort würde er mit ihm über seine Pläne sprechen. Jeffs Unterstützung war ihm gewiss sicher. Keinem anderem als ihm, Sampson Turner, sollte Eleanor Morton zugetan sein.

Als Sam im Club eintraf, war Jeff noch nicht dort. Stattdessen traf er auf Sutherland, der sich gleich zu ihm gesellte. Sam hatte beschlossen, sich einen Drink zu genehmigen und auf Jeff zu warten. Seiner Erfahrung nach würde es nicht mehr lange dauern, bis sein Bruder hier auftauchte.

„Turner, hab gehört, du hast dir einen schönen Tag mit Ms Morton und ihrer alten Dame in Ascot gemacht", näselte Sutherland mit zusammengekniffenen Augen und hochgezogener Lippe. Er hatte sich zu ihm gesetzt und blickte Sam erwartungsvoll an.

„Wenn du es so ausdrücken möchtest ... ja. Ich hatte geschäftlich dort zu tun, wie du dir sicherlich vorstellen kannst. Nachdem Ms Morton eine gewisse Langeweile über häufige Ausfahrten in den Hyde Park geäußert hat, sah ich mich in der Verpflichtung, ihr eine unterhaltsame Alternative zu bieten." Sam sprach förmlich und sah Sutherland prüfend an.

Er war ein Freund, kein Typ, der Händel suchte. Auch nicht, wenn er getrunken hatte. Er schien vom Alkohol zwar etwas gelöst, vor allem aber neugierig.

„Dann hoffe ich für dich, dass die Geschäfte erfolgreich waren. Es ging doch um die Zucht, nicht wahr?"

Sam nickte souverän. „In der Tat, ich konnte einige hochwertige Tiere erwerben."

„Und Ms Morton?" Sutherland rückte sich auf seinem Stuhl zurecht. Er war gesprächig und neugierig. Die Pferde interessierten ihn nicht.

„Was soll mit ihr sein?"

„Hat sie sich gut unterhalten?"

Sam dachte sofort an ihre Nähe, die heimliche Unterhaltung, an sein Zugeständnis und vor allem auch an ihre sittsame Freude.

„Ich nehme es an." Er trank von seinem Brandy und sah sich suchend im Club um. Jeff verspätete sich.

„Nach solch einem Tag in Ascot wird es schwierig sein, Eleanor angenehme Zerstreuung zu verschaffen und das, obwohl wir in London sind." Sutherland rieb sich nachdenklich das Kinn.

„Nun, nicht unbedingt. Es sind wohl nur die wiederholten Ausfahrten mit langweiligen Gentlemen in teurem Zwirn, die sie Tag für Tag durch den Hyde Park fahren."

Neil hörte auf, sich das Kinn zu reiben und tippte nachdenklich mit dem Finger darauf. „Du erwähnst es bereits zum zweiten Mal. Eine Fahrt durch den Hyde Park schreckt Ms Morton also ab." Sutherlands Kiefer bewegten sich sichtbar, als er die Information überdachte.

„Ich denke schon, dass ich sie richtig verstanden habe. Sie wird sich davon nur noch wenig beeindrucken lassen." Sam schlug die Beine übereinander und warf Sutherland einen wissenden Blick zu.

„Turner, ein Wort unter Männern ... du führst mich
nicht vor wie Higgins.“ Er bedachte Sam mit einem
warnenden Blick.

„Nein“, entrüstete sich Sam.

„Wenigstens das. Der Hyde Park, Gott sei Dank.“
Sutherland lächelte in sich hinein, nahm sein Glas und
hielt es Sam hin, um mit ihm anzustoßen. Seine Koor-
dination ließ bereits zu wünschen übrig. Seine Worte
allerdings hatten Sams Neugier geweckt.

„Nun spuck es schon aus, Sutherland. Was amüsiert
dich so?“

Neil gab ein unwirsches Knurren von sich. „Das bleibt
aber unter uns, Turner. Anderenfalls mache ich dich einen Kopf kürzer.“

„Selbstverständlich“, bestätigte Sam ernst, obwohl er
Neils Worten nicht viel Gewicht beimaß.

„Der alte Sutherland hat sich tatsächlich in den Kopf
gesetzt, um Ms Morton zu werben.“

Sam verschluckte sich an seinem Brandy und begann
zu husten.

„Ja, genau so habe ich auch reagiert. Da mache ich mir
Hoffnungen auf eine Zukunft mit ihr und der Alte hat
nichts Besseres zu tun, als mich zurückzupfeifen und
an die Leine zu legen.“

„Interessant“, entgegnete Sam und räusperte sich. Er
widmete Sutherland seine volle Aufmerksamkeit.

„Morgen schon will er ihr seine Aufwartung machen,
Blumen, Hyde Park, Ring ... das volle Programm.“
Sutherland spie seine Worte mit tiefster Verachtung
hervor.

„Das meinst du nicht ernst." Es war kaum zu glauben, was Neil erzählte. Reginald Sutherland war ein Greis über siebzig! Wie konnte er es wagen?

„Doch, und wenn ich etwas dagegen unternehmen könnte, würde ich es tun. So aber bleibt mir nur zu hoffen, dass die morgige Ausfahrt in den Hyde Park für Ms Morton ausgesprochen verdrießlich wird. Möge es ihm ebenfalls die Laune verhageln und er seine Absichten überdenken."

Sam wurde unruhig. Er hatte bisher keine Rivalen ausmachen können. Jeff zählte nicht. Der handelte im Auftrag ihrer Mutter. Aber wenn sogar Reginald Sutherland um Eleanor werben wollte, spielten sicherlich auch andere Gentlemen gedanklich mit einem Antrag.

Er hatte zwar einen Vorteil, Eleanor hatte ihm ihre Zuneigung offenbart, und sie würde für jeden weiteren Antrag dem Rat ihrer Großmutter folgen, indem sie sich Bedenkzeit ausbat. Dennoch wollte Sam die Angelegenheit ohne Zeitverlust und sehr behutsam zu seinen Gunsten lösen. Er trank noch einen Brandy mit Sutherland, dann klopfte er ihm zum Abschied auf die Schulter und machte sich auf den Weg zu Jeff. Er musste mit seinem Bruder sprechen.

Es war noch nicht einmal neun, als er in den lauen Abend hinaus trat. Es dämmerte gerade erst, der Himmel färbte sich in den verschiedensten Rot- und Gelbtönen. Er verzichtete auf eine Droschke und ging zu Fuß. An der nächsten Straßenkreuzung entschied er sich spontan, einen kleinen Umweg zu machen. Es gab auch einen Weg zum Haus seines Bruders, der Sam vorbei an Wilmington House führte. Er wollte die Angelegenheit mit Jeff schnell besprechen, aber es zog Sam auch in Eleanors Nähe.

Sein Herz klopfte, als das Anwesen vor ihm auftauchte. In einigen Zimmern brannte bereits Licht. Der große Garten lag still und verlassen im Schatten des Hauses. Die farbenfrohen Blumen und Büsche schimmerten im goldenen Schein der untergehenden Sonne. Ohne darüber nachzudenken, bog Sam von der Straße ab und stahl sich im Schutz der Bäume und Büsche in den Garten. Die Kiesel knirschten unter seinen Stiefeln. Es war selbstverständlich nicht in Ordnung, zu dieser Zeit und ungefragt durch fremde Gärten zu spazieren. Doch Sam war sich sicher, dass er unbemerkt geblieben war. Er achtete darauf, keinen Lärm zu verursachen, ging langsam und trat vorsichtiger auf. Wenn ihn jemand entdeckte, würde er, nach dem Grund seines Eindringens gefragt, keine Erklärung liefern können. Oder vielleicht doch?

Jack. Er war bereits einmal unerwartet hier aufgetaucht. Im Ernstfall könnte er auf der Suche nach seinem Hund sein. Es blieb noch immer ein Akt der Unhöflichkeit, sich nicht wenigstens zuvor anzumelden, war aber einigermaßen glaubwürdig.

Verschiedene Male war er bereits mit Eleanor die Wege entlang flaniert. Nun trieb es ihn an die Stelle, von der er wusste, dass es ihr Lieblingsplatz war: die Bank hinter der Hecke unter der großen Linde. Er wusste nicht warum, aber es verlangte ihn danach, einige Minuten dort zu verweilen. Er wollte in diesem Moment einen Teil ihrer Welt ... irgendetwas. Er konnte kaum an etwas anderes denken, verzehrte sich so sehr nach ihr, dass es ihm genügte, an einem Ort zu verweilen, der Eleanor wichtig war.

Endlich hatte der die Hecke erreicht. Als er den schützenden Raum betrat, stellte er überrascht fest, dass er nicht der Erste dort war.

„Sam!", rief Eleanor überrascht und erfreut zugleich. Sie hatte auf der Bank gesessen und war erschrocken aufgesprungen. Gleich darauf zeigte sie sich entrüstet. „Mr Turner, was tun Sie hier? Sie dürfen doch nicht einfach so hier auftauchen."

Sein Herz wollte ihm vor Freude aus der Brust springen.

„Verzeihen Sie, Eleanor. Ich hatte nicht erwartet, Sie hier anzutreffen", gestand er und ging zwei Schritte auf sie zu.

„Es ist mein Garten, Sie hier anzutreffen, erscheint mir nicht schicklich. Was tun Sie hier?" Eleanors Stimme klang gleich wieder etwas milder.

Kurz war er versucht, Jack als Vorwand heranzuführen, verwarf den Gedanken jedoch schnell.

„Sie haben mir gefehlt." Er trat zwei weitere Schritte auf sie zu. Noch drei und er könnte sie in die Arme schließen.

„Sam, wir haben uns doch erst vor wenigen Stunden voneinander verabschiedet."

„Das ist wahr. Doch seitdem kann ich an kaum etwas anderes denken. Sie haben mich heute zu einem glücklichen Menschen gemacht."

Noch zwei Schritte näher.

Die Abendsonne konnte die Hecke nicht durchdringen. Hier war es bereits dunkler als im Rest des Gartens. Dennoch erkannte Sam, dass Eleanor lächelte.

„Im Grunde ist doch gar nichts geschehen." Er hörte, dass ihre Stimme zitterte. Hatte sie Angst? War sie nervös? Von seiner Anwesenheit erregt?

„Aber das wird es, schon bald. Ich war gerade dabei, die ersten Vorkehrungen für mein Vorhaben zu treffen. Dabei hat mich mein Weg an Ihrem Haus entlanggeführt und dann konnte ich nicht anders, als hierherzukommen."

„Sie wussten nicht, dass ich im Garten bin?"

„Wenn ich ehrlich gestehe, so habe ich es gehofft." Er streckte sanft die Hand nach ihr aus.

Nach einigem Zögern ergriff Eleanor sie. Sanft zog Sam sie näher zu sich. Nur wenige Zoll trennten sie noch voneinander.

„Sam, Sie dürften gar nicht hier sein." Ein Flüstern, er hörte, wie sich ihr Atem beschleunigte.

„Ich weiß", erwiderte er und legte ihre Hand auf seine Brust.

„Bitte, Mr Turner, wir dürfen nicht allein sein. Was, wenn uns jemand sieht?"

Er spürte, wie sich ihr Brustkorb zügig hob und senkte, was sein Begehren nach ihr verstärkte. Sie war so schön, so anmutig.

„Es wäre mir lieb, wenn uns niemand entdeckte, aber falls doch, so wäre der Skandal überschaubar." Er flüsterte, legte dabei zärtlich seine Hand auf ihren Rücken und schob sie dichter an sich.

Sie keuchte. „Was reden Sie denn da? Ich wäre wohl ruiniert. Niemand würde mir noch einen Antrag machen." Sie hob ihr Gesicht und sah ihn mit ihrem entwaffnend offenen Blick an.

Er spürte die Hitze, die sich unter dem Stoff ihres Kleides ausbreitete, ihr ins Gesicht stieg. Sie atmete schnell und ihre Lippen öffneten sich leicht. Er wusste, dass er sie erregte.

„Keine Sorge. Ich werde dir einen Antrag machen. Du wirst schon bald meine Frau sein. Du willst es doch?“

Sie nickte, so unschuldig und ahnungslos. Es brachte ihn beinahe um, dass er sie jetzt nicht verführen durfte. Aber er wollte mehr, nur ein bisschen, und so legte Sam seine Hände auf ihr Gesicht, dass sie ihm so erwartungsvoll entgegenreckte. Dann küsste er sie, zart, mit aller Vorsicht, die er aufbringen konnte, auf den Mund. Ihre Lippen waren warm und zart. Sie schmeckte verlockend. Dann ließ er seine Lippen über ihre Wange gleiten, den Hals hinab bis zur kleinen Mulde nahe ihrer Schulter, die er mit der Zungenspitze berührte.

„Oh“, entfuhr es Eleanor.

„Ich liebe dich, Eleanor. Betrachte es als inoffizielle Verlobung.“

Sie bebte in seinen Armen und Sam wusste, dass er sich jetzt zurücknehmen musste. Er war bereits zu weit gegangen, doch er war sich sicher, dass Eleanor ihm verzeihen würde. Wenn sie erst seine Frau wäre, würde er sie in all die lustvollen Geheimnisse einweihen, von denen sie nicht einmal den Hauch einer Ahnung hatte. Behutsam ließ er sie los.

„Du solltest jetzt hineingehen, bevor dich jemand vermisst.“

Sie nickte, trat einen Schritt zurück zur Bank und griff nach einem Buch. Dann ließ sie ihn unter der Linde zurück.

Er wartete einige Minuten, bevor er sich aus dem Garten schlich und seinen ursprünglichen Weg fortsetzte.

18.
EINE UNERWARTETE ENTWICKLUNG

Eine halbe Stunde später bereits war Sam bei Jeff angelangt, klopfte kräftig an dessen Haustür und wartete darauf, dass er eingelassen wurde. Es dauerte nicht lange, bis geöffnet wurde und Mortimer, Jeffs Buttler, ihn eintreten ließ.

„Ich melde Sie an", erklärte dieser, als er die Tür hinter dem Gast geschlossen und ihm den Gehrock abgenommen hatte. Lautlos entschwand der Bedienstete aus dem kleinen Foyer des Stadthauses in den angrenzenden Flur. Sam wusste, dass sich an dessen Ende Jeffs Arbeitszimmer befand. *Seltsam,* dachte er, *dass Jeff zu dieser späten Stunde noch arbeitet.*

Sam beschloss, nicht im Foyer auf Mortimers Rückkehr zu warten. Zu sehr beschäftigte ihn sein Entschluss. Zu sehr drängte es ihn, sich darüber mit seinem Bruder auszutauschen, ihn ins Vertrauen zu ziehen und um seine Unterstützung zu bitten.

„Ihr Bruder ist hier", hörte er Mortimers Ankündigung, als er sich ebenfalls in den Flur begab.

„Ganz recht. Hallo, Jeff", rief Sam und betrat gleich darauf den Raum. Der Bedienstete verzog pikiert das Gesicht und verließ umgehend das Zimmer.

Jeff stand mit dem Rücken zur Tür vor dem großen Kerzenleuchter. Die Beine breit, die Arme verschränkt, starrte er in die Flammen.

„Jeff, was treibst du so spät noch in deinem Arbeitszimmer? Ich habe dich im Club erwartet. Ich muss mit dir sprechen." Sam war noch immer aufgewühlt von seiner Begegnung mit Eleanor.

„Hallo, Sam", Jeff klang müde. Er drehte sich um und seine Gesichtszüge zeugten von einem anstrengenden Tag. Sam blickte sich aufmerksam im Raum um. Dabei entdeckte auf dem Schreibtisch Baupläne und Wirtschaftsbücher. Er trat näher und begutachtete die Pergamentbögen genauer.

„Interessant, Wintham Manor."

„Das ist richtig." Jeff nickte bestätigend und Sam wartete darauf, dass sein Bruder von sich aus weitere Informationen preisgab, aber er schwieg. Jeff zeigte sich in sonderbarer, angespannter Stimmung. So verschlossen hatte Sam ihn selten erlebt.

„Nun sag es mir schon. Was soll das Ganze? Was hast du vor?"

Jeff wandte sich wieder ab, hielt die Arme weiterhin verschränkt und stierte erneut in die brennenden Kerzen.

„Ich habe vor, das Anwesen zu renovieren." Offenbar bereitete es ihm Schwierigkeiten oder Unbehagen, darüber zu sprechen.

„Hat Vater dich damit beauftragt?"

„Als künftiger Viscount bin ich durchaus in der Lage, selbst zu entscheiden, wann und wie ein Anwesen instand gehalten werden muss." Jeff knurrte angriffslustig und Sam horchte auf. Nichts lag ihm ferner, als sich mit seinem Bruder zu streiten.

„Selbstverständlich. Ich hatte nicht vor, deine Fähigkeiten infrage zu stellen", lenkte er ein und verschränkte nun ebenfalls die Arme vor der Brust.

Er selbst hatte Wintham Manor schon eine Weile nicht mehr besucht. Es war eines der mittelgroßen Anwesen des Viscounts, nicht weit von London entfernt. Es befand sich wie Rickhamstead Manor in Hertfordshire und, wie er in dem Augenblick feststellte, keinen Tagesritt von Wilmington Hall entfernt. Die Planung der baulichen Maßnahmen schien seinen Bruder aus irgendeinem Grund übellaunig zu machen.

„Gibt es ein Problem?" Sam bemühte sich freundlich und interessiert um das Gespräch. Im Gegensatz zu Jeff war er in seiner Verfassung vollkommen gegen schlechte Laune gefeit. Der Gedanke an Eleanor, seine Pläne und diese endlich seinem Bruder mitzuteilen, erfüllten ihn mit freudiger Ungeduld. Aber es lag ihm fern, die Angelegenheit zu überstürzen. Zunächst wollte er Jeff zuhören und wenn möglich sogar mit einem guten Rat zur Seite stehen.

„Eins? Das Anwesen ist in einem schlimmeren Zustand, als ich es erwartet hatte und es wird ewig dauern, bis es fertiggestellt sein wird."

„Du warst dort? Heute?" Das überraschte Sam. Mit dem Pferd dauerte es knapp drei Stunden bis nach Wintham Manor. Allerdings war ihm nun klar, woher die bescheidene Verfassung seines Bruders rührte.

Sechs Stunden zu Pferd und eine ausführliche Begehung des Anwesens zur Begutachtung des baulichen Zustands erklärten einiges.

Jeffs Gedanken waren nicht in diesem Raum. Er löste seinen Blick von den Flammen, setzte sich auf einen freien Stuhl und zeigte auf einen weiteren, damit auch Sam sich setzte.

„Bedauerlich, dass es in keinem besseren Zustand ist", bemerkte Sam eher zu sich, als zu seinem Bruder, als er Platz nahm. Schon im nächsten Augenblick ereilte ihn die wunderbare Idee, dass Wintham Manor der perfekte Ort sein könnte, um dort mit Eleanor zu leben, wenn sie erst seine Frau war. Irgendwann, wenn ihre Großmutter das Zeitliche segnete, würden sie wohl auf Wilmington Hall wohnen, aber bis dahin wäre Wintham geradezu perfekt für sie, um sich in die Ehe mit ihm einzufinden und in der Nähe ihrer einzigen Verwandten zu wohnen.

„Komm, ich lade dich auf einen Whisky ein", brummte Jeff. Er stand auf, nahm eine halbvolle Flasche aus dem Regal und goss zwei Gläser ein. Eines reichte er Sam, dann setzte er sich wieder. Das flackernde Licht der Kerzen warf tanzende Schatten auf Jeffs Gesicht.

„Und was treibt dich zu solch später Stunde noch zu mir?" Er machte es sich in seinem Lehnstuhl bequem und musterte Sam.

„Ich war in Ascot, du erinnerst dich?"

„Ach ja." Jeff leerte sein Glas und verzog die Mundwinkel nach unten.

„Der Gold Cup wurde ausgetragen. Ich habe ein kleines Vermögen gewonnen und nebenbei einen hervorragenden Zuchthengst eingekauft. Dieses Tier bringt Gewinner hervor, wie heute zu sehen war.“

„Nun, dann meinen Glückwunsch. Wann bekommen wir ihn?“

„Noch im Juli. Wenn er sich gut eingewöhnt, dürfen wir im nächsten Jahr schon auf Fohlen hoffen.“

„In Ordnung“, stieß Jeff monoton hervor.

Sam sah ein, dass sein Bruder einen harten Tag gehabt hatte, aber etwas mehr Enthusiasmus hatte er sich schon erhofft. Sein Tag in Ascot hatte auch Spuren hinterlassen.

„Mir ist zu Ohren gekommen, dass du nicht allein beim Rennen warst.“

Sam sah trotz des gedämpften Lichts, dass die Augen seines Bruders sich zu schmalen Schlitzen formten und ihn genau beobachteten. Was beschäftigte Jeff so sehr?

„Zu Ohren gekommen? Sei nicht albern.“ Sam verzog spöttisch den Mund. „Mutter hat es dir erzählt und ein Geheimnis war es sowieso nicht. Halb London hat es gewusst. Ich habe Sutherland vorhin im Club getroffen. Er hat mich sofort ausfragen wollen.“

„Du hast recht. Ein Geheimnis war es nicht. Wie hat es den Damen gefallen?“

Sam war sich sicher, dass nun der Moment gekommen war, da er seinem Bruder von seiner Entscheidung, um Eleanors Hand anzuhalten, erzählen konnte.

„Es war ein erquicklicher und abwechslungsreicher Ausflug. Sogar Eloise Wilmington versicherte mir, dass es ihr trotz der enormen Anstrengung und Aufregung eine Freude gewesen sei.“

Jeff goss sich noch einmal ein und sah Sam abwartend an. Er ließ das Getränk in seinem Glas kreisen, während sein durchdringender Blick sekundenlang auf dem jüngeren Bruder ruhte.

„Und Ms Morton?", fragte er schließlich überraschend kühl, was Sam dazu bewog, noch einen Augenblick mit der Verkündung seiner Neuigkeiten zu warten.

„Sie war ebenfalls entzückt. Sie hat außerdem den Sieger des Rennens vorausgesagt."

Wieder breitete sich eine seltsam angespannte Stille aus.

Sam glaubte, die Gedanken an Wintham Manor ließen seinen Bruder nicht los. Er schien diese Renovierung sehr ernst zu nehmen. Nun, vielleicht konnte die Anekdote von Sutherland ihn etwas aus der Reserve locken. Er trank ebenfalls aus und ließ Jeff nachgießen. Dann hob er an, zu berichten.

„Sutherland hatte sich schon ein paar Drinks genehmigt, als ich ankam. Er war nicht nur neugierig, was Ascot anging, sondern auch sehr gesprächig und verärgert über seine eigenen Angelegenheiten."

„So?" Jeff zog die rechte Augenbraue nach oben und sah Sam schon etwas interessierter an als zuvor.

„Neil sagte, sein Onkel, der alte Reginald, will um Ms Mortons Hand anhalten. Schon bald will er ihr seine Aufwartung machen."

In diesem Augenblick hob Jeff ruckartig den Blick und funkelte seinen Bruder an. „Ist der alte Tölpel denn verrückt geworden? Wie kann er es wagen?"

Dieser Ausbruch überraschte Sam.

Jeff knallte das leere Glas auf den kleinen Holztisch neben seinem Stuhl. Mit dieser heftigen Reaktion hatte Sam nicht gerechnet, eher damit, dass sein Bruder ein paar spöttische Bemerkungen fallen ließ. Da Sam sich bereits sicher war, dass Sutherland nicht zum Zug kommen würde, wollte er Jeff besänftigen.

„Wir wissen beide, dass es nicht die erste Ehe dieser Art wäre, aber ich bin mir sicher, dass Ms Morton Abstand von einem Arrangement mit Sutherland nehmen würde."

„Das will ich doch hoffen", schnaufte Jeff.

„Es gibt selbstverständlich viele Gründe für sie, einen Antrag vom alten Sutherland abzulehnen, einen im Besonderen."

„Ach, und der wäre?" Jeff schnaufte verächtlich und hob die Flasche erneut an, um sich einzuschenken. Dann hielt er inne und musterte Sam eindringlich.

„Ich werde um ihre Hand anhalten. Ich werde Eleanor Morton heiraten." Sam lächelte sanftmütig und auch Jeffs ungläubiger Blick, sein kritisches Stirnrunzeln, vermochten dies nicht zu ändern.

Langsam goss Jeff sich ein und stellte die Flasche zurück auf den Tisch. Nun wandelte sich sein Blick und es lag feste Entschlossenheit darin. Er trank einen erneuten Schluck und erklärte dann mit ernster, leiser Stimme: „Das wirst du nicht."

Sam starrte seinen Bruder an. Er benötigte einige Sekunden, um sich zu sammeln. Mit dieser Reaktion hatte er nicht gerechnet.

„Was soll das heißen? Natürlich werde ich sie heiraten."

Jeff erhob sich langsam aus seinem Stuhl und baute sich breitbeinig, die Hände in die Seiten gestemmt, vor Sam auf.

„Es ist unmöglich." Die Worte drangen als tiefes Grollen aus seiner Kehle.

Sam erhob sich nun ebenfalls. Sie standen nicht mehr als einen Meter voneinander getrennt und blickten sich an. Jeffs Augen funkelten bedrohlich.

„Was redest du denn da?"

„Du wirst nicht um ihre Hand anhalten. Du wirst sie nicht heiraten. Ich verbiete es dir!" Jeffs Stimme polterte mit jedem Wort lauter.

„Du willst es mir verbieten?"

„Genau!" Jeff schnaufte aufgebracht. Das angestrengte Arbeiten seiner Kiefer war von außen deutlich sichtbar.

Nun wurde auch Sams Ton schärfer. Jeff war zwar sein älterer Bruder und der Titelerbe, aber es gab nun einmal Dinge, die gingen ihn verdammt noch mal nichts an.

„Mit welchem Recht glaubst du, dich in diese, meine Angelegenheit einzumischen?"

„Mit dem Recht des Erstgeborenen." Jeff sprach wieder leiser. Sein messerscharfer Ton durchschnitt die Luft.

„Wie kannst du es wagen? Es gibt Grenzen, auch für dich, Jeff. Besser ich gehe jetzt, bevor ich mich zu etwas hinreißen lasse, das ich später bereue." Sam kehrte seinem Bruder den Rücken und schritt entschlossen zur Tür.

„Du kannst Eleanor nicht heiraten, weil ich sie heiraten werde. Ich bin der Ältere und habe den Vorrang."

Diese Worte trafen Sam wie ein Schlag. Langsam drehte er sich um. Das konnte Jeff unmöglich ernst meinen.

„Was redest du? Eleanor ist doch kein Titel, der automatisch an dich geht, weil du der ältere von uns beiden bist." Er bebte, mit dieser Wendung des Abends hatte er nicht gerechnet. Dass ausgerechnet Jeff sich seinem Glück in den Weg stellen würde, machte ihn fassungslos und wütend.

Dieser trat erneut an Sam heran und baute sich auf. „Du wirst sie nicht heiraten. Du wirst sie nicht einmal mehr besuchen. Habe ich mich klar ausgedrückt?"

„Du drohst mir? Das werden wir noch sehen", entgegnete Sam selbstsicher.

Im nächsten Moment prallte Jeffs Faust mit enormer Wucht auf sein linkes Auge. Sam strauchelte und ging überrascht zu Boden.

„Was hast du getan? Verdammt noch mal, Jeff, ich bin dein Bruder!" Er rappelte sich auf. Die Stelle unter seinem Auge schmerzte und schwoll schnell an.

„Ich habe dich in deine Schranken gewiesen, Bruder, und ich schwöre bei Gott, ich werde es wieder tun." Er stand noch immer breitbeinig vor Sam. Sein Blick funkelte zornig, seine Stimme war kalt.

„Jeff, was ist nur los? Bist du verrückt geworden?" Diesen einen Hieb würde er seinem Bruder durchgehen lassen. Jeden weiteren würde dieser teuer bezahlen.

„Ja, mag sein, dass ich verrückt bin. Verrückt vor Verlangen, verrückt vor Begierde, verrückt vor Liebe. Ich kann an nichts und niemanden mehr denken, seit diese Frau in mein Leben getreten ist, verstehst du? Warum, glaubst du, kümmere ich mich um Wintham? Sam, du kannst sie nicht heiraten, weil ich es bin, den sie zum Mann nehmen wird." Jeff stand wild entschlossen vor ihm. „Sam, gib mir dein Wort, dass du dich von ihr fernhältst", forderte er.

Sam war sprachlos. Er konnte nicht glauben, was er hörte.

„Gib mir dein Wort", wiederholte Jeff seine Forderung drohend.

„Das kann ich nicht."

Im nächsten Moment schoss Jeffs Faust erneut nach vorn, doch dieses Mal war Sam innerlich gewappnet. Er wich aus und versetzte seinem Bruder gleich darauf einen kräftigen Kinnhaken. Jeff grunzte vor Schmerz, ging jedoch nicht zu Boden.

„Ich habe dich gewarnt!", fauchte er und sprang im nächsten Augenblick wütend auf Sam los. Wie von Sinnen warf er sich gegen ihn, rammte ihn mit seiner Schulter in die Brust und warf den jüngeren Bruder zu Boden. Dabei stieß er einen der Stühle um. Papiere fielen vom Schreibtisch. Im nächsten Augenblick saß er bereits auf Sam und schlug ihm seine Faust ins Gesicht.

„Verdammt noch mal, ich hatte dich gewarnt", keuchte Jeff und hielt die Faust erhoben, bereit, sofort erneut zuzuschlagen.

„Zwing mich nicht, dich noch einmal zu schlagen. Gib mir dein Wort. Du wirst sie nicht heiraten. Sie wird meine Frau."

Jeff hatte ihn ordentlich getroffen, durch sein linkes Auge sah Sam nichts mehr und er schmeckte Blut. Er könnte ihn von sich stoßen und den Spieß umdrehen, aber es handelte sich immer noch um seinen Bruder.

Der wusste offenbar nicht, was er tat, war wie von Sinnen, liebestoll. Die Sache ließ sich nicht auf diese Weise bereinigen.

„Hast du nicht etwas vergessen?", fragte er deshalb, unter der Last seines Bruders ächzend, den Blick gegen die erhobene Faust über sich gerichtet.

„Ich weiß nicht, wovon du sprichst." Jeff hielt die Faust weiterhin geballt, bereit, sie sofort und mit aller Kraft hinabsausen zu lassen.

„Sie könnte deinen Antrag ablehnen."

Der nächste Hieb, der ihn traf, ließ es schwarz um Sam werden. Als er langsam wieder zu Bewusstsein kam, erinnerte er sich nicht sofort daran, was passiert war. Erst als er versuchte sich aufzurichten, entdeckte er Jeff. Er saß in seinem Stuhl und hatte ihn offenbar nicht aus den Augen gelassen.

Der dröhnende Schmerz in Sams Kopf war kaum zu ertragen. Der unerwartete Ausbruch seines Bruders schockierte ihn und zerriss ihm das Herz. Er wusste nicht, wie er damit umgehen sollte. Er wollte nur fort, also stand er auf und taumelte zur Tür. Sam hatte die Hand schon auf die Klinke gelegt, da vernahm er Jeffs Stimme abermals.

„Sie wird mich nicht abweisen. Ich werde alles tun, was nötig ist."

Sam schwieg. Jeff zeigte sich seiner Sache sehr sicher, aber er war im Nachteil. Er kannte die Wahrheit nicht, wusste nicht, wie es zwischen Sam und Eleanor stand.

Sam sprach kein Wort mehr. Ob und wie er seinem Bruder jemals verzeihen konnte, wusste er nicht. Aber er wusste, dass Jeff niemals damit durchkommen würde. Auch wenn beide Eleanor liebten, ihm, Sam, hatte sie sich offenbart und wollte seinen Antrag annehmen. Sie waren so gut wie verlobt. Niemals würde er sie aufgeben. Was Jeff von ihm verlangte, war unmenschlich.

Weit nach Mitternacht kam Sam endlich in seiner Wohnung an. Unter größter Anstrengung erreichte er seine Gemächer. Jack begrüßte ihn winselnd und lief neben ihm her, als er zu seinem Bett stolperte und sich erschöpft darauf ausstreckte. Die Mühe, sich zu entkleiden, machte Sam sich nicht mehr. Es dauerte nicht lange, bis er entkräftet in den Schlaf glitt. Das Letzte, woran er dachte, waren Eleanors sinnliche Lippen und ihr Versprechen. Sie würde seine Frau werden.

19.
Hoffnungen und Zweifel

Eleanor tat in der Nacht kein Auge zu. So erregend war Sams Nähe gewesen. Obwohl es ihr unter allen Umständen verboten war, allein mit einem Mann zu sein, war sie glücklich gewesen, als er plötzlich in ihrem Garten stand. Es war empörend und wunderbar gewesen. Sie hatte sich nach dem aufregenden Tag und den Bekundungen ihrer gegenseitigen Zuneigung in Ascot so nach ihm gesehnt. Dass er dann plötzlich vor ihr stand, hatte sie als Wink des Schicksals verstehen wollen. Sie war nicht in der Lage gewesen, ihn mit dem nötigen Nachdruck fortzuschicken. Stattdessen hatte sie ihn gewähren lassen und ihre Entscheidung nicht bereut. Seinen Körper so beängstigend und aufregend nah an ihrem zu spüren, seine Lippen sanft und prickelnd auf ihren und erst recht an ihrem Hals, hatte eine ungeahnte Sehnsucht in ihr geweckt. Es war unanständig und doch verlangte es sie nach mehr. Eleanor verzehrte sich danach, ihn wiederzusehen.

Der Mann ihrer kühnsten Träume hat sie erwählt. Sie waren verlobt … so gut wie. Wie sollte Eleanor es bis zum nächsten Morgen aushalten, ohne vor Glück zu zerspringen? Wie sollte sie Schweigen über ihr Hochgefühl bewahren? Eine unmögliche Aufgabe hatte Sam ihr gestellt. Doch Eleanor würde sie bewältigen. Sie würde sich zurücknehmen und darauf warten, dass er ihr den offiziellen Antrag machte, so, wie er es versprochen hatte. So, wie es sich gehörte.

Still lag sie im Bett, hörte ihr aufgeregtes Herz laut in ihrer Brust schlagen und versuchte die Erinnerung an das Erlebte wachzuhalten. Bereits der Ausflug nach Ascot, die neuen Eindrücke und das vertraute Gespräch mit Sam waren sehr aufregend und anstrengend gewesen … dann die geheime Zusammenkunft im Garten. Ebendiese Aufregung, dieses nervöse Kribbeln, welches sie beim Gedanken an Sam unter der Haut und vor allem in ihrer Magen- und Leistengegend verspürte, ließen Eleanor nicht zur Ruhe kommen. Jedes Mal, wenn sie die Augen schloss, erschienen ihr die durchdringenden, vertrauten Augen Sams. Der Moment, als er sie kurz berührt hatte, sie hatte gewusst, dass es nicht erlaubt war, hatte sie in all ihren Sinnen erregt. Diese Berührung, so zart und kurz sie auch gewesen war, hatte sich so süß und verlockend angefühlt und das Verlangen nach mehr geweckt. Eleanor dachte daran, noch viel mehr Zeit mit Sam zu verbringen, mit ihm zu tanzen und zu lachen, angenehme Gespräche zu führen. Sie hoffte inständig, dass diese wichtigen Angelegenheiten, die er kurz erwähnt hatte, bald erledigt waren und sie ihn schnellstmöglich wiedersah. Eleanor war nach London gekommen, um einen Ehemann zu finden. Nun hatte sie nicht nur einen wunderbaren Menschen getroffen, der sie zur Frau nehmen wollte, es war auch noch Sam Turner.

„Eleanor, meine Liebe, du isst ja gar nichts. Ist dir nicht wohl?“

Eleanor, Eloise und Margaret saßen gemeinsam beim Frühstück. Es hatte sich etabliert, dass Margaret in ihrer Eigenschaft als Gesellschaftsdame wie ein Familienmitglied an den Mahlzeiten teilnahm und auch im Salon zugegen war. Dies schloss Fragen um ihre Position im Haus von vornherein aus.

„Doch, Großmutter, es geht mir gut. Ich habe nur keinen Appetit.“ Ein zufriedenes Lächeln zeigte sich in ihrem Gesicht.

Eloise musterte ihre Enkelin, die ihr am langen Tisch gegenübersaß, aufmerksam.

„Irgendetwas verbirgst du dennoch. Du siehst sehr müde aus. Du hast wohl kaum geschlafen.“ Eloise fragte nicht. Sie stellte fest.

„Margaret, vermutest du nicht auch, dass sie etwas verbirgt?“

„Ja, Mylady. Ich teile eure Ansicht. Ms Eleanor hat gewiss ein Geheimnis.“ Über diese Feststellung musste sie schmunzeln.

„Ihr müsst euch um mich keine Sorgen machen. Es stimmt, ich habe in der vergangenen Nacht kaum ein Auge zugetan, aber ich darf euch versichern, dass ich bei bester Gesundheit bin.“ Eleanor bemühte sich um einen unaufgeregten Tonfall.

„Du hast also ein Geheimnis, das dich weder schlafen noch essen lässt, du bist bestens gelaunt. Aber verraten willst du dieses Geheimnis nicht, nicht einmal deiner Großmutter.“ Eloise blickte sie enttäuscht an.

„So würde ich das nicht ausdrücken. Es ist eher so, dass mich etwas beschäftigt.“ Eleanor lächelte.

„Herrje, Eleanor." Eloise seufzte, tupfte mit ihrer Serviette Mund und Finger ab, dann legte sie das feine gebleichte Stück Stoff zurück neben ihren Teller. „Jetzt plagt mich die Neugier und meine Fantasie malt sich die wildesten Geschichten aus. Wie soll ich denn unter solchen Umständen frühstücken? Nun ist mir der Appetit auch vergangen. Ich werde wohl abräumen lassen. Wie ist es mit dir, Margaret?"

Diese nickte zustimmend.

Erstaunt beobachtete Eleanor, wie Eloise sich erhob und an der Klingelschnur zog.

„Großmutter, es besteht wirklich kein Grund zur Sorge", versuchte Eleanor beruhigend auf sie einzuwirken.

Eloise stützte sich auf ihren Gehstock, hob das Kinn und kräuselte die Lippen. „Nun, wenn ich mich nicht sorgen darf, dann bleibt noch immer meine nicht unerhebliche Neugier. Ich schlage vor, du begleitest uns in den Salon und erzählst uns einfach, was dich um den Schlaf bringt." Sie hängte sich bei Eleanor ein und gleich darauf saßen alle drei im Salon.

Eloise ließ einige Minuten verstreichen, bis sie das Gespräch erneut eröffnete. „Gehe ich recht in der Annahme, dass diese Angelegenheit, die dich beschäftigt, etwas mit unserem gestrigen Ausflug nach Ascot zu tun hat?"

„Nein", antwortete Eleanor voreilig und ergänzte dann zaghaft: „Oder vielleicht ein bisschen möglicherweise". Sie bemerkte, wie ihre Großmutter für einen Moment den Atem anhielt und sich ihr noch etwas mehr zuwandte.

„Gehe ich auch recht in der Annahme, dass deine Appetitlosigkeit in irgendeinen Zusammenhang mit Mr Turner zu bringen ist?“ Nun sah Eloise ihre Enkelin wissend an.

Allein bei der bloßen Erwähnung seines Namens schlug Eleanors Herz schneller. Die angenehme Unruhe ergriff wieder Besitz von ihr und es prickelte unter jeder einzelnen Stelle ihrer Haut. Dieser Zustand war verlockend und verwirrend zugleich. Sie nickte gestehend.

„Es ist nicht zu übersehen, dass er dich mag. Magst du ihn auch?“

„Natürlich, ich mag ihn sehr.“ Sogleich überkam Eleanor die Erinnerung an den heimlichen Kuss im Garten und sofort stieg ihr die bereits bekannte aufgeregte Hitze ins Gesicht. War ihr die unerlaubte Tat anzusehen?

„Was ist in Ascot passiert? Worüber habt ihr gesprochen?“ Eloise wurde ernst.

„Mr Turner hat mir gesagt, dass er mich schon bald in einer wichtigen Angelegenheit besuchen möchte.“ Eleanor flüsterte.

Wenn Eloise überrascht war, dann wusste sie es gut zu verbergen. Ihre Miene zeigte keine Regung.

„Welche Angelegenheit?“

„Mehr hat er nicht gesagt.“ Eleanor biss sich auf die Lippen. Sie fühlte sich nicht wohl. Der Gedanke, sie könnte als Lügnerin entlarvt werden und einen Skandal auslösen, beunruhigte sie.

„Kein Wunder, dass du nicht schläfst und nicht isst.“ Eloise räusperte sich, rieb sich die Hände, dann sprach sie weiter.

„Nimmst du denn an, in dieser wichtigen Angelegenheit könnte es sich um einen Antrag handeln? Möchte Mr Turner um deine Hand anhalten und dich heiraten?"

Nun war es Eleanor, die den Atem anhielt. Es war eine Sache, sich während der Nacht mit dem Gedanken daran um den Schlaf zu bringen, eine andere jedoch, die Worte aus dem Mund ihrer Großmutter zu hören.

Schließlich überwand sie sich und antwortete. „Das vermute ich." Ein zaghaftes Lächeln umspielte ihre Lippen.

„Gütiger Himmel, wie aufregend", flüsterte Eloise. „Du würdest seinen Antrag also annehmen?"

„Ja, das würde ich und der Gedanke daran macht mich so glücklich. Ich bin überwältigt."

„Wenn du ihn magst, hast du auch allen Grund zur Freude. Wenn du dich nur nicht irrst."

„Ich glaube nicht, dass ich mich irren könnte."

„Du verschweigst mir doch nichts?"

„Aber nein, Großmutter." Eleanor hielt Eloises prüfendem Blick stand. „Ich denke nur die ganze Zeit über daran, dass ich noch vor ein paar Monaten Ms Wilmington war. Eine Person, die kaum jemand kannte. Nun bin ich Eleanor Morton, bin in der Londoner Gesellschaft bekannt und es gibt sogar jemanden, der mich heiraten möchte."

„Oh glaube mir, es gibt gewiss einige Gentlemen, die sich eine Ehe mit dir vorstellen könnten. In Anbetracht der Umstände ist es allerdings von Vorteil, dass sich noch keiner von ihnen dazu geäußert hat. Auf diese Weise wirst du nicht in die Lage versetzt, jemanden abweisen zu müssen. Hat Mr Turner möglicherweise erwähnt, wann er dir seine Aufwartung machen möchte?“

„Nein, leider nicht. Er sagte bald.“

„Ach herrje, *bald* ist so eine unspezifische Zeitangabe. Wie sollen wir uns danach richten?“

Das Warten wurde beinahe unerträglich und ein Seufzen der Erleichterung entfuhr allen drei Damen, als endlich Besuch für Ms Morton angekündigt wurde.

Doch der Gentleman, der eintrat, war nicht der erwartete Mr Turner, sondern Mr Reginald Sutherland.

„Oh“, gab Margaret überrascht von sich und hielt erschrocken die Fingerspitzen vor die Lippen. Eleanor fing irritiert ihren verblüfften Blick auf. Was in aller Welt machte der alte Sutherland hier?

„Mr Sutherland, willkommen. Welch Freude, Sie in meinem Haus begrüßen zu dürfen“, plauderte Eloise auf ihn ein.

„Lady Wilmington, Ms Lainshore, Ms Morton. Die Freude ist ganz meinerseits“, erwiderte Sutherland mit fester Stimme und trat entschlossen näher. In seiner Hand hielt er einen sehr großen Strauß frischer roter Rosen.

„Einen Augenblick, ich lasse Tee bringen und Sie erzählen uns, welchem Umstand wir Ihren Besuch zu verdanken haben.“ Eloise nickte Margaret zu, diese wiederum zog an der Klingelschnur, dann warteten sie gespannt auf Sutherlands Erklärung.

„Ich bin Ihretwegen hier, Ms Morton“, wandte sich dieser an Eleanor, worauf sich ihr vor Staunen die Augen weiteten.

„Ich hatte gehofft, Ihnen mit diesen Blumen eine Freude zu bereiten und Sie zu einer Ausfahrt in meiner Kutsche durch den Hyde Park überreden zu können."

Er hielt der vollkommen konsternierten Eleanor den Strauß hin. Mehr als „Vielen Dank. Die Blumen sind wunderschön", bekam sie nicht hervor. Glücklicherweise ging es Eloise anders.

„Lieber Mr Sutherland, die Blumen sind eine wahre Augenweide. Rosen verkünden weit mehr als tausend Worte und sie werden dem Salon einen besonderen Glanz verleihen."

Sutherland nickte, ließ sich jedoch nicht ablenken. Er stand immer noch Eleanor zugewandt und formulierte sein Anliegen erneut.

„Ms Morton, es wäre mir ein Vergnügen, Sie zu einer Spazierfahrt durch den Hyde Park zu entführen. Erweisen Sie mir die Ehre Ihrer Begleitung?"

„Sie meinen jetzt?", entfuhr es Eleanor ungläubig.

„Was meine Enkelin damit meint, ist ...", plauderte Eloise erneut munter drauflos, „... dass Ihre Einladung, sie auszuführen, sehr schmeichelhaft, aber leider ausgesprochen kurzfristig erfolgt. Was Sie bedauerlicherweise nicht wissen, ist, dass wir den gestrigen Tag in Ascot verbrachten. Die Fahrt mit der Kutsche dorthin war unerwartet beschwerlich, vor allem für mich. Gerade eben noch sprachen wir darüber, dass ich mich noch nicht wieder davon erholt habe und sie versprach, mir den Tag über Gesellschaft zu leisten."

„Das ist in der Tat sehr bedauerlich." Sutherland brummte unzufrieden. Dabei presste er seine Lippen zusammen und zog die Augen zu schmalen Schlitzen zusammen. Er sah Eleanor prüfend an, doch diese hatte nun endlich ihre Fassung wiedergewonnen.

„Sie können sich gar nicht vorstellen, wie beschwerlich es war. Sie sind mir doch nicht böse, wenn ich das Versprechen, das ich meiner Großmutter gab, nicht breche? Wir können diesen Ausflug gewiss an einem anderen Tag nachholen."

„Wie könnte ich Ihnen böse sein?" Der Alte nickte und schenkte Eleanor ein gönnerhaftes Lächeln, das seine langen gelben Zähne entblößte. Sein Atem ging keuchend, doch er sprach weiter. „Allerdings bin ich ein Mann der Tat und ich bin nicht nur mit dem Vorsatz hergekommen, Sie auszufahren."

„Ach nein?", fragte Eleanor mit brüchiger Stimme.

„Ms Morton ...", er reichte Eleanor nun den großen Strauß, räusperte sich und erklärte dann, „... Ms Eleanor Morton, wie ich Ihnen bereits mitteilte, war ich mit Ihrem Vater, dem Earl of Felleringtonworth befreundet und ich schätzte auch Ihre Mutter, die Countess, sehr. Als ich nun Sie erblickte, fühlte ich mich wieder jung. Zurück in die Zeit versetzt, als ich ihre Mutter traf. Schnell war ich davon überzeugt, dass ich Sie heiraten muss. Es gibt keinen Grund, meinen Antrag abzulehnen. Sie sehen vor sich einen angesehenen und wohlsituierten Mann. Erweisen Sie mir die Ehre und werden Sie meine Frau."

Sutherland hatte sein Anliegen vorgetragen. Es herrschte betroffene Stille im Salon. Eleanor, die ihre Stimme zuerst wiederfand, erinnerte sich an den Rat ihrer Großmutter und ihre eigenen Worte an Sam.

„Lieber Mr Sutherland, ich bin gerührt. Ich gebe zu, dass ich nicht mit einer solchen Ehre gerechnet habe.

Ich bin nach London gekommen, um einen Ehemann zu finden. In diesem Moment, da Sie vor mir stehen und um meine Hand anhalten, bin ich überwältigt."

Sutherlands Mundwinkel hoben sich zum überlegenen Lächeln eines Siegers.

„Gestatten Sie mir in Anbetracht dieses außergewöhnlichen Ereignisses etwas Bedenkzeit?"

Sofort bewegten sich seine Mundwinkel wieder nach unten. „Natürlich." Reginald Sutherland presste seine Zustimmung unter großer Anstrengung heraus. „Wie viel Bedenkzeit werden Sie benötigen?" Er musterte Eleanor aus trüben Augen.

„Ich bin mir nicht sicher. Vielleicht kann ich Ihnen meine Entscheidung schon nach unserer gemeinsamen Spazierfahrt in einigen Tagen mitteilen."

„Nun gut", brummte der alte Sutherland, „es ist eine wichtige Angelegenheit. Ich bin mir sicher, Ihre Großmutter wird Sie mit ihrem Rat bei der Entscheidungsfindung unterstützen."

„Darauf können Sie sich verlassen, Mr Sutherland", schmeichelte Eloise in den höchsten Tönen und hängte sich bei ihm ein.

„Meine Damen, Ms Morton, ich danke für den Empfang und werde mich einstweilen verabschieden."

„Schon? Sie haben doch noch keinen Tee mit uns getrunken", warf Eloise einen Hauch zu theatralisch ein.

Sutherland sah sie einen Moment lang misstrauisch an, wandte sich dann aber Eleanor zu und nickte. „Das macht nichts. Ich empfehle mich."

Es dauerte nicht lange, bis sich der nächste Besucher anmelden ließ. Sofort war Eleanor die Aufregung in die

Glieder gefahren, doch gleich darauf machte sich erneut die Enttäuschung in ihr breit.

„Mr Higgins für Ms Morton.“

Higgins konnte seine Nervosität nicht verbergen, als er den Salon betrat. Auch er hatte Blumen mitgebracht. Nach einer zurückhaltenden Begrüßung tranken sie Tee und plauderten ein wenig. Später standen Eleanor und ihr Gast einige Schritte von Eloise und Margaret entfernt am Fenster.

„Der Garten ist bezaubernd. Sie wandeln sicher gern zwischen den vielen Pflanzen“, bemerkte Higgins und wirkte nervös. An seiner Schläfe glitzerten kleine feine Schweißperlen.

Eleanor nickte und ließ ihren Blick aus dem Fenster gleiten. „In der Tat, er ist wunderschön.“ Sie lächelte und dachte dabei weniger an Blumen als an Sam. Keinen anderen als ihn erwartete sie sehnsüchtig.

„Ms Morton?“ Higgins’ Stimme drang von weit her in ihre Gedanken ein. „Ms Morton? Ist alles in Ordnung? Ich fürchte, Sie hören mir gar nicht zu.“

Eleanor blinzelte verwirrt und fing seinen enttäuschten Blick auf.

„Verzeihen Sie, es war wohl sehr unhöflich von mir. Wissen Sie, der gestrige Tag war sehr anstrengend und Sie sind heute bereits der zweite Besucher. Dabei ist es noch nicht einmal elf. Ich fürchte, ich bin zu erschöpft, um Ihnen eine angenehme Gesellschaft zu sein.“ Sie lächelte entschuldigend und sah auf die Falte, die sich rasch auf seiner Stirn gebildet hatte.

„Ms Morton, Sie sind mir immer eine angenehme Gesellschaft. Verraten Sie mir, wer der andere Besucher war?“

„Ja, natürlich. Es war Mr Sutherland.“

Higgins Augen weiteten sich überrascht.

„Neil Sutherland?“

„Nicht doch“, erwiderte Eleanor, als sei diese Überlegung vollkommen abwegig. „Reginald Sutherland, sein Onkel.“ Sie lächelte und sah zu, wie dem armen Stewart Higgins die Farbe aus dem Gesicht wich. Er brauchte eine Weile, um sich zu sammeln.

„Also Mr Sutherland also“, wiederholte er dann, noch immer um Fassung ringend.

„Nun, Ms Morton, ich … also … in der Tat …“, er räusperte sich nervös und blickte aus dem Fenster, „… bin mit einem besonderen Anliegen zu Ihnen gekommen. Ich fürchte, dass ich Sie jetzt damit überfallen muss. Ich kann es nicht länger für mich behalten.“

„Sprechen Sie offen“, ermunterte Eleanor ihn, die bereits eine Vorahnung von dem hatte, was nun folgen könnte. Angesichts des souveränen Umgangs mit Sutherlands Antrag und mit dem Wissen, dass Sam in Bälde erscheinen würde, fühlte sie sich in Higgins Gegenwart sicher.

„Ms Morton, ich habe vielleicht auf dem Ball, als wir zum ersten Mal miteinander tanzten, nicht die allerbeste Figur gemacht. Lassen Sie mich Ihnen versichern, es waren die Auswüchse eines übertriebenen Streichs unter Freunden. Etwas Derartiges kommt nie wieder vor.“

Er machte eine kleine Pause, bis Eleanor ihn mit einem sanften Nicken dazu ermunterte, fortzufahren.

„Mittlerweile konnte ich Sie hoffentlich davon überzeugen, dass ich weniger seltsam bin, als es an jenem Abend den Anschein hatte.“

„Davon bin ich längst überzeugt." Sie lächelte freundlich.

„Nun, dann möchte ich Ihnen anvertrauen, dass ich in den vergangenen Tagen zu dem Schluss gekommen bin, dass ich Sie heiraten möchte."

Higgins machte eine Pause und sah Eleanor mit leidendem Blick an.

„Ms Morton, werden Sie meine Frau", flüsterte er dann.

„Mr Higgins, ich bin überwältigt. Gestatten Sie mir in Anbetracht dieses außergewöhnlichen Ereignisses etwas Bedenkzeit?"

„Selbstverständlich. Sicherlich." Higgins nickte bestätigend. Seine Gesichtsfarbe hatte sich nun in ein kräftiges Rot gekehrt. Mittlerweile fanden sich auch Schweißperlen auf seiner Stirn. Er zog sein Taschentuch hervor und tupfte sich das Gesicht. Die Anstrengung, die ihn dieses Gespräch gekostet hat, war nicht zu übersehen.

„Mir scheint, es liegt irgendetwas in der Luft", bemerkte Eloise, als Higgins gegangen war. „Wer hätte ahnen können, wie unerwartet der Tag bisher verlaufen ist. Gleich zwei Anträge an einem Vormittag, aber nicht der, den du erwartet hast. Wollen wir hoffen, meine Liebe, dass du nicht enttäuscht wirst."

„Er kommt bestimmt." Eleanor hatte all ihre Überzeugungskraft in diese drei Worte gelegt.

Gleich darauf betrat ein Bediensteter den Salon. Dieses Mal jedoch kündigte er keinen Besuch an, sondern trug ein Tablett in der Hand. Darauf lag ein Brief. Der Mann blieb unentschlossen stehen.

„Eine Nachricht für Ms Lainshore." Alle Blicke richteten sich auf Margaret.

„Für mich? Handelt es sich auch nicht um einen Irrtum? Du liebe Güte, der Tag wird ja immer sonderbarer." Margaret fächelte sich Luft zu.

„Nun bringen Sie ihn schon", forderte Eloise, denn der Bedienstete stand noch immer wie angewurzelt im Raum.

Der erfreute Ausdruck in Margarets Gesicht, als sie den Umschlag an sich nahm, entging Eleanor nicht. „Von wem ist er denn?"

„Von einer Bekannten", erwiderte Margaret für Eleanors Begriffe etwas zu schnell. Dass Sie den Brief nicht öffnete, um ihn zu lesen, sondern ihn in der Rocktasche verschwinden ließ, machte sie misstrauisch.

„Mr Higgins hat gerade so vom Garten geschwärmt. Wollen wir nicht hinausgehen? Wir könnten eine Erfrischung zu uns nehmen oder ein paar Sandwiches."

Eleanor war sich sicher, dass Margaret dies nur vorschlug, um von ihrem Brief abzulenken. Na schön, wie sie wollte. Sie konnten auch ein anderes Mal darüber sprechen.

„Ich habe noch immer keinen richtigen Appetit, aber ein Spaziergang an der frischen Luft kann nicht schaden."

An einem anderen Tag hätte sich Eleanor mehr um den geheimnisvollen Brief bemüht. An diesem Vormittag jedoch fürchtete sie, noch vor Anspannung und Ungeduld zu platzen, wenn sie sich nicht etwas bewegte. Sie erhob sich und wollte Eloise ihren Arm reichen, doch die lehnte ab.

„Geht ihr nur hinaus. Für mich ist die Mittagshitze nichts. Ich bleibe sitzen und genieße die Ruhe, solange es möglich ist. Falls Mr Turner eintrifft, werde ich ihn gebührend empfangen.“

Eleanor und Margaret waren eine Weile zwischen den Blumen flaniert und hatten sich schließlich auf der Bank unter der Linde niedergelassen. Dort lauschten sie dem emsigen Summen in der Baumkrone und tranken Limonade.

„Mr Turner wird sicherlich bald eintreffen“, bemerkte Margaret nun.

„Natürlich wird er das.“ Noch immer gab sich Eleanor nach außen hin überzeugt. Innerlich nagten jedoch mittlerweile schreckliche Zweifel an ihr. Aus dem Nichts hatte sie an einem Tag zwei Anträge erhalten, die sie sehr gern ablehnen wollte. Doch derjenige, dem ihr Herz gehörte, war noch nicht gekommen. Was, wenn Sam sein Versprechen brach? Oh nein, darüber wollte sie nicht nachdenken. Sie konnte nicht. So etwas würde er ihr nicht antun. Sie waren doch bereits verlobt ... so gut wie.

„Verrate du mir lieber, was es mit deiner Freundin auf sich hat. Das klingt sehr mysteriös.“

„Das ist es ganz und gar nicht, Ms Eleanor, ich traf sie auf einem der Bälle und wir schreiben uns hin und wieder ein paar Zeilen.“

„Davon hast du gar nichts erzählt und ich kann mich überhaupt nicht an ein solches Zusammentreffen erinnern“, stellte Eleanor fest und unterdrückte die Enttäuschung darüber, dass Margaret offenbar ein Leben außerhalb des ihrigen hatte.

„Ich weiß nicht mehr, an welchem Abend es war und Sie tanzten währenddessen mit Mr Turner.“

„Es ist schon gut, Margaret. Es steht mir nicht zu, dich zu bedrängen. Lass uns wieder hineingehen und schauen, wie es Großmutter geht.“

Nach dem Lunch endlich wurde ein weiterer Besucher angemeldet.

„Mr Turner bittet darum, empfangen zu werden.“

Nun war es endlich so weit. Eleanors Herz begann zu rasen. Alle Zweifel, die sie in den letzten Stunden gequält hatten, waren vergessen. Sam war gekommen und er würde sein Versprechen einlösen!

Sie stand auf, in der Erwartung, ihn zu begrüßen. Doch es war nicht Sam, der den Salon betrat, sondern Jefferson, was Eleanor zunächst verwirrte und dann zunehmend beunruhigte. War Sam womöglich etwas zugestoßen? Warum schickte er seinen Bruder und kam nicht selbst zu ihr?

„Mr Turner, welch Überraschung, Sie zu sehen.“ Eleanor gab sich Mühe, die Enttäuschung zu verbergen. Sie mochte ihn sehr und wollte ihn nicht kränken.

„Mein Besuch überrascht Sie? Seltsam, da ich Sie doch seit Wochen beinahe jeden zweiten Tag beehre.“

Das stimmte. Seit sie zum ersten Mal mit Jefferson getanzt hatte, war er regelmäßig Gast auf Wilmington House gewesen, hatte angeregt mit ihr geplaudert und sie zu Spaziergängen eingeladen. Er war sehr freundlich, bat auf jedem Ball um einen Tanz und benahm sich zu jeder Zeit hinreißend. Wie konnte Eleanor ihn auch nicht mögen? Er hatte so viel Ähnlichkeit mit Sam.

„Sie haben vollkommen recht, Mr Turner, das war sehr unhöflich von mir. Ich bin heute etwas durcheinander. Ich hatte einen Tag voller seltsamer Begegnungen."

„Dann hoffe ich, dass ich Ihren Tag mit meiner Anwesenheit retten kann." Er sah sie mit seinen blauen Augen, in denen sie seit einiger Zeit diese funkelnde Dringlichkeit wiederfand, forschend an.

„Selbstverständlich, es ist immer ein Vergnügen, mit Ihnen zusammen zu sein. So war es schon, als wir uns beim ersten Ball kennenlernten. Es ist so viel leichter und ungezwungener mit Ihnen." Sie sagte die Wahrheit. Jefferson Turner war ihr in den vergangenen Wochen ein treuer Begleiter, ein Freund und Vertrauter geworden.

„Das können Sie von den anderen Gästen des Tages nicht behaupten?" Er zeigte sich sehr interessiert.

„Gewiss nicht." Sie seufzte und setzte eine betrübte Miene auf.

„Wollen Sie sich mir anvertrauen?" Seine Stimme klang plötzlich etwas tiefer, rau und zugleich vertrauensvoll. Jefferson Turner war ein Freund. Warum sollte sie nicht mit ihm über diese Ereignisse sprechen? Eleanor hob den Blick und sah ihm fest in die Augen. „Ich werde es Ihnen im Vertrauen erzählen. Sie müssen mir versprechen, Stillschweigen zu bewahren."

„Sie machen mich neugierig. Was in aller Welt ist denn heute in diesem Haus vorgefallen?"

„Sie müssen es versprechen", flüsterte Eleanor eindringlich und sah sich unauffällig nach Margaret und Eloise um, die am anderen Ende des Salons zusammensaßen.

„Ich verspreche es. Nun spannen Sie mich nicht länger auf die Folter. Was ist nur geschehen?“

„Mr Sutherland, Reginald Sutherland, und Mr Higgins waren heute hier und haben um meine Hand angehalten. Können Sie sich das vorstellen? Gleich zwei Anträge an einem Tag.“ Sie schüttelte den Kopf.

Jefferson schwieg und sah sie lange an, intensiv.

„Sie haben beiden Gentlemen hoffentlich eine Abfuhr erteilt.“

„Nein, natürlich nicht“, flüsterte sie. „Ich muss doch auf meinen Ruf achten.“

„Ihr Ruf ist tadellos, wenn ich das bemerken darf“, warf er ernst ein.

„Sie sind sehr freundlich.“ Er hatte ihr ein Lächeln entlockt.

„Danke.“

Er nickte und erklärte dann immer noch leise, aber im Brustton der Überzeugung: „Sie können unmöglich beide heiraten, nicht einmal einen von beiden. Es bleibt Ihnen keine Wahl, Sie müssen die Anträge ablehnen.“

„Sie haben leicht reden. Das kann ich unmöglich tun. Meine Großmutter brächte mich um.“

„Das kann ich mir kaum vorstellen. Dafür gibt es doch keinen Grund.“ Er lächelte zuvorkommend.

„Doch, den gibt es. Nämlich den, dass ich bisher nicht verlobt bin. Was wiederum unumgänglich ist, wenn ich in diesem Jahr heiraten möchte. Ich wundere mich, dass ich Ihnen das erklären muss, Mr Turner. Soweit ich weiß, sollten Ihnen diese Gepflogenheiten bekannt sein.“ Eleanor musste sich zurücknehmen. Sie wurde ungeduldig mit ihrem Gast, der nun wirklich nichts für ihre Lage konnte. „Verzeihen Sie meine offenen Worte.“

„Selbstverständlich. Ich schätze es sehr, wenn Sie offen sprechen und bitte Sie um Erlaubnis, es ebenfalls zu tun.“

„Natürlich“, entgegnete Eleanor und hatte sich schon wieder beruhigt.

„Ich habe gestern einen unserer Landsitze in Hertfordshire besucht. Wintham Manor ist ein sehr hübsches Anwesen. Ich habe mir den Zustand genau angesehen und beschlossen, es renovieren zu lassen. Im Herbst möchte ich meinen Wohnsitz dorthin verlegen.“

„Sie wollen London verlassen?“

Er nickte.

Diese Aussicht machte Eleanor betroffen. Sie hatte sich so sehr an seine Gesellschaft gewöhnt.

„Die Ballsaison endet im August. Danach wird sich einiges in London ändern. Es werden Hochzeiten folgen. Ihre ...“, er machte eine Pause, die Eleanor zu einem Nicken bewegte, “... und meine.“

„Ihre? Mr Turner, Sie wollen heiraten? Das sind unglaubliche Neuigkeiten.“ Eleanor flüsterte aufgeregt. „Wen denn? Sagen Sie es mir. Ihre Auserwählte wird sehr glücklich sein. Haben Sie ihr schon einen Antrag gemacht?“

„Das, Eleanor, bin ich im Begriff zu tun.“ Er trat noch dichter an sie heran, senkte seine Stimme abermals und fragte sie. „Verehrte Ms Morton, Eleanor, Sie sind die Auserwählte. Ich liebe Sie von ganzem Herzen. Ich will Ihnen ein treusorgender und ehrenhafter Gemahl sein. Ich bitte Sie inständig, erweisen Sie mir die Ehre und heiraten Sie mich.“

Eleanor konnte kaum atmen. Der Schock saß tief. Schließlich brachte sie nichts weiter hervor als den Satz, mit dem sie bereits Sutherland und Higgins begegnet war.

„Ich bin überwältigt. Gestatten Sie mir in Anbetracht dieses außergewöhnlichen Ereignisses etwas Bedenkzeit?" Sie kämpfte gegen die Tränen an. Es würde ihr das Herz brechen, ihn abzuweisen.

„Selbstverständlich gestatte ich Ihnen Bedenkzeit. Ich leugne nicht, dass ich auf eine sofortige Zusage gehofft hatte, aber sei es drum. Mein Herz liegt Ihnen zu Füßen, Verehrteste."

Eleanor schluckte. Was sollte sie tun?

Gleich nachdem Jeff sich verabschiedet hatte, zog sie sich in ihre Gemächer zurück. Es war ihr nicht möglich gewesen, ihm die Wahrheit zu sagen. Sie ertrug es nicht länger, im Salon auf Sam zu warten. Was auch immer ihn hinderte, sie zu besuchen, Eleanor war sich sicher, dass es ein wichtiger Grund war. Sie hatten einander ein Versprechen gegeben. Er würde kommen und mit seinem Bruder sprechen, ihm die Wahrheit sagen, damit er verstand.

Am späten Abend wurde ein Brief für sie abgegeben. Endlich, Nachricht von Sam. Sie brach das Siegel auf und las ungeduldig seine Zeilen.

Verehrte Ms Morton,

ich bedauere, Sie heute nicht besuchen zu können. Eine heftige und unerwartete, aber vorübergehende Unpässlichkeit hält mich ab. In wenigen Tagen werde ich wieder auf den Beinen sein und das Ihnen gegebene

Versprechen einlösen. Ich bin ein Mann, der sein Wort hält. Ich bitte Sie inständig, vertrauen Sie mir. Hören Sie auf Ihr Herz und vor allem ... warten Sie auf mich.

S.T.

„Sam ..." Eleanor presste den Brief schluchzend gegen ihre Brust. Wie glücklich und erleichtert war sie, seine Zeilen zu lesen. Sie schalt sich, dass sie Zweifel an seiner Aufrichtigkeit zugelassen hatte. Alles würde gut werden. Nur wenige Tage musste sie sich noch gedulden, um ihn wiederzusehen. Selbstverständlich wollte sie auf ihr Herz hören und auf ihn warten.

20.
UM JEDEN PREIS

Sam hatte seine Wohnung seit vier Tagen nicht verlassen. Die Blessuren in seinem Gesicht schwollen langsam ab und verfärbten sich dunkel. Sein Auge war noch immer blutunterlaufen, Rippen und Gesicht schmerzten. Er war nicht imstande, hinauszugehen und wollte sich so auch keinesfalls in Gesellschaft begeben. Eleanor hatte seinen Brief gelesen und ihm eine kurze Nachricht übermitteln lassen. Einen Satz nur, unverfänglich, aber der genügte ihm und beruhigte ihn sehr.

Ich werde warten. N.W.

Sie hatte die Initialen ihres früheren Namens verwendet. Ein kluger Schachzug und eine romantische Anspielung auf das erste Aufeinandertreffen.

Dass Jeff an jenem Abend zu weit gegangen war, stand außer Frage. Statt auf seinen eigenen Bruder einzuprügeln, hätte er mit ihm reden müssen. Aber er war wie von Sinnen gewesen, besessen von seiner Idee und überzeugt von seinem Recht. Sam würde noch einmal zu seinem Bruder gehen. Er wollte mit ihm sprechen und ihn davon überzeugen, sich nicht zwischen ihn und Eleanor zu stellen. So sehr Jeff es wollte, er konnte sie nicht heiraten. Ja, er war der Ältere, aber er, Sam, hatte sich in Eleanor verliebt und sie mochte ihn. So sehr, dass sie ihn heiraten wollte. Sie hatte es ihm bereits versprochen, so gut wie. Dagegen konnte Jeff nichts tun.

Sam setzte sich an seinen Schreibtisch. Er wollte Briefe an beide schreiben. Schon morgen wollte er Eleanor besuchen. Er wollte sie offiziell fragen. Jeff musste es einfach verstehen.

„Besuch für Sie, Mr Turner“, verkündete sein Diener.

„Ich hatte gesagt, dass ich nicht zu sprechen bin“, knurrte Sam ungehalten.

„Es ist Ihr Bruder, Mr Turner.“

„Nun denn, von mir aus … herein mit ihm“, erwiderte Sam mürrisch und war insgeheim froh, dass ihm das Schreiben eines der Briefe erspart blieb. Offenbar war Jeff bereits zur Vernunft gekommen und sie konnten sich in aller Ruhe aussprechen.

„Hallo, Sam“, grüßte Jeff ihn schmallippig. Er blieb mitten im Raum stehen und sah sich um.

„Du bist ohne Einladung hier“, stellte Sam in scharfem Ton fest. „Sei es drum. Ich muss mit dir reden.“

„Das trifft sich ausgezeichnet, ich mit dir auch.“ Jeff wirkte ruhig und gefasst.

„Ich höre.“ Sam bot ihm keinen Platz an, sondern saß seinem Bruder abwartend und mit verschränkten Armen gegenüber.

„Du siehst schlecht aus. Es hat dir wohl jemand eine Abreibung verpasst“, begann Jeff und versuchte die angespannte Atmosphäre aufzulockern.

„Das liegt nur daran, dass ich mich nicht in dem üblichen Maße gewehrt habe. Du hast schlichtweg Glück gehabt“, erklärte Sam scharf. Er hatte kein Interesse, schon wieder mit Jeff in Streit zu geraten, doch er wollte und musste sich behaupten. Die Dinge standen bereits fest. Er musste Sams Verbindung zu Eleanor einfach akzeptieren.

„Schon gut, es tut mir leid. Ich hätte nicht so aus der Haut fahren dürfen.“

„Ist das so?“ Sam sah Jeff argwöhnisch an.

„Ja, so ist es. Es tut mir leid, dass ich dich geschlagen habe. Wir sind schließlich keine Jungen mehr. Wir sind alt genug, unsere Angelegenheiten wie Männer zu regeln.“

„Setz dich.“ Sam deutete unwirsch auf einen freien Sessel, dann fuhr er fort: „Ich werde dir deinen Ausbruch nicht nachtragen. Wir können das Thema als beendet betrachten.“ Er nickte und sah Jeff prüfend an. Normalerweise lenkte sein Bruder nicht so schnell ein.

„Ich war nach unserer Auseinandersetzung bei Eleanor“, erklärte Jeff, als er saß.

Sam konnte kaum glauben, was er hörte. Er starrte seinen Bruder an, sah, wie dessen Kieferknochen arbeiteten.

„Du nennst sie Eleanor?“ Es kostete ihn Mühe, die auflodernde Empörung und Wut zu unterdrücken.

„Ja, Eleanor. Ich war bei ihr und habe Ihr einen Antrag gemacht“, erklärte Jeff.

„Du Dummkopf!“, donnerte Sam und sprang auf. Augenblicklich war ihm das Adrenalin in die Adern geschossen. Er funkelte seinen Bruder gefährlich an. Dann erinnerte er sich an Eleanors Worte, beruhigte sich allmählich und erklärte siegessicher: „Sie hat ihn nicht angenommen."

Jeff schwieg.

Das war Sam Bestätigung genug. „Sie hat ihn nicht angenommen", wiederholte er und lächelte zufrieden.

„Das hat keine Bewandtnis. Diese Art der Zurückhaltung ist nicht ungewöhnlich. Sie wird annehmen, wenn sie den Rat ihrer Großmutter eingeholt hat. Ich bin mir sicher, dass sie sich die Bedenkzeit zu diesem Zweck ausgebeten hat, zumal der alte Sutherland und Higgins an diesem Tag ebenfalls ihre Heiratsabsichten vortrugen."

„Glaubst du?", fragte Sam herausfordernd. „Nein, so ist es nicht. Ich sage dir, warum sie nicht Ja gesagt hat und auf wen sie wartet. Auf mich! Jeff, gib es auf. Sie wird mich heiraten. Sie hat es mir gesagt. Ich hatte nur so viel Anstand, vorher mit dir, meinem Bruder, meinem eigen Fleisch und Blut, darüber zu sprechen."

„Du lügst!", zischte Jeff.

„Das habe ich nicht nötig." Die Verachtung in Sams Stimme war nicht zu überhören.

„Was hast du getan? Hast du sie entehrt?", wollte Jeff tonlos wissen und wurde blass.

„Ach, scher dich zum Teufel!" Sam stand auf. Er machte eine wegwerfende Handbewegung und ging zum Fenster hinüber. „Wie könnte ich ihr so etwas antun? Wir sprechen von Ms Morton, vergiss das ja nicht. Sie wird die zukünftige Mrs Turner, Mrs Sampson Turner. Finde dich damit ab!"

„Das kann ich nicht", entgegnete Jeff leise.

„Was soll das bedeuten? Es gibt etliche andere, die du heiraten kannst."

„Es gibt nur eine, die ich begehre, mit jeder Faser meines Körpers. Bei allem, was mir heilig ist, ich begehre nur sie und ich muss sie zu der meinen machen. Koste es, was es wolle." Jeff sprach monoton, sah Sam nicht einmal mehr an. Er wirkte wie in einer anderen Welt.

„Koste es, was es wolle? Sein kein Narr! Es ist bereits entschieden. Ich treffe sie morgen."

„Nicht, wenn ich es verhindern kann", erwiderte Jeff in einer beängstigenden Ruhe.

„Ich habe dir gesagt, dass wir unsere Angelegenheiten wie Männer aus der Welt schaffen werden. Überlass sie mir, Sam, oder du lässt mir keine Wahl."

„Keine Wahl wofür?"

„Sam, ich bitte dich inständig – ein allerletztes Mal. Gib deine Absicht auf." Jeff war nun aufgestanden.

Sie standen sich gegenüber, drohend, und mit vor Entschlossenheit blitzenden Augen. Für einen Moment war Sam versucht, seinem Bruder nochmals ins Gewissen zu reden, ihm seine Gefühle für Eleanor darzulegen, von ihrem Treffen im Garten zu erzählen, doch dann besann er sich.

„Nein", teilte er seine Entscheidung ruhig und überzeugt mit.

„Also gut, du hast es nicht anders gewollt." Jeff schüttelte resigniert den Kopf. „ Weil du mein Bruder bist, setze ich dir eine letzte Frist. Ich erwarte deine Entscheidung schon morgen früh, bei Sonnenaufgang, St. James's, am Brunnen. Gibst du nicht nach, entscheidet das Schicksal. Besser, wir bringen die Angelegenheit zeitnah hinter uns."

„Du forderst mich zum Duell?" Sam konnte es nicht fassen.

„Sam, du zwingst mich dazu, wenn du dich nicht zurücknimmst. Ich werde nicht akzeptieren, dass du dich weiter um Eleanor bemühst. Sie soll mein sein. Ich kann und will ohne sie nicht länger leben. Mein Gott, ich ertrage den Gedanken nicht einmal mehr, dass du sie jemals wiedersiehst."

„Dann sollte ich dich vielleicht auf der Stelle erwürgen und dich von deinem Elend erlösen", knurrte Sam, der nicht begreifen wollte, was sein Bruder bereit war zu tun.

„Du hast Skrupel", war Jeffs nüchterne Antwort.

„Du würdest mich ohne Vorbehalt erschießen?"

„Nicht ohne Vorbehalt ... aber ja. In dieser Angelegenheit werde ich bis zum Äußersten gehen." Dann wandte er sich ab und ging ohne ein weiteres Wort.

Sam stand fassungslos, wie vom Donner gerührt, in seinem Arbeitszimmer und sah auf die Tür, durch die sein Bruder soeben verschwunden war. Jeff hatte offenbar den Verstand verloren.

Er sah auf die Uhr. Es war schon nach acht. Ihm blieben nicht einmal neun Stunden. Er nahm eine Flasche aus dem Regal und goss sich einen Whisky ein. Jeff war ein unverbesserlicher Narr, ein Dummkopf, der oft seinesgleichen suchte. Er war impulsiv, fordernd, aber noch nie in seinem Leben hatte er sich gegen Sam gestellt. Jetzt war alles anders. Er war zum erbitterten und entschlossenen Gegner geworden. Er war zu allem bereit und hatte ihn zum Duell gefordert. Nein, Sam wollte sich nicht zum Mörder seines Bruders machen lassen. Nein! Er selbst hatte auch nicht vor, zu sterben.

Er stierte ins Leere. Die Dämmerung zog auf, tauchte sein Arbeitszimmer in dunkles Grau, denn er hatte die

Lichter nicht anzünden lassen. Auf dem Schreibtisch lag noch immer der leere Briefbogen. Was sollte er Eleanor nur schreiben? Wann würden sie sich wiedersehen?

Jack kam zu ihm gelaufen und legte sich an Sams Füße.

„Die Situation scheint ausweglos", flüsterte er, beugte sich nach vorn und kraulte seinem Hund das Fell. Er trank seinen Whisky und sinnierte über verschiedene Szenarien. Doch egal, wie er es betrachtete, die Angelegenheit konnte kein gutes Ende nehmen.

Einige Stunden und Drinks später war Sam zu folgendem Schluss gelangt: Wenn er in wenigen Stunden nicht im St. James's Park auftauchte, würde er nur Jeffs Zorn schüren und die Sache nur verschieben. Tauchte er auf und gab Eleanor nicht auf, würde Jeff sich mit ihm duellieren wollen. In seiner emotionalen Verfassung wahrscheinlich sogar an Ort und Stelle – gegen jede Regel. Dann gab es die Möglichkeit für Sam, als Sieger hervorzugehen, was gleichbedeutend mit Jeffs Niederlage wäre. Er hätte den Titelerben des Viscounts zumindest verletzt, eher noch ermordet. Er wäre ruiniert und an eine Zukunft mit Eleanor nicht mehr zu denken. Ging Jeff als Sieger hervor, so war Sam höchstwahrscheinlich mausetot. In beiden Fällen sollte Eleanor einen Brudermörder ehelichen, wenn sie denn überhaupt noch einen Antrag annahm. Wahrscheinlich würde sie am Ende noch Higgins oder den alten Sutherland heiraten.

Sam trank und grübelte weiter, bis er schließlich so erschöpft war, dass er aufgab. Er war nicht bereit, seinen Bruder zu töten.

Es gab keine gute Lösung, aber es gab eine, bei der sie alle mit dem Leben davonkamen. Sam stand auf, klopfte seinen Diener aus dem Schlaf und nuschelte: „Ich verlasse London, im Morgen… im Morgengrauen breche ich auf. Bis dahin steht die Kutsche bereit." Er taumelte und stützte sich am Türrahmen ab. „Und ein Pferd, ich will ein Pferd … ich muss … ich habe noch etwas zu erledigen. Nun sch… schau mich nicht so entgeistert an. Es gibt Dinge, die ein Mann tun muss, auch wenn er sich sein Leben lang dafür hassen wird."

Kutsche und Pferd standen in aller Frühe wie befohlen bereit. Doch es war nicht Sam, der im morgendlichen Nebel allein in Richtung St. James's Park davonritt. Es war sein Diener. Sam nahm in der Kutsche Platz und ertrug sich selbst nicht mehr. Er war ein Niemand, ehrlos und zutiefst beschämt. Sein Herz litt sehnsüchtige Qualen.

Er wusste nicht, wie er es in seinem Zustand geschafft hatte, seine Worte an Jeff zu formulieren. Es war ein sehr kurzer Brief, aber das Zeugnis seiner größten Schwäche.

Der Teufel soll dich holen, wenn du sie nicht glücklich machst!

Die Schmach saß tief, aber Sam hoffte, eines Tages darüber hinwegzukommen. Wenn man einmal von dem dringenden Wunsch absah, den Jeff seit neuestem hegte, nämlich seinen Bruder zu töten, war er ein bemerkenswerter Gentleman und gesellschaftlich gesehen die bessere Partie – mutig, zielstrebig, elegant. Er war bereit, bis zum Äußersten zu gehen, um die Frau, die er begehrte, zu heiraten. Sam dagegen machte sich nachts auf und davon wie ein Taugenichts. Eleanor würde mit Jeff ein angeseheneres, besseres Leben führen als mit ihm und irgendwann würde sie Viscountess und ihn längst vergessen haben.

Je länger Sam darüber nachdachte, desto sicherer war er sich, die richtige Entscheidung getroffen zu haben und desto mehr ging ihm sein Herz in Stücke. Wenn er seinen Entschluss überleben wollte, durfte er weder Eleanor noch Jeff je wiedersehen. England war groß genug, er fände mit Sicherheit Mittel und Wege, ihnen aus dem Weg zu gehen.

21.
Der letzte Tanz

„Mr Sutherland ist ein einflussreicher Mann. Ich könnte mir vorstellen, dass er ungeduldig wird, wenn du ihn zu lange auf deine Antwort warten lässt. Es ist bereits eine Woche her und wird sich herumgesprochen haben. Angesichts des heutigen Fests bei den Ellistors solltest du dir Gedanken machen, wie du dir deine Zukunft vorstellst." Eloise sprach freundlich und einfühlsam, als sie den Nachmittag mit Eleanor gemeinsam im Salon verbrachte. Seit Tagen wartete Eleanor auf Sam, aber der angekündigte Besuch war bisher ausgeblieben.

„Möchtest du etwa, dass ich seinen Antrag annehme?" Das lange Warten, das Hoffen und Sehnen hatten sie erschöpft. Es war die müde Verzweiflung, die aus ihr sprach. Eloise sah, dass ihre Enkelin litt. Behutsam trug sie ihre nächsten Worte vor.

„Ich möchte, dass deine Zukunft gesichert ist. Mir steht es nicht zu, dir von einer Verbindung mit einem Mann wie Sutherland abzuraten, aber ich werde dich auch nicht überzeugen wollen."

„Du magst ihn doch ebenso wenig wie ich." Eleanor sah ihre Großmutter prüfend an, doch diese wandte ihr Gesicht ab.

„Meine Aufgabe ist es, dir alle Seiten entsprechend zu beleuchten. In Anbetracht seines Alters sind der Dauer einer potenziellen Ehe Grenzen gesetzt. Heiratest du Reginald Sutherland, so ist anzunehmen, dass du in einigen Jahren Witwe bist. Eine wohlgemerkt, deren Zukunft gesichert ist."

„So wie bei dir?"

„Es muss nicht immer von Nachteil sein, eine Ehe unter diesen Bedingungen einzugehen. Es gibt aber auch andere Gründe, zum Beispiel den, dass eine Frau dem Mann besonders zugetan ist und Gefühle für ihn hegt."

„Du meinst Sam?", flüsterte Eleanor.

„Das wiederum vermag ich nicht zu beurteilen und er steht auch nicht zur Wahl. Sam hat dich nicht um deine Hand gebeten, im Gegensatz zu Sutherland, Higgins und seinem Bruder Jeff, der im Übrigen auch eine angesehene Partie ist. Du musst dich zwischen ihnen entscheiden und dir darüber im Klaren sein, dass diese Frage heute Abend in aller Munde sein wird. Solche Neuigkeiten verbreiten sich immer furchtbar schnell. Du kannst nicht Tag für Tag hier sitzen und darauf warten, dass noch jemand kommt und dir einen Antrag macht. Drei sind ein sehr gutes Ergebnis."

„Nicht jemand. Der eine, dem ...", Eleanor konnte gerade noch verhindern, sich zu verplappern. Niemand wusste von ihrem Treffen mit Sam, von der heimlichen zärtlichen Begegnung, ihrem Versprechen. Auch vom Inhalt seines Briefes hatte sie nichts preisgegeben. „Vielleicht bleibe ich heute Abend zu Hause, mir ist nicht danach, auszugehen."

„Geh lieber hin. Es gibt Gerede, wenn du dich nicht blicken lässt. Solange du dich nicht entschieden hast, darfst du keinen der Herren verprellen."

Dies leuchtete Eleanor ein. Sie nickte ergeben und warf einen erneuten sehnsüchtigen Blick zur Tür.

Im Gegensatz zu ihr war Margaret bester Laune, als die Droschke vor dem Anwesen der Ellistors hielt. Sobald sie in den Ballsaal vorgedrungen waren, wählte Eleanor ein ruhiges Plätzchen, wo man sie beide nicht so schnell entdecken konnte. Ihr Plan ging jedoch nicht auf. Sie wurden alsbald von Lord Painswick entdeckt. Er begrüßte sie und blieb außergewöhnlich lange zum Plaudern. Wobei er sich eher mit Margaret unterhielt als mit Eleanor, was dieser sehr entgegenkam. Schließlich bat Painswick beide um einen Tanz.

Während Margaret mit ihm fort war, beobachtete Eleanor verstohlen die Gäste. Sam war nicht da, noch nicht. In den letzten Wochen hatte sie erlebt, dass er immer erst zu später Stunde erschien. Oft genug hatte sie nervös auf ihn gewartet und dann war er plötzlich aufgetaucht, um sich den letzten Tanz mit ihr zu sichern. Es war also noch Zeit.

Stewart Higgins hatte Eleanor bereits entdeckt. Er stand mit zwei anderen Gentlemen, einer war Basil Ellistor, zusammen und unterhielt sich angeregt.

„Verstecken Sie sich etwa hier?" Eleanor schrak zusammen. Jeff war plötzlich neben ihr aufgetaucht. Zunächst sah sie ihn verlegen an. Sie schuldete ihm eine wichtige Antwort und dieser Umstand bremste die sonstige Ungezwungenheit zwischen ihnen.

„Möglicherweise", gab sie zu. „Außerdem warte ich auf Ms Lainshore. Sie tanzt gerade mit Lord Painswick.

Sehen Sie? Dort drüben ist sie, in dem blassgelben Kleid.“

„Wenn Sie mir dir Bemerkung erlauben darf, Sie sind eine miserable Versteckspielerin. Ich habe Sie sofort nach meiner Ankunft entdeckt.“ Er lächelte.

Ein Teil der Spannung löste sich in Eleanor. Es war trotz allem schön, Jeff zu sehen.

„Dieser Platz ist immerhin so gut, dass weder Stewart Higgins noch Reginald Sutherland den Weg hierher gefunden haben.“

„Schätzen Sie die Gesellschaft der beiden nicht?“ Der Spott in seiner Stimme war nicht zu überhören.

„Mir ist im Allgemeinen heute nicht nach Konversation.“

„Woran mag es wohl liegen?“

„Oh Mr Turner, das wissen Sie genau. Es ist mir etwas unbehaglich angesichts der Umstände.“

„Wie darf ich das verstehen?“

Eleanor warf Jeff einen mahnenden Blick zu. „Mr Turner, quälen Sie mich nicht.“

„Seien sie versichert, das ist nicht meine Absicht. Ich frage mich allen Ernstes, ob Ihnen meine Gegenwart unangenehm ist.“

Sie fing seinen typischen freundlichen und eindringlichen Blick auf. Betrachtete das Blau seiner Augen. Jeffs Anwesenheit war ihr keineswegs unangenehm. Sie fühlte sich wohl in seiner Nähe. Sie genoss die Gespräche mit ihm und er war ein hervorragender Tänzer.

„Nein. Nein, das ist sie nicht“, antwortete sie ehrlich.

„Meine liebe Eleanor, das freut mich zu hören.“ Er lächelte. „Schenken Sie mir den nächsten Tanz?“

Sie nickte und rechnete Jeff hoch an, dass er sich nicht anders als sonst verhielt und sie in ihrer Entscheidungsfindung nicht bedrängte.

Je später der Abend, desto unruhiger wurde Eleanor. Sam tauchte nicht auf. Als Jeff sie zum zweiten Mal aufsuchte und sie zum Walzer führte, fasste Eleanor sich ein Herz.

„Darf ich fragen, wie es Ihrem Bruder geht? Ich sehe ihn gar nicht unter den Gästen. Er ist wohl noch nicht wieder genesen?"

„Ich bin mir nicht sicher, wovon Sie sprechen. Ich wüsste nicht, dass er krank ist."

„Es ist seltsam, da er doch in der Vergangenheit kein Fest ausließ und, verzeihen Sie mir diese Bemerkung, mich immer um den letzten Tanz bat."

Jeff zog sie mit der nächsten Drehung etwas näher zu sich. Seine Hand glitt einige Zoll an ihrem Rücken hinauf.

„Hat er es Ihnen denn nicht mitgeteilt, Eleanor?"
Eleanor verstand nicht. „Wovon sprechen Sie?"
„Er hat London verlassen, vor einigen Tagen schon."
Sie starrte Jeff fassungslos an, kam aus dem Takt und trat ihm mehrfach auf die Füße.

„Offenbar hat er es Ihnen nicht mitgeteilt und es scheint Sie zu überraschen", stellte Jeff daraufhin fest.

Sie nickte und bemühte sich, den Tanz ohne weitere Ungeschicklichkeiten zu beenden. Doch ihre Gedanken ließen sich kaum im Zaum halten. Aus welchem Grund hatte er die Stadt verlassen? Warum war er nicht auf dem Ball, wenn er nicht krank war? Warum hielt er sein Wort nicht? Warum ließ er sie warten?

Endlich war der Tanz zu Ende und Jeff führte sie langsam wieder zurück. Lord Painswick und Margaret waren nicht zu entdecken, also blieb er und leistete ihr weiterhin Gesellschaft.

„Sie sind plötzlich so still. Ist alles in Ordnung?"

„Selbstverständlich", erwiderte Eleanor und bemühte sich um einen unbeschwerten Tonfall. „Ich bin nur etwas verwundert darüber, dass er es nicht erwähnt hat."

„Vielleicht hat er das und Sie haben es vergessen. Er war in Ascot, um hochwertige Pferde für uns zu kaufen und ist nun, so wie es von Anfang an geplant war, nach Rickhamstead Manor zurückgekehrt. Er wird sich um die Zucht unserer Vollblüter kümmern."

Jeffs Worte verursachten Eleanor ein unangenehmes Stechen im Herzen. Ihre Kehle schnürte sich zu, es war ihr kaum möglich, zu sprechen. Sein prüfender Blick lastete auf ihr.

„Warum sind Sie denn so betrübt?"

Sie war nicht nur betrübt, sie war todunglücklich, fassungslos, schockiert und enttäuscht. Sam war abgereist und sie suchte fieberhaft nach einer Erklärung. Wie war das, nach allem, was zwischen ihnen beiden gewesen war, möglich? War sie so unwissend, dass Sie sich einer romantischen Idee hingegeben hatte? Hatte Sam sie belogen? Waren seine Worte und Taten ohne Wert gewesen?

All diese Fragen konnte sie Jeff nie und nimmer stellen. Also besann sie sich und fügte sich tapfer in die Situation. „Ich hatte nur erwartet, ihn heute Abend zu treffen. Er hat mich immer um den letzten Tanz gebeten. Das ist alles."

„Es wird mir eine Freude sein, wenn Sie mir heute Abend die Ehre des letzten Tanzes erweisen.“

Eleanor merkte auf. Seine Stimme hatte sich verändert. Sie war tiefer, wärmer und eindringlicher geworden. Er betrachtete sie wieder mit diesem besonderen Blick, funkelnd, sehnsüchtig.

„Aber wir haben doch schon zweimal miteinander getanzt“, flüsterte sie.

„Nun, beim letzten Mal sind Sie mir auf die Füße getreten. Ich denke, das zählt kaum und ich kann eine Wiedergutmachung einfordern.“ Er lächelte unverfänglich und allmählich stellte sich wieder ein Stück der angenehmen Vertrautheit zwischen ihnen ein.

Als Jeff sie am nächsten Vormittag besuchte und seinen Antrag erneut hervorbrachte, nahm Eleanor ihn an.

22.
GEHEIMER BRIEFWECHSEL

Niemand konnte ahnen, dass auch Margarets Leben in jenen aufregenden Tagen vollkommen auf den Kopf gestellt worden war.

Der Brief, den sie am Tag nach dem Ball der Ellistors überraschend erhalten und in ihrer Rocktasche hatte verschwinden lassen, war mitnichten von einer Bekannten gewesen. Margaret war froh, dass weder Eloise noch Eleanor sich in diesem Augenblick nachdrücklicher danach erkundigt hatten. Sie hätte einer eingehenderen Befragung sicherlich nicht lange standgehalten und dann hätte es eine große Aufregung gegeben.

Urheber dieses Schriftstücks war nämlich kein geringerer als Lord Edward Painswick gewesen, jener Gentleman, der sie zum Tanz aufgefordert hatte. Margaret musste sich setzen und den Brief zweimal lesen, um die Zeilen zu begreifen.

Verehrte Ms Lainshore,
als ich heute Morgen in aller Frühe erwachte, fühlte ich mich seltsam leicht und übermäßig glücklich. Ich

lauschte in mich hinein und fand schnell die Ursache dieser angenehmen und sonderbaren Stimmung. Sie, Ms Lainshore, haben mich verzaubert. Verzeihen Sie mir meine Kühnheit, aber eine andere Erklärung gibt es nicht. Die Erinnerungen an den gestrigen Abend, an den Tanz mit Ihnen, zeichnen mir nun seit Stunden ein Lächeln ins Gesicht. Die Wangen schmerzen bereits. Dennoch schwelge ich ungehindert im Glück.

Schließe ich die Augen, so sehe ich Sie vor mir, meine Liebe, und es gibt nur eine sinnvolle Erklärung dafür. Zweifelsfrei traf mich Amors Pfeil.

Verehrte Ms Lainshore, bitte lassen Sie es mich wissen: Gibt es auch nur den geringsten Anlass zur Hoffnung für mein verwundetes Herz, dass Sie meine Zuneigung erwidern?

Ich warte sehnlichst auf Antwort.
Ergebenst Ihr Edward Painswick

Niemandem hatte Margaret diesen Brief gezeigt und sie hatte ihn auch nicht beantwortet. Gelesen hatte sie ihn sicherlich einhundert Mal. Dabei hatte sie sich zugleich geniert, gefreut und gefürchtet. *Was dachte sich Lord Painswick nur dabei? Erlaubte er sich gar einen bösen Scherz mit ihr?* Sie war doch als Eleanors Begleitung auf den Ball gegangen, als deren Anstandsdame, und keinesfalls auf der Suche nach einem Ehemann in diesen angesehenen Kreisen gewesen. Es wäre angesichts ihrer niederen Herkunft auch mehr als vermessen gewesen.

Die darauffolgende Nacht hatte Margaret kein Auge zugetan, hatte sich das Hirn zermartert und war wie gerädert aufgestanden, außer Stande, vernünftig mit dieser Situation umzugehen.

Natürlich hatte sie seit ihrer ersten Begegnung häufig an ihn denken müssen. Als er sie zum Tanz geführt hatte, war sie sich wie ein Backfisch vorgekommen. Es waren angenehme Minuten in den Armen dieses stattlichen Mannes gewesen, von denen sie sicherlich sehr lange hätte zehren können. Doch diese angenehme Erregung war nichts gegenüber den Gefühlen gewesen, die dieser Brief in ihr ausgelöst hatte. Das Erste, woran Margaret damals gedacht hatte, war, das Papier zu verbrennen. Doch sie hatte sich nicht überwinden können. Solch aufregende Zeilen waren noch nie in ihrem Leben an sie geschrieben worden, und sie war sich der Einmaligkeit sicher.

Doch dann hatte Lord Painswick einen weiteren flammenden Brief geschickt und Margaret hatte sich in der Verantwortung gesehen, eine zurückhaltende Antwort zu schreiben.

Auf diesen wiederum hatte sie schon innerhalb weniger Stunden eine erneute Antwort erhalten. Ohne dass Margaret es richtig begriffen hatte, war sie auch schon in einen regen und vor allem aufregenden geheimen Briefwechsel mit dem Lord verstrickt gewesen. Wider besseren Wissens hatte sie diesen fortgeführt, sich diesem wunderbaren Traum hingegeben und ihre Zuneigung zu diesem Mann wachsen lassen.

In seinem letzten Brief war Edward jedoch sehr deutlich geworden und hatte ernste Absichten für eine Zukunft mit Margaret verkündet. Dies war der Moment, in dem die Ärmste zur Besinnung gekommen und sich ihrer ausweglosen Situation bewusst geworden war. Seit Stunden saß sie nun schon am Schreibpult in ihrem Zimmer, ratlos und zutiefst betrübt. Das Märchen war ausgeträumt und sie nahm sich in die Pflicht, Lord Painswick die Wahrheit über sich zu gestehen. Margaret seufzte, tauchte die Feder in die Tinte und begann sorgfältig, ihren letzten Brief an ihn zu schreiben.

23.
EINE SKANDALÖSE HOCHZEIT

Die Verlobung von Ms Eleanor Morton, Tochter des verrückten Earls und Enkelin der langjährigen Witwe Wilmington, bei der sie im Geheimen und unter falschem Namen aufgewachsen war, mit dem attraktiven Jefferson Turner, dem erstgeborenen Sohn des überall hochgeschätzten Viscounts und demnach zukünftigen Titelerben, verursachte bei Weitem nicht so viel Aufsehen in der Gesellschaft, wie man hätte vermuten können. Ursache hierfür war ein Skandal, der die Gesellschaft in höchstem Maße in Aufruhr versetzte.

Heraufbeschworen durch den brisanten Inhalt eines Briefes, dessen Lektüre in höchstem Maße unanständig war und sämtlichen Damen die Schamesröte ins Gesicht trieb. Einem unglücklichen Zufall war es zu verdanken, dass dieser Brief verloren gegangen und von einer Zofe gefunden worden war. Diese schamlose Person hatte es nicht nur fertiggebracht, das Schriftstück zu lesen, sondern auch unter den Bediensteten herumzuzeigen. Über Absender und Empfängerin, die aus gutem Grund nicht schriftlich festgehalten waren, wurde gemutmaßt und getuschelt, bis sich die Dienerschaft Londons darin einig war, es könnte sich nur um Ms Lainshore und Lord Painswick handeln.

Gerade als sich eine weitere Neuigkeit wie der Wind verbreitete, nämlich dass besagte Ms Lainshore, der dieser überaus deutliche Brief des Lords galt, in ihrem früheren Leben Gouvernante im Hause des verrückten Earls war, erlangte Lady Higgins Kenntnis darüber. Angesichts der Absage, die ihr Sohn kürzlich aus dem Hause Wilmington erhalten hatte, zögerte sie nicht, ihr Wissen und ihre Empörung über diese unglaublich aufsehenerregende Sache im nächsten Lesezirkel zu teilen. Dies führte wiederum dazu, dass Margaret Lainshore innerhalb kürzester Zeit vollständig kompromittiert war.

Wer nun aber glaubte, die öffentliche Bloßstellung und gewöhnliche Vergangenheit dieser Person wären der Gipfel des Skandals, der irrte. Noch am selben Tage verkündete Lord Painswick seine Verlobung mit ihr und die Absicht, sie unverzüglich zu ehelichen.

So kam es dazu, dass sich ein nicht unerheblicher Teil der neugierigen und schaulustigen Londoner Gesellschaft an einem sehr sonnigen Morgen Anfang Juli in St. George's einfand.

Während die Gäste nach und nach ihre Plätze einnahmen, tuschelten sie aufgeregt miteinander. Schließlich sollten hier in Kürze zwei Menschen getraut werden, über deren Geschichte sich ein ganzes Buch schreiben ließe. Ein skandalöses Buch selbstverständlich.

„Wer hätte es nur für möglich gehalten?" Eleanor und Eloise saßen in den vorderen Bänken.

„Den Skandal oder die Hochzeit?"

„Beides selbstverständlich", flüsterte Eloise. „Wobei ich gestehen muss, dass mir eine Hochzeit ohne Skandal und dieser Zuschauermenge vollkommen gereicht hätte."

„Großmutter, schmälere Margarets Tag nicht. Heute wollen wir nur an sie und ihr Glück mit Lord Painswick denken. Über alles andere sprechen wir später." Eleanor lächelte und sah sich unauffällig in der Kirche um. Sie hatte zwar befürchtet, dass es eine Menge Zuschauer geben würde, doch ihre Erwartungen wurden bei weitem übertroffen. Die oberen Logen waren voll, auch unten auf den Bänken wurde es eng.

„Ich schmälere gar nichts. Ich beobachte und stelle fest, dass die Menschen zwar Empörung heucheln, aber dann doch wie die Fliegen zum Gaffen erscheinen."

„Großmutter, wie sprichst du denn?"

„So, wie es mir gerade passt. Ich habe mich lange genug zurückgehalten. Doch nun, da du mit einem bezaubernden Gentleman verlobt bist und Margaret, wer hätte es sich nur ausmalen können, dieses Gebäude als Lady Painswick verlassen wird, fühle ich mich erleichtert und gewissen Herrschaften nicht mehr der vollständigen Zurückhaltung verpflichtet."

„Lady Margaret Painswick, es klingt wunderbar und ich freue mich so für sie. Es ist nur seltsam, dass sie uns verlässt."

„Das müssen wir wohl akzeptieren. Da sie nun verheiratet ist, wird sie auch bei ihrem Ehemann wohnen. Aber wir werden sie doch schon bald wiedersehen. Sie hat versprochen, uns anlässlich deiner Hochzeit auf Wilmington Hall zu besuchen."

Eleanor schwieg. Sie war verlobt und ihre Hochzeit sollte im Oktober stattfinden. Da Margaret nun nicht mehr da war und die Suche nach einem Ehemann für Eleanor ein Ende gefunden hatte, wollte ihre Großmutter wieder zurück aufs Land. Sie hatte sich in den vergangenen Wochen nicht wieder vollständig erholt und sehnte sich nach Ruhe.

Jeff hatte keine Einwände gehabt. Vielleicht gefiel ihm der Gedanke sogar, dass Eleanor nun nicht mehr auf Bällen präsent war und mit anderen Gentlemen tanzte. Außerdem hatte er versprochen, sie zu besuchen. Er selbst war sehr mit der Beaufsichtigung der Arbeiten in Wintham beschäftigt und das lag näher an Wilmington Hall als an London. Er hatte versprochen, Eleanor regelmäßig auf Wilmington Hall zu besuchen und ihr zu berichten, wie die Arbeiten rund um das künftige Anwesen des Paares voranschritten.

Jeff gab sich sehr zugewandt, zuvorkommend und bot keinen Grund zur Klage. Nur über Sam sprach er nie. Einmal, als Eleanor sich mit der Viscountess, ihrer zukünftigen Schwiegermutter, zum Tee traf, erwähnte diese, dass Sam plante, schon in vier oder fünf Jahren einen Gold Cup Gewinner zu präsentieren. Ein sehnsüchtiger Schmerz hatte Eleanor ergriffen, aber sie hatte nicht gewagt, weitere Fragen über den so schmerzlich Vermissten zu stellen. Sie war mit seinem Bruder verlobt, der gut zu ihr war. Es gehörte sich nicht.

Ein Raunen ging durch die Gäste. Es wurde still und die Musik setzte ein. Eleanor sah sich um. Lord Painswick geleitete seine Braut selbst bis vor den Altar. Diese

Verbindung setzte sich von Anbeginn gegen jede Etikette und trotzdem waren beide in diesem Augenblick sichtlich glücklich.

„Margaret sieht so wunderschön aus“, flüsterte Eleanor noch, bevor die Zeremonie begann.

„Madame Dubois hat sich selbst übertroffen“, entgegnete Eloise.

Dann lauschten alle Anwesenden den Treueschwüren, auf die Frage, ob jemand Einwände gegen diese Verbindung hätte, waren ein Kichern und ein verlegenes Räuspern zu hören, doch niemand erhob das Wort. Kurz darauf durfte das Paar als Lord und Lady Painswick die Kirche verlassen.

„Sie wird mir fehlen“, stellte Eleanor fest, als auch sie und ihre Großmutter vor dem Gebäude standen.

„Du wirst kaum Zeit dazu finden, sie zu vermissen. Wir werden noch einiges vorzubereiten haben und die drei Monate bis zu deinem eigenen Festtag werden wie im Flug vergehen.“

„Wahrscheinlich hast du recht.“

„Wahrscheinlich?“ Eloise fuchtelte mit ihrem Stock in Richtung Droschke, als könnte sie deren Annäherung auf diese Weise beschleunigen.

„Eine Hochzeit erfordert unter normalen Umständen etwas mehr Vorbereitung. Solch ein spontanes Spektakel wie das heutige werde ich dir nicht erlauben.“

„Keine Sorge, Großmutter. Es wird kein Spektakel geben. Aber es ist doch ein Glück, dass Jeff ausgerechnet Wintham zu unserem zukünftigen Wohnsitz auserkoren hat und wir uns regelmäßig sehen werden, nicht wahr?“

„Das ist es in der Tat, Kindchen.“

24.
DER LETZTE ABEND

Es war ein regnerischer Tag im Oktober. Die gelben und braunen Blätter wurden vom kalten Wind durch die Luft gewirbelt, doch auf Wilmington Hall herrschte reges Treiben. In allen Kaminen brannten wärmende Feuer, das Küchenpersonal arbeitete rund um die Uhr, um die Gäste angemessen zu bewirten, die nach und nach eintrafen. Darunter waren selbstverständlich der Bräutigam Jefferson Turner, Viscount Turner und seine Gattin, Lord und Lady Painswick, Freunde des Bräutigams nebst Gattinnen, sofern vorhanden, und wichtige Persönlichkeiten, deren Anwesenheit für einen zukünftigen Viscount nur von Vorteil sein konnten.

Sam hatte, nachdem die Viscountess ein Nein nicht akzeptieren wollte, sein Kommen ebenfalls bestätigt, was Eleanor, die ohnehin schon nervös war, eine zusätzliche Unruhe bescherte. Jeff zeigte sich gleichgültig darüber und dies stimmte sie traurig. Etwas hatte sich verändert zwischen den Brüdern, hatte sie entzweit. Doch sie getraute sich nicht weiter zu fragen. Wann immer sie in der Vergangenheit vorsichtig das Gespräch auf Sam gebracht hatte, war der sonst so freundliche Jeff verstimmt und schweigsam geworden.

Nach dem Dinner, als sich alle Gäste bereits in ihre Gemächer zurückgezogen und auch Eloise ihrer Enkelin eine angenehme Nacht gewünscht hatte, klopfte es unerwartet an Eleanors Tür. Sie erwartete niemanden und öffnete die Tür nur einen Spalt.

„Margaret!", entfuhr es ihr erfreut. „Komm herein. Wie schön, dass du mich besuchen kommst. Ich habe dich so vermisst."

„Ich Sie auch, Eleanor."

„Bitte Margaret, sag einfach nur Eleanor. Es sei denn, Sie bestehen darauf, dass ich Sie mit Lady Painswick anspreche."

Margaret lächelte und schüttelte den Kopf. „Nein, natürlich nicht."

Sie setzten sich in die Sessel vor dem Kamin.

„Bitte erzähle mir, wie ist es dir ergangen? Ich habe dich so vermisst."

Zwischen all den Menschen, die sich derzeit auf Wilmington Hall aufhielten, war es Eleanor unmöglich gewesen, auch nur ein ruhiges Wort mit Margaret zu wechseln. Dabei war sie so neugierig, zu erfahren, wie ihr das Eheleben gefiel und was sie sonst noch zu berichten wusste.

„Zunächst einmal geht es mir gut. Aber dich, Eleanor, und Lady Eloise habe ich ebenfalls vermisst und auch Wilmington Hall. Ich habe nie so lange an einem Ort wie diesem hier gelebt und trotz der dramatischen Umstände, die mich hierhergeführt haben, verbinde ich nur wunderbare Erinnerungen damit. Niemals hatte ich daran gedacht, diesen Ort zu verlassen. Wer konnte auch ahnen, dass ich Edward begegnen würde?" Margaret strahlte über das ganze Gesicht. „Über meine neue

Bleibe kann ich nur Gutes berichten. Es ist sehr schön dort, etwas abgelegen vielleicht, aber das macht mir nichts aus. Ich mag die Ruhe und freue mich über ungestörte Stunden mit meinem Mann."

„Du siehst völlig verändert aus", bemerkte Eleanor nun. „Liegt es an deinen ehelichen Pflichten?"

Über Margarets Gesicht huschte ein verheißungsvolles Schmunzeln.

„Bitte, du musst mir davon erzählen. Sind sie schön?", drängte Eleanor. Sie hatte sich schon vor Wochen vorgenommen, Margaret diese Frage zu stellen, denn dass sich etwas in der Ehe zwischen Mann und Frau ereignen würde, wusste sie. Sie wusste aber nicht was und außer ihr kannte sie keine Frau, die sie darüber befragen wollte. Nicht einmal ihre Großmutter.

Margaret lächelte nachsichtig. „Du weißt, dass unverheiratete Frauen darüber nichts erfahren dürfen. Aber da du selbst morgen Ehefrau sein wirst, ist es wohl in Ordnung, wenn ich einige deiner Fragen beantworte."

Eleanor atmete erleichtert auf. Sie hatte so sehr gehofft, dass Margaret ihre Bitte erfüllen möge. Die Vorstellung, unvorbereitet in die Ehe mit Jeff zu gehen, behagte ihr nicht. Noch dazu, da es sich bei diesen Pflichten um sehr angenehme Tätigkeiten handeln dürfte, wenn sie Margarets Gesichtsausdruck Glauben schenken durfte. Doch nun, da sie die Möglichkeit hatte, Fragen zu stellen, wusste sie nicht welche.

Margaret wartete eine Weile, dann ergriff sie ihrerseits das Wort. „Das Eheleben mit Lord Painswick ist sehr angenehm. Das liegt sicherlich daran, dass wir gegenseitig eine große Liebe füreinander empfinden.

Nicht einmal ein Skandal konnte ihn davon abhalten, mich zu heiraten."

„Und was genau sind nun deine Pflichten?" Eleanor hatte sich etwas nach vorn gebeugt und leise gesprochen.

„Ich führe den Haushalt, das heißt, ich muss mich darum kümmern, dass das Personal die Arbeit ordentlich erledigt. Das ist noch sehr gewöhnungsbedürftig, aber ich komme zurecht. Außerdem leiste ich meinem Mann Gesellschaft bei den Mahlzeiten und nicht zuletzt wird erwartet, dass ich ihm Kinder schenke. Letzteres ist sicherlich das, was dich brennend interessiert, nehme ich an."

Eleanor legte ihren Kopf schief, hob unsicher die Schultern und Margaret holte tief Luft, bevor sie weitersprach.

„Am Abend nach der Hochzeit ziehen sich die Frischvermählten zurück und verbringen Zeit miteinander – allein. Dies ist für gewöhnlich das erste Mal, dass das Paar vollkommen ungestört ist."

Eleanor dachte augenblicklich an den Moment in London zurück, an den Abend unter der Linde, als sie plötzlich mit Sam allein gewesen war. Sie hatte gewusst, dass so etwas vor der Ehe nicht erlaubt war, hatte aber keine Ahnung gehabt, inwiefern dies mit ehelichen Pflichten zu tun haben sollte. Sie hielt den Atem an und wartete darauf, dass Margaret weitersprach.

„Der Mann kommt der Frau näher. Sehr nahe. Manchmal so nahe, dass nicht einmal ein Stück Stoff Platz zwischen ihnen hat und sich ihre Haut berührt."

Eleanor überkam ein knisternder Schauer. Sam hatte ihre Haut berührt, er hatte sie in sehnsüchtige Erregung versetzt und ein ungewohntes, angenehmes Ziehen in ihrem Unterleib verursacht. Seine Lippen hatten ihre nackte Haut berührt. Eleanor sog erschrocken die Luft ein und wurde blass.

„Habe dann keine Angst und lasse ihn gewähren", sprach Margaret ruhig weiter. Sie interpretierte Eleanors Reaktion wohl als Furcht.

„Er wird dich berühren wollen, sich zu dir legen. Wenn ihr gemeinsam das Bett teilt, weiß dein Gemahl, was zu tun ist."

Eleanor brachte keinen Ton heraus. Sie war entsetzt und fasziniert zugleich. Sie hatte Sam berührt, sie hatte ihn gewähren lassen und es hatte ihr gefallen. Würde Jeff dieses Gefühl etwa ebenfalls in ihr wecken, wenn sie sich nur nahe genug kämen? Würde er sie küssen und ihre Haut berühren, während sie zusammen in einem Bett lagen? War das das große Geheimnis?

Eleanors Wangen röteten sich, sie wurden warm und es lag nicht am Kaminfeuer. Ihr Atem beschleunigte sich und ihre Hände begannen zu zittern. Jetzt erst bemerkte sie, dass Margaret ihre Hand auf ihren Unterleib gelegt hatte und sanft darüberstrich.

„Wenn ihr dieses Zusammensein nur oft genug wiederholt, wird es hoffentlich bald in dir zu wachsen beginnen und du wirst ihm nach einigen Monaten ein Kind gebären." Margarets Blick wanderte nun zu ihrer Hand auf ihrem Bauch.

„Margaret, bist du etwa guter Hoffnung?" Eleanor faltete die Hände zusammen und sprang vom Sessel auf, als diese bestätigend nickte. Das waren wunderbare Neuigkeiten!

„Du Glückliche. Ich gratuliere dir. Doch wie kannst du dir so sicher sein? Es ist nichts davon zu bemerken."

Margaret blieb gelassen und wartete, bis Eleanor sich wieder gesetzt hatte.

„Da ich dir sowieso schon viel zu viel erzählt habe, macht diese Winzigkeit nun auch nichts mehr aus. Ein Kind wird in dir wachsen, wenn dein monatliches Unwohlsein ausbleibt. Das ist ein sehr sicheres erstes Zeichen. Irgendwann wird es nicht mehr zu übersehen sein. Und nun muss ich mich verabschieden. Es gibt nichts mehr, was du mir noch entlocken könntest. Ich werde dir nicht ein einziges Wörtchen mehr verraten. Schlaf gut, Eleanor."

Margaret verließ das Zimmer und ließ Eleanor mit gemischten Gefühlen zurück. Diese dachte über das Gehörte nach und war schließlich so angespannt und aufgeregt darüber, was sie in ihrer Ehe erwartete, dass sie kein Auge schließen konnte. Letztlich beschloss sie, eine Tasse mit warmer Milch zu trinken. Sie zog jedoch nicht an der Klingel, sondern beschloss, hinab in die Küche zu gehen und dort eines der Mädchen zu bitten.

Als sie die Galerie über dem Foyer betrat, wurde einem weiteren Gast Einlass gewährt. Sie blieb hinter einer der Säulen stehen und lugte vorsichtig dahinter hervor, denn es war schon spät. Wer mochte zu so vorgerückter Stunde noch angereist sein?

Als Eleanor den Besucher erkannte, hielt sie sich vor Schreck die Hand vor den Mund. Reglos hielt sie sich versteckt, um ihre Anwesenheit nicht zu verraten. Unten im Eingangsbereich stand Sam. Sie hatte ihn seit dem Tag in Ascot nicht mehr gesehen, aber Eleanor war sich sicher, noch ehe sie sein Gesicht erkannte. Er war es – ohne Zweifel.

Im nächsten Moment schnürte sich ihre Kehle zusammen. Ihr Herz schlug schneller und das sehnsüchtige Gefühl, dass er schon einmal in ihr ausgelöst hatte, gepaart mit Wut und Traurigkeit, ergriff vollständig Besitz von ihr. Es zog sich in schmerzhaftem Verlangen durch ihren Körper. Sie spürte seine Nähe wie an jenem Abend im Garten, die Berührung seiner Lippen auf ihrer Haut, sein Atem so dicht. Wie konnte das sein? Es lag so viel Raum zwischen ihnen und es war nicht richtig, so zu fühlen. Darin war sich Eleanor sofort sicher. Wenn es stimmte, was Margaret ihr eben offenbart hatte, so durfte dieses Gefühl in ihr nur von Jeff, ihrem zukünftigen Gatten ausgelöst werden. Sie lehnte sich mit dem Rücken gegen die kühlende Säule und lauschte atemlos, bis alle Schritte verhallt waren und sie sich sicher war, allein zu sein. Dann verließ sie ihr Versteck und legte den Weg in die Küche in Windeseile zurück. Sie verzichtete darauf, eines der Mädchen zu rufen. Die Lust auf Milch war ihr vergangen. Sie nahm sich stattdessen die Öllampe und durchstöberte die Speisekammer auf eigene Faust. Hier warteten viele Köstlichkeiten auf den morgigen Tag. Unter einem Tuch fand Eleanor kleine Küchlein mit kandierten Früchten. Davon stahl sie sich eines und ließ es sich auf der Zunge zergehen. Die Gedanken an Sam konnte das Gebäck jedoch nicht verdrängen, was Eleanor Verdruss bereitete. Sie wollte sich nicht in dieser Art von ihm angezogen fühlen. Es war schlichtweg falsch. Sam hatte mit ihrer Unerfahrenheit und ihren Gefühlen gespielt.

Er hatte sie belogen und sich ohne Abschied davongeschlichen wie ein Taugenichts. Sein Verhalten war niederträchtig gewesen und hätte sie ihren Ruf kosten können. Glücklicherweise hatte Jeff um ihre Hand angehalten. Ihn mochte sie, ihm vertraute sie und schon bald würde sie ihn lieben, so wie Margaret Lord Painswick, darin war sich Eleanor sicher.

Leise verließ sie die Speisekammer, zufrieden, dass sie bei ihrem Beutezug nicht entdeckt worden war. Doch nun musste sie sich beeilen. Sie hörte schon Schritte und war sich sicher, dass eines der Küchenmädchen zurückkehrte. Schnell stellte Eleanor die Öllampe zurück auf den Tisch und eilte hinaus. Im nächsten Moment stieß sie im Halbdunkel gegen jemanden.

„Oh je", entfuhr es ihr und sie wich erschrocken zurück.

„Verzeihen Sie bitte, ich hatte nicht erwartet, noch jemanden hier unten anzutreffen", hörte sie Sams vertraute Stimme.

Für einen Augenblick war Eleanor wie erstarrt. Sie keuchte vor Aufregung und hob langsam ihr Gesicht. Als sich ihre Blicke trafen, durchfuhr ein ungeahnter Schmerz ihre Brust.

„Eleanor", flüsterte Sam überrascht. „Eleanor", wiederholte er und es lagen so viel Zärtlichkeit und Sehnsucht in der Art, wie er ihren Namen raunte. Dann hob er die Hand, um ihre Wange zu berühren.

Panik überkam sie und sie drängte sich überstürzt an ihm vorbei. Ohne sich ein einziges Mal umzudrehen, hastete sie zurück in ihre Gemächer. Dort angekommen schloss sie die Tür ab und warf sich keuchend aufs Bett. Die Tränen bahnten sich ungehindert ihren Weg.

Eleanor schämte sich. Sie war ein furchtbarer Mensch. Nur den Bruchteil einer Sekunde später und sie hätte sich gegen Sams Brust geworfen, sich von ihm halten lassen, ihn vielleicht sogar geküsst. Allein der Gedanke daran war verwerflich. Schon morgen wollte sie Jefferson Turner heiraten, einen angesehenen und ehrenhaften Mann, von dem sie wusste, dass er sie liebte. Jetzt an einen anderen zu denken, das hatte er nicht verdient. Scham, Sehnsucht und Zweifel marterten Eleanor in den folgenden Stunden und brachten sie endgültig um den Schlaf.

25.
EIN TRAGISCHES UNGLÜCK

Die Trauung fand in der Kapelle nahe des Haupthauses statt. Als Eleanor das kleine Gebäude betrat, waren alle Gäste bereits anwesend. In Ermangelung des Brautvaters stand Viscount Turner bereit, sie zu ihrem Bräutigam zu führen. Flüchtig sah Eleanor sich um, während sie langsam den Gang entlangschritt. Sam war nicht da.

Jeff wartete bereits vor dem Altar. Er sah umwerfend aus. Stolz und zufrieden sah er Eleanor an, als sie nervös den Platz neben ihm einnahm. Sie trug ein neues Brautkleid. Madame Dubois hatte es aus London geschickt und sich selbst an Schlichtheit und Eleganz übertroffen. Das Kleid ihrer Großmutter Eloise, welches auch Eleanors Mutter Abigail getragen hatte, war in den Flammen für immer verloren gegangen. Doch Abigail war bei ihr, denn Eleanor trug den roten Bernstein und den Ring ihrer Mutter. Und der wichtigste Mensch des Tages war an ihrer Seite. Jeff. Alles würde gut werden, wiederholte sie in Gedanken.

Sie hörte ihm zu und konzentrierte sich darauf selbst, die wichtigen Worte nachzusprechen. Es folgte die anschließende wichtige Frage, ob es jemanden in diesem

Raum gäbe, der Einwände gegen diese Verbindung habe. Eleanor atmete nicht und war überrascht von ihrer eigenen blitzartigen Fantasie, Sam könnte hervortreten und ihr vor all diesen Menschen seine Liebe gestehen. Doch er tat es nicht. Es war für einen Moment totenstill in der Kapelle und dann war die Ehe besiegelt. Eleanor war von nun an Jeffs Frau. Er zog sie an sich, sehr nahe, sodass sie erzitterte, und küsste sanft ihre Lippen. Unter dem Applaus und den bewundernden Blicken der Hochzeitsgäste führte er seine Braut zur Tür.

Es war vollbracht und Eleanor atmete seltsam erleichtert aus. Sie begleitete ihren Gemahl in dem aufrichtigen Wunsch, ihm eine treue und gehorsame Ehefrau zu sein.

Und dann sah sie ihn, Sam. Er stand neben dem Ausgang, keine zehn Fuß von ihr entfernt, als sie an ihm vorbeiging. Ihre Blicke fanden sich und alles, was sie in seinen Augen entdeckte, war Schmerz. Ein Schmerz von solchem Ausmaß, wie ihn nur wenige zuvor erlebt haben konnten. Er stand nur da, sagte kein Wort und sah zu, wie sie an der Seite seines Bruders die Kapelle verließ. Jeff hatte ihn offenbar nicht entdeckt, denn er führte Eleanor ohne anzuhalten an ihm vorbei.

Draußen wartete bereits die Kutsche, welche die Frischvermählten nach Wintham Manor, ihrem neuen Wohnsitz bringen sollte. Dort hatten sie eigenes Personal. Jeff hatte alles vorbereiten lassen und Eleanor bei seinen Besuchen ausführlich davon berichtet. Sie hatte eine gute Vorstellung von dem, was sie erwarten würde. Die noch ausstehende Innengestaltung der Räumlichkeiten zählte zu ihren künftigen Aufgaben, genauso wie die Beaufsichtigung der Hausdienerschaft. Der Kutscher, der das Paar nach Wintham fuhr, gehörte dazu. Es hatte außer Frage gestanden, dass Arthur Linfield in Diensten ihrer Großmutter blieb.

Sechs Pferde waren angespannt worden und scharrten ungeduldig mit den Hufen. Jeff hatte ein großes Gespann geordert, denn er wollte zügig in ihrem neuen Heim angelangen. Sobald Eleanor und er eingestiegen waren, setzte sich das Gefährt eilig in Bewegung. Jeff hatte sich ihr gegenüber hingesetzt, mit dem Rücken in Fahrtrichtung. Sein Blick lag funkelnd auf ihr, verriet Stolz und Ungeduld. Eleanor lächelte schüchtern und bemühte sich, den Gedanken an Sam keinen Raum zu geben, während die Kutsche dahinraste.

Trotz der hohen Geschwindigkeit trieb der Kutscher die Tiere weiter an. Die Straße war holprig und jede Unebenheit schlug sich durch das Holz. Eleanor suchte nach Halt, doch Jeff ließ sich von der wilden Fahrt nicht beeindrucken. Er beugte sich vor und nahm Eleanors Hand. Sie ließ ihn gewähren, beobachtete aufmerksam, wie er an ihrem Handschuh zupfte. Stück für Stück an jedem Finger, bis er ihn endlich von der Hand zog und ihre Haut entblößte. Sie schauderte, als er im nächsten Moment seine Lippen auf ihre Finger legte. Sein warmer Mund ertastete die Fingerknöchel. Gleich darauf drehte er ihre Handfläche nach oben, versenkte Mund und Nase darin. Seine Lippen erkundeten forsch ihr Handgelenk. Sie ließ ihn gewähren.

Die Kutsche raste, wackelte bei jeder Unebenheit, die sie nahm. Es war eine gefährliche Fahrt, doch Jeff nahm keine Notiz davon. Im nächsten Moment schon wechselte er seinen Platz und saß neben Eleanor. Er war ihr nah, sehr nah und er küsste ihren Handrücken. Seine Lippen wanderten den schlanken Arm entlang und sie ließ es zu, obwohl die Nervosität in ihr anstieg. Das ihr bereits bekannte sehnsüchtige Gefühl wollte sich nicht einstellen, was ihr zunehmend Sorge bereitete. Im nächsten Moment hatte Jeff ihre Schulter vom Stoff befreit und entlockte ihr damit einen erschrockenen Laut. Der Wind strich kalt über die nackte Haut, als er für einen Moment von ihr abließ und sich ihre Blicke trafen. In seinen Augen entdeckte Eleanor etwas Neues. Wildes, ungezügeltes Verlangen.

„Oh Eleanor, wie lange habe ich darauf gewartet. Ich werde dich glücklich machen und du wirst nichts bereuen. Du bist mein und ich werde dich zu meiner Frau machen."

Sie nickte, obwohl sie seine Worte nicht in Gänze begriff. Sie waren soeben getraut worden. Wenn man es genau nahm, war sie bereits seine Frau.

Als Jeff sich wieder nach vorn beugte, erschütterte ein neuerlicher heftiger Schlag das Gefährt. Die Pferde wieherten laut, der Kutscher schrie und im nächsten Moment kippte die Kutsche zur Seite. Mit einer ungeahnten Heftigkeit schlug der Korpus auf dem Boden auf. Ein stechender Schmerz durchfuhr Eleanors Schulter, als sie hart aufprallte. Irgendetwas traf sie am Kopf. Jeff wurde durch die Kutsche geschleudert, bis sein Körper reglos schwer auf ihrem liegen blieb. Er war so seltsam still und der Schmerz in Eleanors Schulter war unerträglich. Sie hatte Angst und wollte schreien, doch bekam keine Luft, gab nur ein Wimmern von sich.

Noch immer bewegte Jeff sich nicht, sprach nicht. Im nächsten Moment schmeckte Eleanor Blut, ihr Mund

füllte sich. Angst und Kälte krochen ihr in die Glieder.
Sie starrte auf das dunkle Holz über sich. Das aufgeregte Wiehern der Pferde wurde immer leiser und verlor sich in der Ferne. Eleanor war allein, als Dunkelheit
aufzog und die Welt um sie herum verschwand.

26.
EIN KALTER WINTER

Eleanors Kopf dröhnte, zwischendurch durchfuhr ein stechender Schmerz den Bereich hinter ihren Augen. Als sie allmählich das Bewusstsein wiedererlangte, war nicht daran zu denken, die Augen zu öffnen. Das Tageslicht blendete sie noch hinter den Augenlidern. Instinktiv wollte sie die Hand heben, um sich zu schützen. Doch in diesem Moment durchfuhr ein heftiger Schmerz ihre Schulter und ließ sie aufstöhnen.

„Gott sei Dank, Sie sind wach", hörte sie das erleichterte Flüstern einer Frau. Dann tupfte jemand ihr Gesicht mit einem feuchten Lappen ab. Alles roch fremd. Behutsam fuhr Eleanor sich mit der Zunge über ihre trockenen Lippen. Sie stöhnte erneut vor Schmerz.

„Wo bin ich?", brachte sie tonlos hervor.

„Sie sind zu Hause, auf Wintham Manor. Ich sage Bescheid, dass Sie wach sind und bin gleich wieder zurück."

Zu Hause? Wintham Manor? Eleanors Gedanken arbeiteten fieberhaft. Was war geschehen? Wie war sie hierhergekommen? Sie stöhnte erneut vor Schmerz, hörte, wie die Tür geöffnet wurde und jemand eilig eintrat. Ein Mann sprach, doch sie verstand seine Worte nicht. Seine Stimme entfernte sich, das Licht hinter den

Lidern wurde schwächer, dann verlor sie erneut das Bewusstsein.

Als sie das nächste Mal erwachte, war sie in der Lage, die Augen zu öffnen. Der Raum war von Kerzen erleuchtet, vor den Fenstern zeigte sich die Schwärze der Nacht. Das Bett und das Zimmer waren fremd. *Sie sind zu Hause, auf Wintham Manor*, erinnerte sich Eleanor. Kopf und Schulter schmerzten noch immer heftig. Behutsam drehte sie den Kopf zur Seite. Ein fremder Mann in schwarzem Anzug, weißen Haaren und ebenso weißem Bart saß auf einem Stuhl neben dem Bett und sah sie mit besorgter Miene an.

„Guten Abend, Mrs Turner. Mein Name ist Doktor Norfolk."

Eleanor schwieg und sah ihn unverwandt an.

„Ich weiß, dass Sie große Schmerzen haben. Ich bin hier, um ihre Verletzungen zu behandeln. Können Sie sich an das Geschehene erinnern?"

Zum Sprechen fehlte Eleanor die Kraft. Ihr Kopf dröhnte bereits beim Versuch, seine Frage zu verneinen. Doktor Norfolk stand auf und musterte sie aufmerksam.

„Ihre Schulter ist ausgekugelt und Sie haben einen kräftigen Schlag gegen den Kopf bekommen. Ich habe die Wunde versorgt, aber Sie werden wohl einige Zeit das Bett hüten müssen. Ich vermute außerdem zahlreiche Prellungen, vor allem an den Rippen."

Er trat nun an das Bett heran und legte sanft beide Hände auf ihren Arm. Seine Art wirkte angenehm beruhigend auf Eleanor, sodass sie sich trotz der Schmerzen etwas entspannte. Doch schon im nächsten Moment packte Doktor Norfolk zu und ein heftiger

Schmerz durchdrang ihre Schulter. Sie wollte schreien, doch abermals blieb ihr die Luft weg und ihr Körper erlöste sie durch eine erneute Ohnmacht von ihrer Qual.

In der folgenden Zeit schlief Eleanor viel. Eine fremde Zofe, älter als sie selbst, saß an ihrem Bett und pflegte sie. Sie war zwar wortkarg, aber dennoch freundlich und sehr aufmerksam.

„Wer bist du?" Mühsam brachte Eleanor diese Worte hervor.

„Mein Name ist Harper. Ich bin Ihre Kammerzofe."

„Erzähle mir, was passiert ist. Ich kann mich nicht daran erinnern, wie ich hergekommen bin", bat Eleanor.

„Sie sind gerettet worden. Die Pferde hatten sich von der Kutsche losgerissen und den Weg nach Hause gefunden. Daraufhin haben sich sämtliche Männer von Wintham auf die Suche nach den Herrschaften begeben. Die Kutsche lag zerborsten am Straßenrand. Die Männer haben Sie beide und den Kutscher aus den Trümmern geholt, mit dem Pferdewagen nach Wintham gebracht und dann nach Doktor Norfolk geschickt."

Eleanors Gedanken arbeiteten fieberhaft. Richtig, die Kutsche. Jeff und sie hatten in der Kapelle von Wilmington Hall geheiratet und waren dann mit der Kutsche nach Wintham Manor aufgebrochen. Sie waren schnell unterwegs gewesen, Jeff hatte sie geküsst und …

„Jeff", flüsterte Eleanor und schob die Decke von sich. Unter Stöhnen bemühte sie sich, das Bett zu verlassen.

„Wie geht es meinem Gemahl?", ächzte sie.

„Mrs Turner, Sie dürfen noch nicht aufstehen." Harper sagte dies mit aller Entschiedenheit. Etwas sanfter fügte sie hinzu: „Ich werde Bescheid sagen, dass Sie wach sind und nach Ihrem Mann gefragt haben. Warten Sie hier. Stehen Sie nicht auf bitte."

Eleanor nickte. Sie hatte selbst bereits bemerkt, dass sie kaum Kraft hatte, das Bett zu verlassen und angesichts der Schmerzen beschlossen, jede unnötige Bewegung zu vermeiden.

„Ich möchte wenigstens sitzen. Hilf mir dabei."

Harper richtete das Kissen und war Eleanor behilflich, sich aufzusetzen, dann verließ sie das Zimmer. Während Eleanor auf Jeff wartete, fügten sich nach und nach die einzelnen Erinnerungen wie ein Puzzle zusammen. Sie schauderte. Wie gut, dass sie gerettet worden waren.

Als die Tür das nächste Mal geöffnet wurde, war es nicht Jeff, der das Zimmer betrat, um seine Frau zu besuchen. Zu Eleanors Überraschung war es die Viscountess, Dolores Turner. Sie sah müde aus und um Jahre gealtert, dennoch schenkte sie ihr ein mattes Lächeln, als sie mit leisen Schritten ans Bett herantrat.

„Meine Liebe, ich bin so froh, zu sehen, dass es dir schon wieder etwas besser geht. Wir alle waren in großer Sorge."

„Hallo, Dolores. Danke, dass du hier bist und dich um uns kümmerst. Mit diesem Ausgang der Hochzeit hatte wohl niemand gerechnet. Wo ist Jeff, wie geht es ihm?"

„Jeff ist nicht da", gab Dolores betrübt Auskunft.

Ihre Antwort irritierte Eleanor. Welchen Grund sollte Jeff haben, Wintham zu verlassen und nicht bei seiner kranken Gattin zu bleiben? Sie war enttäuscht. Dolores war sicherlich eine große Stütze, doch es wäre ihr lieber gewesen, wenn Jeff nach ihr gesehen hätte. Aber dann dachte sie daran, welches Versprechen sie ihrem

Angetrauten in der Kapelle gegeben hatte. Sie wollte eine gehorsame und liebevolle Ehefrau sein und ihm vertrauen. Jeff wusste immer, was er tat, also fügte sie sich in die Situation.

„Wann wird er denn zurückerwartet?"

Dolores antwortete nicht. Erst jetzt fiel Eleanor auf, dass die Viscountess gänzlich in Schwarz gekleidet war. Ihre Augen sahen nicht nur müde aus, sondern verweint. Eleanor befiel eine schreckliche Ahnung.

„Dolores, wann kommt Jeff zurück?" Flehende Hoffnung lag in ihrer Frage, doch die Viscountess blieb weiterhin stumm.

Sekundenlang starrten sich die beiden Frauen an. Eleanors Herz krampfte sich ängstlich zusammen. Schließlich schüttelte Dolores den Kopf und sank kraftlos in den Stuhl neben dem Bett.

Aus geweiteten Augen sah Eleanor sie an. Ihre Gedanken wehrten sich mit aller Macht gegen die schlimmste Befürchtung. Sie sah, wie Dolores' Lippen bebten, wie sie versuchte, eine Antwort zu formulieren und bereute ihre Frage sofort. Ein Unglück war geschehen.

„Nach dem Unfall haben sie euch hergebracht. Es stand schlecht um euch beide. Doktor Norfolk erreichte Wintham vor uns, vor Archibald und mir, und er hat sein Bestes getan. Zwei Tage lang bangten wir um euer beider Leben, doch gegen Jeffs Verletzungen konnte der Doktor nichts ausrichten. Er verließ uns in aller Stille."

„Jeff ist tot?" Eleanor flüsterte nur, wollte es nicht glauben.

„Ja, Jeff ist tot", bestätigte Dolores gequält und presste die Lippen aufeinander. Ihre Gesichtszüge verhärteten sich. Stumm saß sie da, während Eleanor den Tränen der Verzweiflung nachgab und bitterlich weinte.

Sie begruben Jeff unter einem Baum in der Nähe des Hauses. Für Eleanor stand ein Stuhl bereit, da sie nicht in der Lage war, den gesamten Zeitraum der Zeremonie zu stehen. Viscount Turner und Dolores nahmen wortlos Abschied, Sam war nicht dabei. Seine Abwesenheit bekümmerte Eleanor und sie fragte sich, was wohl mit ihm in den vergangenen Monaten geschehen sein mochte. Sam war keinesfalls ein schlechter Mensch und er hatte seinen Bruder geliebt. Welchen Grund sollte er haben, diesem nicht die letzte Ehre zu erweisen? Dieser Gedanke ließ Eleanor keine Ruhe. Sie wollte nicht glauben, dass sie sich so sehr in Sam getäuscht hatte, aber sie wagte auch nicht, sich nach ihm zu erkundigen.

Archibald Viscount Turner wollte Wintham Manor noch am gleichen Tag verlassen. Dolores hingegen hatte andere Pläne.

„Eleanor, Liebes, wenn du erlaubst, bleibe ich so lange, bis du wieder ausreichend genesen bist. Ich helfe dir, dich in Wintham einzurichten und zeige dir, wie du den Haushalt führst."

Eleanor nickte dankbar. Sie war froh darüber, dass Dolores bleiben wollte. Nicht so sehr, weil sie Angst hatte, den Haushalt nicht allein führen zu können, sondern vielmehr, weil sie Dolores' Gesellschaft nicht aufgeben wollte.

Beide Frauen sprachen nicht viel miteinander, doch sie verstanden sich in ihrer Trauer. Dolores brauchte eine Aufgabe. Sie war noch nicht bereit, Jeff hier auf Wintham zurückzulassen. Sie hatte eine freundliche und effektive Art, den Haushalt zu führen und gab Eleanor wertvolle Hinweise. Täglich besuchten sie gemeinsam Jeffs Grab. Es bedeutete Eleanor so viel, dass sie ihr nicht die Schuld am Verlust ihres Sohnes zuschrieb.

Als der Dezember anbrach und die Temperaturen sanken, beschloss Dolores, endlich wieder zurück nach Rickhamstead Manor zu Archibald zu reisen. Eleanor blieb allein zurück. Sie war eine bedauernswerte, sehr junge Witwe, allein in einem noch immer fremden Haus. Hier sollte sie nun leben, in einem Heim, das bis unters Dach gefüllt war mit Trauer, Schmerz, Verlust und vor allem einem: Einsamkeit. Mit jedem Tag wurde Eleanors Seele betrübter.

Hin und wieder raffte sie sich auf. Dann schrieb sie Briefe an ihre Großmutter und an Margaret. Wenigstens einmal am Tag legte sie den Weg zum Grab zurück. Danach saß sie oft stundenlang vor dem Kamin, stierte in die Flammen und wusste nicht, wie es weitergehen sollte.

Der Januar löste den Dezember ab. Mit ihm kamen noch mehr Schnee und noch mehr Kälte. Die Tage auf Wintham waren kurz, bitterkalt und einsam. Die Nächte lang, noch kälter und noch einsamer. Eleanor weinte viel, die Kraft verließ sie oft schon am Vormittag, dann lag sie im Bett und starrte ins Nichts. Sie vermisste Jeff, konnte sein tragisches Schicksal kaum ertragen. Zudem hatte sie keine Vorstellung davon, wie ihr eigenes Leben weitergehen sollte. Es gab niemanden, mit dem sie darüber sprach.

Immer häufiger drängte sich Sam in ihre Gedanken. Ihn vermisste sie trotz aller Geschehnisse von Tag zu

Tag mehr. Ja, er hatte sie getäuscht, ihr falsche Hoffnungen gemacht und war dann verschwunden. Die Erkenntnis, dass er sie doch nicht heiraten wollte, hatte Eleanor nur schwer verwunden. Doch in den Wochen davor war er ihr ein enger Freund und wichtiger Vertrauter gewesen. Sie gehörten nun der gleichen Familie an, litten den gleichen Schmerz des Verlusts. Vielleicht war es möglich, sich in dieser schweren Zeit gegenseitig Trost zu spenden?

Der Wunsch, Sam wiederzusehen wuchs täglich, die Sehnsucht zerriss ihr beinahe das Herz und schließlich musste sich Eleanor eingestehen, dass sie ihn trotz allem noch immer liebte. Also schrieb sie einen Brief und erhoffte sich endlich Klarheit. Zu viele Fragen waren bisher unbeantwortet geblieben.

Sam,

Monate ist es her, dass wir uns das letzte Mal gesehen haben und noch länger, dass du mir das Herz gebrochen hast. Ich habe dir vertraut, deinen Worten vorbehaltlos Glauben geschenkt und bis zuletzt gehofft.
Warum hast du dein Versprechen nicht gehalten? Warum gingst du so plötzlich fort, ohne Abschied? Wie kann es sein, dass deine Gefühle sich so plötzlich geändert haben?
Erinnerst du dich an unsere kurze Begegnung am Abend vor meiner Hochzeit? Für einen Moment warst du mir so gefährlich nah, deshalb bin ich geflohen.
Am Tag darauf habe ich dich gesehen, in der Kapelle, den Schmerz in deinen Augen. Wem galt er? Etwa uns?

Wenn ja, warum hast du nichts gesagt, als noch Zeit dafür war? Warum kommst du niemals nach Wintham? Wenn nicht um meinetwillen, dann doch wenigstens, um am Grab deines einzigen Bruders Abschied zu nehmen. Ich weiß, dass du ihn geliebt hast.
Es ist einsam auf Wintham. Ich vermisse dich und hoffe sehr, dass wir uns irgendwann wiederzusehen.

N.W.

Diesen Brief schickte Eleanor nie ab. Noch am gleichen Abend warf sie ihn ins Feuer.

27.
RÜCKKEHR NACH WILMINGTON HALL

Im Februar, als die ersten Schneeglöckchen mit ihren weißen Blütenköpfen die Winterdecke durchbrachen, näherte sich eine Kutsche. Eleanor stand am Fenster und starrte in die Ferne. Sie entdeckte diese lange vor ihrer Ankunft, rührte sich jedoch nicht vom Fleck. Reglos beobachtete sie, wie sich das Gefährt langsam auf das Anwesen zubewegte. Sie erwartete keinen Besuch. Seit dem Unfall hatte sie sich nicht einmal in die Nähe einer Kutsche begeben. Zu dramatisch waren die Erinnerungen an jenen Tag und ihren Verlust gewesen. Ihr tristes Dasein spielte sich seither auf Wintham ab. Gäste waren nach Dolores' Abreise nicht gekommen. Das war Eleanor nur recht gewesen. Sie wusste, dass sie in ihrer trübsinnigen Verfassung keine gute Gastgeberin war.

Die Kutsche war nun nahe genug, dass sie erkennen konnte, wer sie fuhr. Es war Arthur Linfield. Mit verhaltener Freude begrüßte sie ihn kurz darauf in ihrem Haus. Er war grauer geworden, seit sie ihn zum letzten Mal gesehen hatte, und auch die Falten in seinem Gesicht hatten sich gemehrt. Er schien sich nicht wohlzufühlen, als er so vor ihr stand, den Hut in der Hand und den Blick gesenkt.

„Arthur, welch unerwarteter Besuch. Was kann ich für dich tun?"

„Mrs Turner ..." Er sah betrübt aus. Sofort umklammerte ein neuer Schmerz Eleanors Herz.

„Ist etwas geschehen? Geht es dir nicht gut?"

„Doch, mir geht es gut", beruhigte er sie und Eleanor atmete für einen Moment erleichtert aus.

„Was ist der Grund für diesen unangekündigten Besuch?"

„Lady Wilmington hat mich geschickt. Sie sagte, ihre Zeit sei in Bälde abgelaufen. Sie fühlt es und möchte ihre einzige Enkelin noch einmal sehen. Mylady hat mich geschickt, um Sie abzuholen. Sie sollten jetzt an ihrer Seite sein."

Eleanor hatte keine Kraft, um ihre Bestürzung zu zeigen. Der Gedanke, ihre Großmutter nun auch noch zu verlieren, lähmte sie. Nur langsam löste sie sich aus ihrer Starre. Arthur wartete geduldig.

„Ja, ich sollte bei ihr sein", stellte sie dann matt und tonlos fest. „Wann hast du vor, zurückzufahren?"

„Wir sollten sofort fahren, so schnell wie möglich", betonte Arthur.

„Nimm Platz, ich lasse dir etwas zu essen bringen und gebe dem Personal Anweisungen. Ich benötige nur wenige Sachen. Alles, was für einen längeren Aufenthalt auf Wilmington Hall nötig ist, kann nach unserer Abreise organisiert werden. Ich lasse die Dinge später dorthin bringen. Sie werden alles, was ich brauche in den nächsten Tagen bringen."

Eleanor funktionierte, jenseits von Emotionen, so wie Dolores es ihr gezeigt hatte.

Erst als sie das Haus verlassen hatte und sich in Arthurs Begleitung auf den Weg machte, um die Kutsche zu besteigen, rührte sich etwas in ihr. Mit jedem Schritt, den sie darauf zutrat, wuchs ihre Angst. Schließlich zitterte sie am ganzen Leibe und brachte es nicht fertig, hineinzusteigen. Die Ereignisse der letzten Monate hatten ihr alle Kraft genommen. Die Kutsche wurde ihr zu einem unüberwindbaren Hindernis.

„Ich kann nicht." Es war nur ein Wispern.

Der Schnee fiel in einzelnen großen Flocken. Die weißen Kristalle landeten auf dem Holz, ihrem schwarzen Umhang, und blieben auch auf Eleanors kalten Wangen liegen. Sie focht verzweifelt einen inneren Kampf aus, während die Pferde ungeduldig schnaubten und das Kutschgeschirr in Bewegung brachten. Arthur stand neben ihr. Er hielt den Schlag auf, sprach kein Wort und wartete geduldig.

„Ich kann nicht hinein", wiederholte Eleanor. Die Angst war allgegenwärtig. „Sag meiner Großmutter, dass es mir leidtut, unendlich leid. Doch ich kann nicht mitfahren."

Sie senkte den Blick und wandte sich ab. Langsam nahm die junge Witwe den kurzen verschneiten Weg zurück zum Haus. Ein beschwerliches Unterfangen, die Schuld, Großmutter Eloise nicht ein letztes Mal zu besuchen, lastete erdrückend auf Eleanors Schultern. In diesem Moment wollte sie der Lebensmut vollends verlassen.

Sie hörte die Schritte im Schnee nicht. Erst als eine Hand ihren Arm festhielt, erwachte Eleanor aus ihrer

Apathie. Es war Arthur, der sie flehentlich anblickte. Mit letzter Kraft warf sie sich ihm an die Brust und ließ zu, dass er sie festhielt und versuchte, ihr Trost zu spenden.

„Wie wir mit dem Schicksal umgehen, entscheiden wir allein", brummte er. „Ich werde nicht ohne Sie zurückkehren und Lady Eloise wird nicht allein sterben." Seine Worte waren warm und trotz aller Dramatik zuversichtlich, fürsorglich, ja geradezu väterlich.

„Sie müssen nicht in die Kutsche hineinsteigen, wenn Sie nicht wollen. Ich habe eine andere Idee."

Eleanor hob den Kopf. Sie verstand nicht, was er meinte. Doch sie ließ sich ohne Widerstand von Arthur zurück zur Kutsche geleiten.

„Was halten Sie davon, wenn Sie bei mir vorn sitzen? Das haben Sie früher schon ausgezeichnet gemacht."

Eleanor nickte und ließ sich von Arthur auf den Kutschbock helfen. Behutsam breitete er die dicke Decke über ihrem Schoß aus und umschloss auch die Füße, damit sie es auf der langen Fahrt nicht zu kalt hatte. Dann nahm er seinen eigenen Platz ein.

„Danke", raunte Eleanor, schob ihren Arm in Arthurs Ellenbeuge. Als er den Pferden das Zeichen gab, setzte sich das Gespann behutsam in Bewegung.

Noch am selben Abend wachte sie am Bett ihrer Großmutter. Eloise zeigte sich deutlich geschwächt. Ihre Wangen waren eingefallen, die Arme dünn und ihr Haar so weiß wie frisch gefallener Schnee. Das Sprechen strengte sie besonders an. Immer wieder musste sie zwischen den Sätzen Pausen machen, eine Weile ruhen oder schlafen. Eleanor wich kaum von ihrer Seite, sorgte für Tee und Suppe. Sie liebte ihre Großmutter und fürchtete sich so sehr davor, sie zu verlieren. Eloise Wilmington war ihre einzige noch lebende Verwandte.

„Meine Liebe, mach nicht so ein betrübtes Gesicht."

Eloise zwang sich zu einem Lächeln und versuchte Eleanor aufzumuntern. „Wir hatten doch großes Glück. Denk nur, wenn es nach Doktor Smith gegangen wäre, hätte schon vor Monaten mein letztes Stündlein geschlagen. Wie gut, dass er sich geirrt hat. So konnten wir dich noch rechtzeitig verheiraten."

„Oh Großmutter, erinnere mich nicht an diesen schwarzen Tag. Mit meinem Bräutigam war ich nur wenige Stunden vermählt. Nun bin ich Witwe. Mein trauriges Schicksal ist seither besiegelt. Ich kann daran nichts Gutes entdecken."

„Kindchen, nicht doch, so darfst du das nicht sehen." Eloise warf Eleanor einen mitfühlenden Blick zu. „Dir steht noch ein langes und glückliches Leben bevor."

Eleanor antwortete nicht. Ihre Großmutter lag falsch, aber es gab keinen Grund, sie in der Zeit, die ihr noch blieb, zu belehren.

„Jefferson Turner war ein angesehener und freundlicher Gentleman, eine gute Partie. Er hat dich geliebt und du hast richtig entschieden, ihn zu heiraten. Du hättest gewiss ein angenehmes Leben mit ihm geführt."

„Nun, wir werden es nie erfahren, nicht wahr? Jeff ist tot und wird nicht wieder lebendig." Eleanor wollte weder über Jeff noch über ihre Hochzeit oder über ihre aussichtslose Zukunft sprechen. Von innerer Unruhe getrieben, stand sie auf, lief zur Klingel und läutete. Vielleicht konnte frischer Tee helfen, ihr angespanntes Gemüt zu beruhigen.

Eloise plauderte währenddessen weiter. „Du hattest ihn gern und respektiertest ihn, Eleanor. Ich weiß, dass du ihm eine liebevolle und treue Gefährtin gewesen wärst und das, obwohl dein Herz einem anderen gehört.“

„Großmutter!“, wisperte Eleanor erschrocken und eilte zurück, aber Eloise achtete gar nicht auf diesen Einwurf.

„Die Viscountess Turner wird zu gegebener Zeit dafür sorgen, dass du dich wieder in Gesellschaft begibst. Deshalb möchte ich dir einen wichtigen Rat geben.“ Eloise machte eine bedeutungsvolle Pause und nahm sich Zeit, wieder zu Atem zu kommen.

„Du bist eine hübsche, angesehene und vermögende Frau. Es steht dir frei, dich erneut zu vermählen. Aber übereile es nicht und vor allem, höre auf dein Herz. Versprich es mir.“

Eleanor verstand nicht. Bisher hatte sie keinen Gedanken daran verschwendet, sich erneut zu verheiraten. Zu tief saß der Schmerz und die Sorge um ihre Großmutter forderte gerade all ihre Kraft.

„Dieses Thema besprechen wir ein anderes Mal. Du wirst dich schon bald erholen, Großmutter“, beschwor sie die alte Dame.

„Nein. Jetzt ist der richtige Moment. Versprich es mir. Erlaube dir, auf dein Herz zu hören“, forderte Eloise eindringlich. Sie erweckte nicht den Eindruck, als wollte sie die Angelegenheit auf sich beruhen lassen. „Eleanor, ich wünsche mir nichts sehnlicher, als dass du glücklich wirst. Das ist alles, was zählt. Du musst es versprechen. Hör auf dein Herz.“

Schließlich gab Eleanor unter lautlosen Tränen nach. „Also gut, ich verspreche es.“

Eloise Viscountess Wilmington starb nur wenige Tage später an einem sonnigen Vormittag im Februar. Ihre Enkelin und einzige nahe Verwandte Eleanor war bis zuletzt an ihrer Seite. Sie war es auch, die sich nachfolgend um das Begräbnis kümmerte. Eloise fand ihre letzte Ruhestätte auf einem Hügel in der Nähe des Sees, neben dem Grab ihres verstorbenen Gatten.

Eleanor schrieb Briefe an Margaret und Dolores, in denen sie von Eloises Tod berichtete, und auch einen an den Viscount Turner. Eloise hatte Eleanor das Anwesen Wilmington Hall hinterlassen und er würde sich, so wie auch schon im Falle von Wintham Manor, um die Treuhänderschaft kümmern.

„Nun bin ich endgültig von allen verlassen“, flüsterte Eleanor zu Tode betrübt, als sie am Grab ihrer Großmutter stand. Innerhalb kürzester Zeit hatte sie zu viel verloren, als dass sie daran glaubte, jemals wieder Freude empfinden zu können. Es war ihr nicht einmal mehr möglich, zu weinen. Der Quell ihrer unzähligen Tränen war versiegt. Zurück blieb eine junge Frau in tiefer Trauer, die wie ein Geist durch die Flure von Wilmington Hall wandelte, die den heranbrechenden Frühling nicht wahrnahm, die kaum mehr ein Wort sprach. Der laue Wind, die frischen Knospen, die zarten grünen Triebe, die den immer wiederkehrenden Neuanfang verkündeten, vermochten Eleanors Herz nicht zu erreichen und zu erwärmen. Erst ein Brief von Margaret, Lady Painswick, drang endlich in ihr Innerstes vor.

Meine liebe Eleanor,

*am zehnten April in den frühen Morgenstunden
brachte ich einen gesunden und prächtigen Sohn mit
einem Gewicht von fast sieben Pfund zur Welt. Edward
und ich könnten nicht stolzer sein. Ich kann es kaum
erwarten, dir unser Kind vorzustellen.*
*Wir werden den Sommer in London verbringen und
hoffen inständig, dass du uns dort besuchen kommst.
Dann werden wir unseren Sohn taufen lassen.*
*Er soll den Namen George Edward Arthur Painswick
erhalten, wobei jedem Namen eine besondere Bedeutung zukommt. George ehrt selbstverständlich beide
Könige des Jahres, den dahingeschiedenen und den
neuen. Mit dem zweiten Namen Edward wird er offensichtlich nach seinem Vater benannt und Arthur
schließlich soll für immer an Arthur Linfield erinnern.
Ohne ihn wären du und ich nie lebendig auf Wilmington Hall angekommen.*
*All meine guten Gedanken und herzlichen Wünsche
schicke ich dir in diesem Brief. Möge die Zeit deine
Wunden heilen und deinen Kummer lindern. Ich bin
mir sicher, dass auch auf dich ein Neuanfang und ein
glückliches Leben warten.*

Margaret

An diesem Tag vergoss Eleanor endlich wieder Tränen, aber es waren Tränen des Glücks. In diesem Moment der Freude hoffte sie zum ersten Mal seit langer
Zeit, sie könnte den schweren Mantel der Kümmernis
vielleicht irgendwann ablegen.

Noch am gleichen Tag ließ sie sich ein Pferd satteln und unternahm einen gemächlichen Ausritt über die Felder und Wiesen rund um Wilmington Hall. Sie nahm den Duft des Frühlings in sich auf, atmete Leben und beschloss, auch an den folgenden Tagen auszureiten.

Bald schon wurden ihre Ausflüge länger und mutiger und sie übernahm Verantwortung für das Anwesen. Sie sah, welche Arbeiten getan werden mussten und wies das Personal an, die richtigen Dinge zu tun. Diese neue Wirksamkeit tat Eleanor gut.

Auch wenn sie sich in ihrem Leben nie wieder in eine Kutsche setzen würde, war hoch zu Ross eine neue, eine starke Frau wieder ins Leben zurückgekehrt.

Der Viscount hatte zwar die Treuhänderschaft für Eleanors Vermögen übernommen, doch sie war schon bald routiniert darin, sich um die Belange rund um Wilmington Hall zu kümmern. Dies schrieb sie Margaret in einem Brief und versprach, die Familie wie vorgeschlagen in London zu besuchen.

28.
Wiedersehen auf Wintham Manor

Im Mai beschloss Eleanor, die Trauer endgültig abzulegen und sich für einige Tage nach Wintham Manor zu begeben. Auch dort musste sie nach dem Rechten sehen und ihre Aufgaben wahrnehmen. Sie war die Erbin und wollte sich um ihr Zuhause kümmern. Schon vor einigen Wochen hatte sie die Nachricht erhalten, dass der neue Anbau für den Stall über den Winter Schaden genommen hatte. Er war nicht mehr rechtzeitig vor der Hochzeit fertiggestellt worden und anschließend hatten die Arbeiten daran geruht. Sie fühlte, dass die Zeit gekommen war, sich auch hier um die notwendigen Angelegenheiten zu kümmern. Jeff hatte so viel Zeit und Arbeit investiert. Sie war es ihm schuldig, nichts verkommen zu lassen. Schon viel zu lange war sie fort gewesen.

Eleanor machte sich nicht die Mühe, einen Boten vorauszuschicken, der ihre Ankunft ankündigen sollte. Ihre Anwesenheit würde kaum ins Gewicht fallen. Also instruierte sie das Personal auf Wilmington Hall und machte sich allein zu Pferd auf den Weg. Ein weiteres führte sie als Lastenpferd mit sich. Sie hatte Harper

Proviant ordern und einige Kleidungsstücke packen
lassen. Dies sollte für den Anfang genügen. Eleanor
wollte den Frühling genießen und sich Zeit lassen. Mutter
Natur spielte mit. In den nächsten Tagen würde sie
nach Arthur und Harper schicken lassen.

Mehrere Stunden waren vergangen. Die Sonne und
der Gesang der Wildvögel begleiteten Eleanor auf ihrem
Weg und wärmten ihre Seele. Mit jeder zurückgelegten
Meile kehrte Leben in sie zurück. Die Stute
schritt gemächlich voran und erlaubte ihr, die Gedanken
um Margaret, Lord Painswick und das Baby kreisen
zu lassen. Nach vollbrachter Arbeit in Wintham
würde sie sich nach London begeben und dort den
Sommer verbringen. Neben der Taufe des Jungen
würde sie erste vorsichtige Besuche auf sich nehmen.

Wintham Manor hatte sich schon vor einiger Zeit in
der Ferne ausmachen lassen. Wenn man die Trauer
und die Einsamkeit des Winters beiseiteschob, handelte
es sich um ein wunderschönes Anwesen, ein hübsches
Fleckchen Erde, das nun ihr gehörte. Das Landgut
war wesentlich kleiner als Wilmington Hall, aber doch
stattlich. Je näher sie kam, desto deutlicher erkannte
Eleanor, dass eifrige Betriebsamkeit herrschte. Damit
hatte sie, so gestand sie sich ein, nicht gerechnet. Sie ritt
bis zu den Stallungen, saß ab und übergab beide Pferde
einem Stalljungen.

„Versorge die beiden Damen gut", ordnete sie freundlich
an, und zog ihre Tasche selbst vom Pferd. Der Junge
nickte und führte die Tiere fort. Sie blinzelte in die
Sonne und sah sich aufmerksam um. Zu ihrer Überraschung
hatten die Arbeiter die Reparaturen des Anbaus
bereits aufgenommen. Sehr löblich, doch seltsam. Sie

wollte noch am selben Tag hinübergehen und in Erfahrung bringen, ob alles seine Richtigkeit hatte und nachsehen, wer die Bauarbeiten beaufsichtigte. Noch während sie sich umsah, ertönten eilige Schritte hinter ihr. Es war die Hausdame, Claire Bennett, die hektisch herbeigelaufen kam.

„Guten Tag, Mrs Turner, wir haben Sie gar nicht erwartet." Sie blieb stehen und rang nach Atem. „Verzeihen Sie, ich werde sofort alles vorbereiten. Wenn ich es nur gewusst hätte ..."

Die Hausdame wollte sogleich zu einer langen Entschuldigung ausholen, doch Eleanor hob beschwichtigend die Hand. „Es ist schon in Ordnung, Mrs Bennett. Sie können nichts dafür. Ich habe mich kurzfristig entschlossen, zurückzukommen und bewusst darauf verzichtet, mich anzukündigen. Es war mir ein Bedürfnis, keine Aufregung zu verbreiten und das schöne Wetter für einen Spazierritt zu nutzen."

Nun, da sie die Unruhe der Hausdame bemerkte, ahnte Eleanor, dass sie dieser keinen Gefallen getan hatte. „Verzeihen Sie, wenn es Unannehmlichkeiten bereitet. Das nächste Mal melde ich mich rechtzeitig an. Für heute bin ich mir sicher, finden Sie eine zufriedenstellende Lösung." Sie lächelte sanft.

Die Hausdame schien sich allmählich zu beruhigen. „Es ist schön, Sie zu sehen, Mrs Turner. Wir haben Sie vermisst. Werden Sie jetzt bei uns bleiben?"

„Für eine Weile schon, denke ich. Es hängt zum Teil davon ab, welche Arbeiten und Angelegenheiten zu regeln sind. Ich habe durch den Brief an mich bereits Kenntnis über die Schäden am Anbau zum Stall erhalten. Zu allem anderen werde ich mir in den nächsten

Tagen einen Überblick verschaffen. Ich werde mir alles in Ruhe ansehen, notwendige Arbeiten und Instandsetzungen planen und dann sehen wir weiter."

Mrs Bennett schien irritiert, öffnete den Mund, als wollte sie noch etwas sagen, dann aber nickte sie bestätigend. Eilig packte sie Eleanors Tasche, um diese ins Haus zu tragen, hielt dann jedoch inne und rang sich zu einer Frage durch.

„Darf ich Ihnen Bericht zu den jüngsten Ereignissen erstatten?"

Eleanor sah die Hausdame freundlich an. Es tat ihr leid, dass sie für Aufregung gesorgt hatte. Es gehörte sich nicht, das Personal in Bedrängnis zu bringen.

„Sehr gern, Mrs Bennett. Was halten Sie davon, wenn Sie mich in einer Stunde im Salon aufsuchen? Ich werde mich nur schnell umkleiden und einen Spaziergang zum Grab meines Mannes unternehmen. So bleibt Ihnen hoffentlich ausreichend Zeit, sich für meinen Aufenthalt vorzubereiten." Eleanor nickte freundlich und entließ die Hausdame zu ihren Aufgaben.

Auf den ersten Blick schien es, dass sich die Bediensteten während ihrer Abwesenheit gut um die Gebäude und das Land gekümmert hatten. Es war dem Anwesen nicht anzusehen, dass seine Herrin einige Monate fortgewesen war. Auch in ihren Gemächern gab es keinen Grund zur Beschwerde. Die Kleidungsstücke war auch während ihrer Abwesenheit gut gelüftet worden und so beschloss Eleanor, die Reisegarderobe gleich gegen ein Kleid aus dem Schrank einzutauschen. Sie entschied sich, ein Sommerkleid in zartem Grün anzulegen. Dann machte sie sich auf den Weg zu Jeffs Grab. Der Weg dorthin ließ sich leichter und zügiger zurücklegen als in Eleanors Erinnerung.

Dolores hatte den Platz unter einer mächtigen Eiche, in fußläufiger Umgebung zum Haus, ausgewählt. Doch als Eleanor ihn zuletzt gegangen war, hatte sie unerträglichen Schmerz mit sich herumgetragen. Nun waren der Schnee und die Kälte fort und die Trübsal hatte etwas nachgelassen. Mit leichteren Schritten überquerte die junge Witwe nun eine Wiese, auf der wilde Blumen wuchsen und sich Schmetterlinge und Bienen tummelten. Sie schloss die Augen, während sie einen Fuß vor den anderen setzte. Sie atmete tief ein, ließ in diesem Moment neben dem Leben auch wieder Freude in ihr Herz. Wintham Manor war ein ebenso schönes Fleckchen wie Wilmington Hall und sie würde sich hingebungsvoll darum kümmern. Das wäre in Jeffs Sinn gewesen und sie wollte diese Aufgabe gern übernehmen.

Eleanors Gedanken wurden von aufgeregtem Hundegebell gestört. Sie öffnete die Augen. Im nächsten Moment entdeckte sie einen braunen Spaniel. Von der Eiche her rannte er direkt auf sie zu. Seine wedelnde Rute verriet überschwängliche Freude.

„Jack? Du liebe Zeit, Jack!" Eleanor hockte sich zu ihm hinunter und kraulte ihm das Fell. Sofort warf sich der Hund auf den Rücken und bot ihr seine Brust für weitere Streicheleinheiten an. Nach der freudigen Begrüßung hob Eleanor den Blick und sah sich um. Anspannung hatte sie befallen. Wenn Jack hier war, musste sie davon ausgehen, dass Sam ebenfalls in der Nähe war. Diese Vorstellung brachte sie durcheinander. Ärger und Freude mischten sich und warfen eine Vielzahl an Fragen auf. Sie ließ Jack los und erhob sich wieder.

Ihre Ahnung wurde umgehend bestätigt. Dort drüben, an den Stamm der großen Eiche gelehnt, die Arme verschränkt, stand Sam neben Jeffs Grab und blickte unverwandt zu ihr hinüber.

Mit entschlossenen Schritten ging Eleanor auf ihn zu. Jack folgte ihr freudig bellend auf dem Fuß.

„Was zum Teufel machst du hier?", fuhr sie Sam an. Diese unerwartete Begegnung wühlte sie auf.

„Dir auch einen guten Tag, Eleanor", erwiderte Sam und warf ihr einen tadelnden Blick zu. Offenbar hatte er nicht mit dieser angriffslustigen Begrüßung gerechnet. Was ihn mehr überraschte, ihr plötzliches Auftauchen oder ihre ungenierte Ausdrucksweise, ließ sich nicht klar zuordnen.

Eleanor schnaubte und blitzte ihn an. Nach allem, was er ihr angetan hatte, nach all den Monaten, die er sie gemieden hatte und nachdem er nicht einmal zum Begräbnis seines eigenen Bruders erschienen war, war sie fassungslos über sein Auftauchen.

„Warum bist du hier?" Ihr Herz raste. Trotz des Ärgers war sie froh, ihn endlich wiederzusehen, doch das würde sie ihm nicht zeigen.

„Sage mir lieber, was du hier tust. Ich dachte, du seist auf Wilmington Hall."

Eleanor verschränkte die Arme und zog eine Augenbraue hoch. Diese Mimik hatte sie während des vergangenen Sommers erfolgreich bei den jungen Herren abgeschaut. „Dort war ich auch. Aber falls du es vergessen haben solltest: Ich wohne hier. Wintham Manor gehört mir und ich kann mich hier zu jeder Tages- und Nachtzeit ungefragt aufhalten. Was mich dazu bringt, meine Frage abermals zu wiederholen. Was tust du hier?"

Sam sah sie eine Weile schweigend an. Er schien mit sich zu ringen, ob er ihr diesen unangemessenen Auftritt durchgehen lassen konnte.

„Mein Vater schickte mich, um das Anwesen in Ordnung zu bringen." Er stieß sich vom dicken Stamm der Eiche ab und trat einen Schritt auf sie zu.

„Der Viscount? Warum sollte er das tun?" Eleanor sprach ruhiger. Sams Antwort irritierte sie.

„Weil sich jemand um das alles hier kümmern muss. Du tatst es nicht." Er ging noch einen weiteren Schritt in ihre Richtung.

„Ich hatte meine Gründe, das solltest du wohl wissen", zischte sie, hielt die Arme vor der Brust verschränkt und wich nicht zurück. Einige Zeit sahen sie sich eindringlich an.

„Eleanor, das war kein Vorwurf. Niemand erwartet von dir, dass du mehrere Anwesen bewirtschaftest und instand hältst. Das ist keine Aufgabe für dich."

„Ach nein?"

Sam seufzte traurig. „Vielleicht sollten wir das nicht unbedingt hier austragen." Er sprach nun milder und deutete mit seinem Kopf behutsam zum Grab.

„Das sehe ich auch so. Und da du es gerade erwähnst ... ich wäre jetzt gern einen Moment mit meinem Mann allein", entgegnete Eleanor trotzig. Sie hatte ihre Worte absichtlich gewählt und beobachtete, wie Sam darauf reagierte.

Doch dieser nickte nur, presste die Lippen aufeinander und ging an ihr vorbei.

Sie sah ihm nach. Was die plötzlich aufkommende Enttäuschung in ihr hervorrief, wusste sie nicht.

Unvermittelt blieb Sam stehen, drehte sich um und kam nochmals einige Schritte zurück. „Wir sehen uns beim Dinner. Dann haben wir Zeit, alles miteinander zu besprechen.“

„Wie kommst du darauf, dass du zum Dinner bleibst?“

„Warum nicht? Ich wohne hier, bis alles wieder gerichtet ist.“

Er ging und Eleanor harrte aus, bis er aus ihrem Sichtfeld entschwunden war. Sam hatte sich verändert. Viel älter geworden war er nicht, aber ernster und distanzierter.

Lange blieb sie an Jeffs Grab. Jack war seltsamerweise nicht Sam gefolgt, sondern bei ihr geblieben. Nun kraulte sie ihm das Fall und flüsterte: „Jeff und ich waren verheiratet. Ich vermisse ihn sehr. Dieser Unfall war eine Katastrophe. Sam vermisse ich auch. Wir hatten eine unbeschwerte Zeit miteinander und nun habe ich beide verloren. Sie waren mir immer eine angenehme Gesellschaft. Dann waren wir in Ascot und alles hat sich geändert.“ Eleanor fuhr mit dem Daumen sanft über Jacks Schlappohren.

„Sam und ich haben uns an diesem Abend heimlich getroffen. Es war nicht geplant, es ist einfach passiert und er hat mich geküsst. Schon damals wusste ich, dass es nicht erlaubt war und hätte man uns gesehen, wäre ich kompromittiert gewesen. Es war aufregend. Er hat mir gesagt, dass er mich liebt und mich heiraten will, aber dann kam alles anders. Ich hatte nie erwartet, dass dein Herrchen sein Wort bricht.“ Jack sah Eleanor aus aufmerksamen Augen an und sie nahm seinen Kopf zärtlich in ihre Hände.

„Es ist verrückt, mit dir zu reden. Du verstehst mich ja nicht. Und doch muss ich es jemandem anvertrauen. Bei dir bin ich wenigstens sicher, dass du mich nicht verrätst. Nun komm, ich habe Mrs Bennett gesagt, dass sie mir Bericht erstatten soll. Ich will sie nicht warten lassen."

Claire Bennett wartete bereits vor dem Salon. Eleanor orderte Tee. Dann hörte sie aufmerksam zu, was die Hausdame ihr berichtete. Der letzte Punkt schien Mrs Bennett unangenehm.

„Mr Sampson ist bereits seit einem Monat zu Gast auf Wintham. Er bewohnt den Flügel des Hauses, der für Gäste vorgesehen ist. Er kümmert sich um Land und Häuser. Ich hatte es Ihnen gleich bei Ihrer Ankunft mitteilen wollen." Die Hausdame biss sich verlegen auf die Unterlippe.

Eleanor erkannte den Grund sofort. Es schickte sich nicht für sie und Sam, ohne weitere Gesellschaft unter einem Dach zu leben. Nun war Eleanor zwar Witwe, für einen Skandal reichte dieser Zustand aber dennoch.

„Ja, das ist mir mittlerweile bekannt. Ich habe Mr Turner vorhin angetroffen. Sie können sich meine Verwunderung vorstellen. Ich sehe ihn später beim Dinner und dann werden wir über seine Abreise sprechen. Es wäre sehr unhöflich, ihn noch heute Abend fortzuschicken."

Sam erschien pünktlich zum Dinner, benahm sich zuvorkommend und beachtete alle Regeln der Etikette.

„Verrätst du mir nun, warum du dich ohne mein Wissen hier aufhältst und was du vorhast?“ Eleanor brachte das Thema schnell auf den Punkt.

Sam ergriff ohne Umschweife die Gelegenheit, sich zu erklären. „Wie du weißt, ist mein Vater mit der Treuhänderschaft deines Besitzes betraut. Er muss dich nicht um Erlaubnis bitten. Laut unserer Kenntnis befandst du dich auf Wilmington Hall und es musste sich jemand um das Anwesen kümmern. Vater bestand darauf, dass ich diese Aufgabe übernehme.“

Eleanor sah ihn über die Tafel hinweg an und nickte stumm. Nachdem sie in den vergangenen Stunden ausgiebig darüber nachgedacht hatte, war sie froh, dass er sich gekümmert hatte. So waren sehr wahrscheinlich weitere Schäden verhindert worden. Außerdem hatte Sam recht. Viscount Turner war der Treuhänder. Sie konnte froh sein, dass man ihr bis jetzt so viel Freiraum gelassen hatte. Sie war sich sicher, dass sowohl er als auch Sam nur das Beste für Wintham Manor im Sinn hatten. Eleanor entschied, dass es keinen Grund gab, Sam für die geleistete Arbeit böse zu sein.

„Ich habe die gebrochenen Balken und die zerstörten Wände am Anbau des Stalls entfernen lassen. Außerdem wurden neue Wände gestellt und das Dach instand gesetzt.“

„Das war eine gute Entscheidung. So hätte ich es auch veranlasst.“ Sie sprach gefasst und sah ihm geradewegs in die Augen. Er sollte wissen, dass sie auch ohne seine Hilfe gewusst hätte, was zu tun ist.

Sam erwiderte ihren Blick, lange, dann wurden seine Züge plötzlich weicher. „Eleanor, es tut mir so unendlich leid." Seine Worte klangen aufrichtig und stachen ihr ins Herz.

„Was meinst du? Ich verstehe nicht." Sie musterte ihn eindringlich und versuchte die wachsende Nervosität zu verbergen.

„Ich denke, dass du mich sehr gut verstehst. Das vergangene Jahr hat dir so viel Kummer und Verlust bereitet. Das alles tut mir leid."

„Stimmt. Kummer und Verlust. Du weißt es so gut, weil du daran nicht unbeteiligt warst." Ihre eigene Boshaftigkeit und feste Stimme überraschten Eleanor.

„Du hast recht. Du musstest viel durchmachen." Er senkte den Kopf.

„Ja, das musste ich." Sie sprach nun gedrückt, ohne jeden Vorwurf, ihre traurige Wahrheit aus. „Der Mann, den ich liebte, ließ mich im Stich. Ich heiratete einen anderen. Einen Mann, der mich liebte, der aber tot ist."

Eleanor trank einen Schluck Wein und warf Sam einen betrübten Blick zu. „Ich dachte, ich hätte meinen Schmerz überwunden, doch ich irrte mich. Ich bin eine verbitterte Witwe, verlor meine Familie und dich. Du hast mich schon vor langer Zeit verlassen."

Eleanor legte besondere Betonung auf den letzten Satz.

29.
SEHNSÜCHTIGES VERLANGEN

„O Eleanor, bitte, tu das nicht", bat er und sah sie mit flehendem Blick an.

„Was soll ich nicht tun? Fragen, warum du dein Wort nicht hieltest? Fragen, warum du zugelassen hast, dass ich deinen Bruder heiratete? Fragen, wo du all die Zeit gewesen bist?" Sie zitterte und die Sehnsucht, die sie plötzlich ergriff, war von unvorstellbarer Heftigkeit. Sie brauchte Antworten, das wurde ihr in diesem Augenblick klar und Sam war ihr diese schuldig.

„Bitte, Eleanor. Lass die Vergangenheit ruhen. Ich kann es dir nicht sagen. Du würdest es nicht verstehen."

„Ich verstehe sicher mehr, als du glaubst", erwiderte sie matt.

Er atmete schwer. „Ich kann es dir nicht sagen. Nur eines vermag ich zu äußern: Ich weiß, dass Jeff dich liebte."

„Und du?" Es war nur ein Flüstern.

„Eleanor, ich verstehe deine Trauer, empfinde dein Leid nach, aber die Dinge liegen jetzt nun einmal so." Er sah müde und traurig aus.

„Die Entscheidung, wie wir mit den Dingen umgehen, liegt nur bei uns", erwiderte Eleanor entschieden.

Schweigen breitete sich aus. Sie wartete, doch Sam schwieg.

„Der Tag in Ascot?" Sie zitterte. „War dies alles nur eine grausame Lüge?"

„Nein!", begehrte er auf. „Ich mag ein ehrenloser Narr sein, ein erbärmlicher Versager, der sein Wort nicht hielt, ein widerlicher Einfaltspinsel, nenne es wie du willst, aber es war keine Lüge!" Er warf seine Serviette auf den Tisch und stürzte den Wein hinunter.

Eleanors Herz schlug laut. Ihr Brustkorb hob und senkte sich schnell. Sie hatte seine Worte vernommen und versuchte verzweifelt, deren Sinn zu begreifen.

Behutsam schob sie ihren Teller beiseite und stand auf, was Sam ebenfalls veranlasste aufzustehen und sie trotzdem höflich hinauszugeleiten. Schweigend schritten sie nebeneinander her. Sam führte Eleanor an der Hand die Treppe hinauf. Oben angekommen ließ er sie nicht los. Sekunden lang verharrten sie nebeneinander.

„Ich muss hier entlanggehen." Eleanor zeigte in den Flur, der zu ihren Gemächern führte.

Sam begleitete sie noch einige Schritte, dann blieb er stehen. Noch immer hielt er ihre Hand. „Es war keine Lüge." Unbändige Verzweiflung brach aus ihm hervor. Eleanor sah sie trotz des schwachen Lichts in seinen Augen. Was quälte ihn so?

„Wir waren beinahe verlobt", flüsterte sie nun und legte kühn ihre Hand auf seine Brust.

Er stöhnte, als fügte sie ihm mit ihrer Berührung grausame Schmerzen zu, doch er ließ sie gewähren. Sein Herz schlug wild unter ihrer Hand.

Eleanor fühlte die Wärme seiner Haut durch den Stoff. „Warum wolltest du mich nicht heiraten?", flüsterte sie eindringlich, verzweifelt, und sah zu ihm auf.

Seine Augen verrieten einen erbitterten inneren Kampf. Er litt, aber sie war nicht bereit, nachzugeben. Auch sie hatte gelitten und nun war es an ihm, ihr endlich die Wahrheit zu sagen.

„Gott steh mir bei, Eleanor, ich konnte es nicht. Es waren wichtige Gründe", gab er mit erstickter Stimme preis. Er klang erschöpft, doch seine Erklärung warf nur weitere Fragen auf. „Ich kann es dir nicht sagen." Sam schüttelte verzweifelt den Kopf.

Eleanor verstand, dass er sich nicht weiter erklären würde.

„Ich habe dich geliebt, Eleanor Morton."

„Küss mich, Sam", wisperte sie und reckte ihm flehend ihr Gesicht entgegen.

Er zögerte, doch dann schien der Bann gebrochen. In seinen Augen loderten Leidenschaft und Begierde. Seine Hände umschlangen ihre Taille und zogen sie nah an sich heran. Sein Körper war kräftig, sie spürte ihn unter der Kleidung. Eleanor keuchte vor Erregung, fühlte Sams heißen Atem auf ihrer Wange. Sie glühte und fieberte diesem langersehnten Kuss entgegen.

„Bei meinem Leben, ich liebe dich noch immer", raunte er. Dann küsste er sie endlich. Er war nicht so zurückhaltend wie beim ersten Mal, aber dennoch zärtlich und Eleanor fürchtete augenblicklich, unter seiner Berührung zu vergehen.

„Ich habe immer an dich gedacht", gab sie vor Glück und Erleichterung wimmernd von sich, als er sich für einen Moment von ihr löste.

Seine Finger strichen sanft über ihre Wange, berührten eine Träne, die er im nächsten Augenblick fortküsste. Er stöhnte und seine Lippen fanden ihren Mund erneut. Behutsam schob er seine Zunge zwischen ihre Lippen. Es fühlte sich seltsam angenehm an und sie ließ ihn gewähren.

„Du machst dir keine Vorstellung davon, wie viele Nächte ich mich nach dir verzehrt habe", raunte er in ihr Ohr. Seine Lippen berührten Hals und Schulter. Behutsam erkundete er diese Stellen.

„Ich will deine Frau sein", stieß Eleanor keuchend hervor, als seine Hand sanft den Stoff über ihrer Brust entlangglitt.

Erschrocken ließ Sam sie los und wich einen Schritt zurück. Er schien zur Besinnung zu kommen.

„Unmöglich! Du bist die Frau meines Bruders, Eleanor!", rief er erschrocken und griff sich verzweifelt ins Haar.

„Jeff ist tot", flüsterte Eleanor, im Glauben, Sam könnte dies für einen Moment vergessen haben, aber ihre Worte beruhigten ihn nicht.

„Das ändert gar nichts. Verzeih mir." Dann ging er ohne ein weiteres Wort, ohne sich noch einmal umzudrehen.

Fassungslos starrte Eleanor ihm hinterher. Er hatte sie erneut zurückgewiesen. Wie konnte er nur behaupten, sie zu lieben?

Wie betäubt ging sie in ihre Gemächer. Erst dort schlug sie die Hände vors Gesicht und schluchzte bitterlich. An Schlaf war in dieser Nacht nicht zu denken. Sie hatte sich von Anfang an in Sam getäuscht.

In aller Frühe rief sie Mrs Bennett und ließ die besorgte Hausdame ihre Abreise vorbereiten.

„War etwas nicht in Ordnung? Sind Sie nicht zufrieden?"

„Keine Sorge, Mrs Bennett. Sie machen Ihre Sache gut. Es war unüberlegt und voreilig, herzukommen. Hier ist alles anders, als ich es erwartet hatte. Viscount Turner hatte bereits seinen Sohn geschickt, um das Anwesen in Ordnung zu bringen. Es war eine gute Entscheidung und Mr Turner wird so lange wie nötig hier wohnen. Ich denke, er wird mir schreiben, wenn die Arbeiten beendet sind."

„Wann werden Sie zurückkehren, Mrs Turner?"

„Ich weiß es noch nicht. Ich werde Sie rechtzeitig in Kenntnis setzen."

Mrs Bennett nickte und begann damit, Proviant für Eleanor einzupacken.

Als die Morgensonne den Himmel rot färbte, ritt Eleanor eilig davon. Heftiger Schmerz über das unerwartete Wiedersehen, Sams Geständnis, den Kuss und die herbe Zurückweisung brannte in ihrer Brust. Es war der Schmerz einer verlorenen Liebe. Sie hatte getan, was sie ihrer Großmutter versprochen hatte. Hatte auf ihr Herz gehört und sich damit vollständig zur Närrin gemacht.

30.
SPÄTE ERKENNTNIS

Sam lief ruhelos in seinen Gemächern auf und ab. Er fürchtete, nicht mehr Herr seiner Sinne zu sein. Er war ihr gefährlich nahe gewesen, zu nahe. Bereits zum zweiten Mal hatte er die Grenze überschritten. Hatte eine anständige junge Frau in Bedrängnis gebracht. Er musste fort, bevor er Eleanor ins Verderben stürzte. Warum war sie nur hergekommen? Monatelang hatte er eine Begegnung vermieden, seinen Schmerz ertragen. Dann hatte sie plötzlich vor ihm gestanden, schöner und anmutiger als je zuvor. Seit er sie am Nachmittag getroffen hatte, war ihm kein klarer Gedanke mehr möglich gewesen. Dann hatte eins zum anderen geführt und sie hatte ihn dazu gebracht, seine Gefühle zu gestehen. Er hatte sich hinreißen lassen. Teufel noch eins, was war nur mit ihm los gewesen?

Keine Frage, er liebte sie noch immer, aber er konnte sie nicht heiraten. Nicht, nachdem er sie verraten hatte. Und wofür das alles? Für nichts. Sam hatte seine Ehre verloren, war ein unverbesserlicher Halunke, und Jeff, dieser Hitzkopf, war tot. Sam hätte seinen Bruder genauso gut an Ort und Stelle erschießen können. Stattdessen hatte er zugelassen, dass er ihm die Frau stahl. Nun ließ er zu, dass er ihn noch aus dem Grab heraus zum Narren hielt. War es nicht ein Zeichen des Schicksals gewesen, dass sie sich hier begegnet waren? *Der Mann, den ich liebte, ließ mich im Stich*, hallten Eleanors Worte in seinem Kopf wider. *Ich will deine Frau sein, Jeff ist tot*, marterten ihn die Gedanken.

Herrgott noch einmal, diese Frau liebte ihn. Er liebte und begehrte sie wie keine andere. Was war er für ein Mann, wenn er sie ein zweites Mal im Stich ließ? Die Trauer hatte seine Sicht getrübt, doch nun sah er alles klar. Er würde Eleanor endlich heiraten.

Der Morgen dämmerte bereits. Erschöpft und glücklich fiel Sam endlich ins Bett und schlief so gut wie lange nicht mehr. Erst am späten Vormittag erwachte er und erinnerte sich sofort an sein Vorhaben. Ungeduldig sprang er aus dem Bett. Eleanor liebte ihn! Nie wieder würde er diese Frau im Stich lassen!

Er ließ das Frühstück ausfallen und lief gleich in den Salon, doch dort war sie nicht. Sam besuchte die Baustelle, die Stallungen und Jeffs Grab, doch auch hier war Eleanor nicht zu finden. Hielt sie sich etwa noch immer in ihren Gemächern auf?

„Mrs Turner ist bei Sonnenaufgang fortgeritten", erklärte Mrs Bennett, als er sich bei ihr nach Eleanor erkundigte. Diese Auskunft überraschte ihn.

„Hat sie erwähnt, wohin sie wollte?"

„Sie ritt zurück nach Wilmington Hall."

Sam wurde unruhig. „Wann wird sie wieder zurück sein?"

„Das wusste sie noch nicht, aber sie hat Ihnen einen Brief hinterlassen, Mr Turner." Mrs Bennett reicht ihm den Umschlag und Sam las ihn sogleich.

Sam,

ich danke dir sehr, dass du nach Wintham gekommen bist, um dich um die hiesigen Angelegenheiten zu kümmern. Das Anwesen ist bei dir in guten Händen. Für mich ist es eine große Erleichterung und macht meine Anwesenheit nicht länger notwendig.
Ich werde nach London reisen und den Sommert dort verbringen. Viscount Turner wird mir sicherlich berichten, wie die Arbeiten hier fortschreiten.

Eleanor

Das war doch nicht möglich! Wie konnte sie so etwas tun? Jetzt, da ihm alles klar war. Sam war wie vor den Kopf gestoßen. Noch in derselben Stunde ließ er ein Pferd satteln und machte sich auf den Weg nach Wilmington Hall. Er musst Eleanor um Verzeihung bitten und erklären, was für ein Dummkopf er gewesen war. Im Geiste malte er sich ihre Freude aus, da er endlich zur Vernunft gekommen war.

Als er Wilmington Hall erreichte, stand bereits eine Kutsche bereit. Sie wurde vom Personal mit Koffern beladen, doch Eleanor traf er nicht an.

„Mrs Turner ist nicht mehr hier", gab der Kutscher Auskunft.

„Aber die Kutsche … sie will verreisen", stellte Sam ungeduldig fest.

„Die Kutsche fährt nach London – ohne Mrs Turner. Sie wollte nicht warten und ist bereits vorausgeritten."

Zunächst wollte Sam dem aufkommenden Drang folgen und ihr Hals über Kopf nachreiten. Doch dann betrachtete er sein Pferd. Es benötigte eine Pause und er selbst musste noch am gleichen Tag nach Wintham zurückkehren. Nicht nur sein Vater, sondern auch Eleanor erwartete, dass er die übertragenen Aufgaben, das Anwesen betreffend, gewissenhaft erledigte. Als die Viscountess ihren Sohn inständig darum gebeten hatte, zur Ballsaison nach London zu kommen, hatte er sich geweigert. Die Aufgaben in Wintham hatte er nur zu gern übernommen, um sich vor den Festlichkeiten drücken zu können. Er hatte zumindest so viel Verantwortung, nicht rücksichtslos alles stehen und liegen zu lassen.

Ernüchtert kehrte er am frühen Abend zurück. Er hatte akzeptiert, dass er sich bis zum nächsten Tag gedulden musste. Ein Ritt nach London dauerte etwa drei Stunden, wenn er sich beeilte. In der heranbrechenden Dunkelheit war es viel zu gefährlich, sich auf den Weg zu machen. Es zeugte auch nicht von sonderlich gutem Benehmen, mitten in der Nacht um Einlass zu bitten. Jetzt blieb ihm nur, sich in Geduld zu üben und sich ein paar gute Erklärungen einfallen zu lassen.

Also bestellte er Sandwiches und ließ nach seinem Diener rufen, damit er die notwendigen Vorbereitungen traf. Er wusste noch nicht, wie lange sein Aufenthalt in London dauern würde. Hoffentlich hatte er Eleanor durch seine dumme Zurückweisung nicht so sehr beschämt, dass sie ihn nie wiedersehen wollte. Niedergeschlagen saß er am Tisch und sah zu dem leeren Platz hinüber, an dem sie ihm noch gestern gegenübergesessen hatte. Wie aus dem Nichts war sie aufgetaucht und er hatte nichts Besseres zu tun gehabt, als sie mit seiner Einfalt fortzutreiben. Jack setzte sich neben den Stuhl und ohne weiter darüber nachzudenken, reichte Sam ihm ein Stück von seinem Sandwich.

„Ich werde sie zurückholen."

***

Ohne besondere Vorkommnisse erreichte Sam seine Londoner Wohnung. Sein erster Weg führte ihn in den Club. Dort wollte er etwas essen, die wichtigsten Neuigkeiten in Erfahrung bringen und sich dann auf den Weg nach Wilmington House machen. Er traf Stewart Higgins sowie Neil Sutherland und gesellte sich zu ihnen.

„Turner, wie geht es dir? Wir haben dich lange nicht zu Gesicht bekommen", näselte Sutherland.

„Sieh an, sieh an, welch seltener Gast. Wo hast du dich bloß herumgetrieben?", fiel Higgins ein.

„Wenn man die Pferdezucht erfolgreich betreiben will, muss man ihr viel Zeit schenken. Womit verbringt ihr Taugenichtse eure Zeit?"

„Gerade haben wir davon gesprochen, dass wir uns den Ball bei Ellistor nicht entgehen lassen werden."

„Ihr macht mich neugierig. Sollte ich auch hingehen?"

Sutherland und Higgins tauschten vielsagende Blicke aus.

„Weißt du etwa nicht, dass Eleanor Turner in der Stadt ist?", wollte Sutherland ungläubig wissen.

„Die Witwe deines Bruders Jeff", half Higgins nach und erntete einen herablassenden Blick.

„Selbstverständlich weiß ich davon. Sie selbst hat es mir geschrieben“, entgegnete Sam.

„Und bist du damit einverstanden?“ Higgins richtete seinen Oberkörper auf.

„Einverstanden? Womit?“

„Na, dass sie wieder heiraten wird.“ Higgins warf Sam einen neugierigen Blick zu.

„Sie wird *was*?“ Sam verschluckte sich und hustete. Himmel noch eins! Gestern noch wollte sie seine Frau werden. Er hatte sie geküsst und in den Armen gehalten. Nun war sie bereits mit einem anderen verlobt. Das ging doch nicht mit rechten Dingen zu. Sie war doch nur einen Tag vor ihm nach London gekommen. Wie um alles in der Welt hatte das passieren können?

„Sie hat sich verlobt?“, fragte er, als er wieder zu Atem gekommen war, und starrte seine Freunde entgeistert an.

„Aber nicht doch“, näselte Sutherland, woraufhin Sam erleichtert die Luft ausstieß. „Aber sie wird heute Abend auf dem Ball erscheinen. Jeder weiß doch, was das zu bedeuten hat. Sie will sich wieder neu verheiraten.“

Sam schüttelte fassungslos den Kopf. „Wie könnt ihr euch da so sicher sein? Es ist wahrscheinlich nicht mehr als einfallsloses Geschwätz und ihr werdet heute Abend wie Dummköpfe aus den Anzügen schauen.“

„Das glaube ich nicht“, entgegnete Higgins. „Basil war vorhin hier und hat es erzählt.“

„Nun, egal ob sie kommt oder nicht, ich werde da sein und mit Vergnügen zuschauen, wie ihr euch zu Hammeln macht. Wenn ihr mich jetzt entschuldigt ...“

Sam verließ den Club. Seine innere Anspannung ertrug er kaum. Auf direktem Weg begab er sich nach Wilmington House. Er musste sofort mit Eleanor sprechen.

„Mrs Turner ist nicht zugegen", erklärte der Butler. Er machte sich nicht einmal die Mühe, Sam hereinzubitten.

„Warten Sie, es handelt sich um eine Angelegenheit von enormer Wichtigkeit. Wo kann ich sie finden?"

„Sie verbringt den Nachmittag mit der Viscountess Turner", gab der Butler Auskunft, während er bereits die Tür schloss.

Das durfte doch nicht wahr sein! Jetzt blieb ihm nichts anderes übrig, als bei seiner Mutter vorzusprechen. Ihr würde es allerdings nicht reichen, dass er den abendlichen Ball besuchen würde. Seine Mutter würde mit Sicherheit gleich fünf oder sechs Damen nennen, die er zum Tanz auffordern sollte.

Sam war nervös, als er Turner House betrat, doch gleich darauf zerschlugen sich all seine Hoffnungen. Weder seine Mutter noch Eleanor waren hier.

31.
WIEDERSEHEN IN LONDON

Eleanor hatte umgehend nach ihrer Ankunft in London eine Nachricht an Dolores geschickt, worauf diese wenig später zu ihr gekommen war. Nicht dass Eleanor darum gebeten hätte, aber Dolores war froh, sie wiederzusehen und aufgrund ihrer unerwarteten Anreise zudem besorgt. Sie waren eine Weile gemeinsam durch den Garten spaziert und hatten geplaudert.

„Eleanor, meine Liebe, ich bin so froh, dass du dich entschlossen hast, in die Stadt zu kommen. Ich machte mir bereits ernsthaft Sorgen, dass du Wilmington Hall nie wieder verlassen würdest."

Eleanor bemühte sich um ein Lächeln. „Deine Sorgen sind unnötig, Dolores. Ich brauchte diese Zeit und Ruhe. Ich war noch nicht bereit, den Ort meiner Kindheit zu verlassen."

„Aber jetzt? Was hat sich verändert?"

„Ich kann es dir nicht so genau sagen. Vielleicht der Frühling, die wärmende Sonne. Ich verspürte wieder Lust, mit meinem Leben etwas anzufangen."

„Deine wiedergewonnene Unternehmungslust freut mich und sie stimmt mich für den Moment milde. In

Zukunft solltest du mir schreiben und dich ankündigen. Generell freue ich mich, wenn du mir mehr Briefe schickst."

„Ich werde mich bessern. Margaret hat mir auch einen Brief geschrieben. Sie und Lord Painswick haben einen Sohn bekommen. Sie werden ihn schon bald taufen lassen und dafür nach London kommen."

„Wie wunderbar für die beiden", entgegnete Dolores und Eleanor wusste, dass die Viscountess frei von jedem Spott oder Hohn sprach.

„Was hältst du davon, wenn wir deine Unternehmungslust beim Schopf packen und du mich morgen zum Ball begleitest? Lord und Lady Ellistor haben eingeladen. Es erscheint mir der richtige Moment, dich in Gesellschaft zu zeigen. Ich habe bei Madame Dubois ein Kleid für dich nähen lassen ... nur für den Fall. Du siehst, meine Vorahnung war genau richtig. Ich könnte dich morgen mit der Droschke abholen und wir fahren ins Atelier."

Sofort bekam Eleanor Angst. Ein eisiger Schauer lief ihr über den Rücken.

„Aber was hast du denn, Eleanor? Du siehst plötzlich so blass aus. Komm, lass uns hineingehen. Ein Tee wird dir guttun."

Beim Tee erklärte Eleanor, dass sie seit dem schrecklichen Unfall nie wieder in einer Kutsche gesessen hatte. „Die Erinnerungen daran sind schrecklich und ich fürchte mich."

„Ich verstehe deine Ängste nur zu gut. Es war ein furchtbarer Tag, doch ich schätze, es wird kaum möglich sein, für immer auf eine Kutsche zu verzichten. Du bist doch nicht etwa von Wilmington Hall bis nach London geritten?“

„Doch“, erwiderte Eleanor. Sie war stolz darauf, bremste sich jedoch in letzter Sekunde, Dolores mitzuteilen, dass sie der Kutsche vorausgeritten war.

„Um Himmels willen, bist du dir nicht der Gefahren bewusst? Früher oder später wirst du dich überwinden müssen. Es führt kein Weg daran vorbei. Je eher, desto besser.“

Eleanor antwortete nicht. Sie wusste, dass Dolores recht hatte und keine Widerworte akzeptieren würde.

Am nächsten Tag fuhr die Viscountess mit einer Droschke vor und vollbrachte das Kunststück, Eleanor zum Einsteigen zu überreden. Dolores wies den Kutscher an, höchste Vorsicht walten zu lassen und unbedingt sehr langsam zu fahren. Dann setzte sich das Gefährt in Bewegung. Im Vergleich zur Kutsche war die Droschke offen und Eleanor erinnerte sich daran, wie sie mit Arthur auf dem Kutschbock gefahren war.

„Danke, Dolores.“ Sie stieg behutsam und mit wackligen Knien aus, als sie das Atelier von Madame Dubois erreicht hatten. Die Fahrt war nervenaufreibend gewesen. Dennoch wuchs in Eleanor die Hoffnung, die Angst vor der Kutsche irgendwann doch noch überwinden zu können.

„Es ist ein Traum. Mrs Turner, das Kleid sitzt perfekt. Die Gentlemen werden reihenweise vor Ihnen niederknien“, lobte Madame Dubois mit ihrer tiefen, rauchigen Stimme.

„Nun, wir werden es sehen“, erwiderte Eleanor kurz. Denn zu der Nervosität, die ihr die bevorstehende Rückfahrt bescherte, gesellte sich nun auch noch die

Unruhe vor dem abendlichen Ball. Was immer sie auch empfand – Freude war es nicht, obwohl Dolores sie so mütterlich umsorgte. Wo sie nur konnte, verbreitete sie Zuversicht und gute Laune.

Sie erreichten den Ball mit einiger Verspätung. Zum einen waren die Straßen voll und zum anderen fuhr die Droschke so langsam, dass sie zu Fuß schneller gewesen wären. Doch Dolores zeigte sich zufrieden mit ihrem Erfolg.

„Eins nach dem anderen", raunte sie Eleanor nach überstandener Fahrt zu, als sie das Fest betraten. Es dauerte nicht lange, bis beide Damen in ein Gespräch nach dem anderen verwickelt wurden. Eleanor war keine Debütantin mehr, auch wenn ihre Ehe bedauerlicherweise nur kurz gedauert hatte. Sie bemerkte jedoch, dass sich etwas verändert hatte. Sie war selbstbewusster geworden. Das äußerte sich darin, dass sie sich von indiskreten Fragen nicht verunsichern ließ und in aller Höflichkeit das Thema wechseln konnte.

Sie war so in die Unterhaltungen vertieft gewesen, dass noch keiner der Gentlemen den Versuch unternommen hatte, sie zum Tanz zu bitten. Es wurde schon zum dritten Mal getanzt und ihre Tanzkarte war noch immer leer. Es war ihr nur recht. Die vorherrschende Betriebsamkeit reichte ihr vollkommen und sie spürte die Anstrengungen der langen Ausritte der vergangenen Tage in allen Gliedern. Etwas Erholung tat ihr gut. Als sie sich eine Limonade holte, führte ihr Weg sie an Basil Ellistor, Stewart Higgins und Neil Sutherland vorbei. Alle drei standen beisammen und diskutierten angeregt. Als sie nur noch wenige Schritte entfernt war, hoben sie die Köpfe und verstummten für einen Augenblick.

„Guten Abend, Ms Eleanor", entfuhr es Higgins, der dafür sogleich einen Rippenstoß von Ellistor erhielt.

„Ich bin sehr erfreut, Sie zu sehen, Mrs Turner", begrüßte Basil sie. „Wir sprachen gerade darüber, wem von uns die Ehre zuteilwerden sollte, Sie als Erster zum Tanz aufzufordern."

Eleanor lächelte amüsiert. „Meine Herren, dabei will ich nicht stören. Überraschen Sie mich." Sie warf allen dreien ein gewinnendes Lächeln zu und ging weiter.

Das war ein kleiner Scherz gewesen. Er reichte aus, sie daran zu erinnern, wie viel Spaß sie mit Jeff und Sam im letzten Jahr gehabt hatte. Sie beschloss, nicht zurück in den Saal zu gehen, sondern begab sich in einen Seitenflur. An einem Fenster blieb sie stehen und hing ihren Gedanken nach. Sie vermisste Sam, dachte daran, wie er sie geküsst hatte. Warum wollte er sie nicht heiraten, obwohl er ihr mehrfach seine Liebe gestanden hatte? Verzweifelt biss sie sich auf die Unterlippe. Sie hatte vorgehabt, dieses Kapitel ihres Lebens endlich hinter sich zu lassen, aber es wollte ihr einfach nicht gelingen.

Plötzlich vernahm sie ein Räuspern neben sich. Ein Gentleman stand neben ihr. Es wäre sicherer gewesen, wieder zurück in den Ballsaal zu gehen. Nun war es zu spät. Eleanor wandte erschöpft den Kopf zur Seite und hätte im nächsten Augenblick vor Schreck beinahe ihr Getränk fallen lassen.

„Guten Abend, Eleanor."

„Sam", wisperte sie. Anstelle der Verärgerung über ihn, die er mehr als verdient hätte, erfasste sie eine unendliche Freude über das Wiedersehen. „Was tust du hier? Hast du dich nicht um wichtige Angelegenheiten in Wintham zu kümmern?"

„Doch, das habe ich. Aber es gibt etwas, das noch wichtiger ist und keinen Aufschub mehr duldet."

Sein Gesicht lag im Halbdunkel. Dennoch erkannte sie es genau. Es war so schön. Zu gerne hätte Eleanor die Hand gehoben und Sams Wange berührt.

„Bist du hier, um es mir zu erzählen?" Eleanor sprach leise. Am Ende des Flures, im Schutz der Dunkelheit, vernahm sie aufgeregtes Kichern und Tuscheln.

„Ja." Sam atmete schwer. „Eleanor, ich bin hier, um endlich das Richtige zu tun. Ich bin gekommen, um dich endlich zu fragen, ob du meine Frau werden willst. Eleanor Turner, willst du mich heiraten?"

Eleanor schluckte ihre Fassungslosigkeit herunter. So viele Male hatte sie sich diesen Moment ausgemalt, sich danach verzehrt. Noch gestern hätte sie seinen Antrag ohne zu zweifeln angenommen, doch heute zögerte ihr Herz. Nicht etwa, weil sie ihn nicht liebte. Was, wenn er sein Wort wieder nicht hielt?

Sams Atem ging schnell neben ihr, er wartete auf ihre Antwort. Sie beschloss, ihn einen Moment hinzuhalten.

„Ist die Frage offiziell oder inoffiziell? Das muss ich wissen, bevor ich mich entscheide." Sie flüsterte.

„Meine liebe Eleanor, ich befürchte, du nimmst mich nicht ernst. Selbstverständlich ist die Frage offiziell", entgegnete Sam ebenfalls flüsternd und mit einiger Entrüstung.

Eleanor wiegte den Kopf hin und her, als müsste sie eindringlich über die Frage nachdenken.

„Erinnerst du dich an den Skandal zwischen Margaret und Lord Painswick?"

„Selbstverständlich."

„Sie sind sehr glücklich zusammen. Mittlerweile haben sie sogar einen Sohn."

Sam nickte, erwiderte aber nichts.

„Hätte uns damals im Garten jemand entdeckt, hättest du dann dein Wort gehalten?"

„Natürlich, aber das wäre eine vollkommen andere Situation gewesen."

„Wer sagt mir, dass die Situation morgen nicht wieder eine andere ist? Was verschafft mir die Sicherheit, dass du dein Wort hältst?"

„Erwartest du allen Ernstes, dass ich dich kompromittiere?" Er sah sie fassungslos an.

Eleanor antwortete nicht, aber immerhin stieg ihr die Schamesröte ins Gesicht. „Natürlich nicht. Gestattest du mir in Anbetracht dieses außergewöhnlichen Ereignisses etwas Bedenkzeit?"

„Lieber Gott, lass sie es nicht zu lange überdenken", schickte Sam ein Flüstergebet gen Himmel.

„Du könntest mich ruhig zum Tanzen auffordern, während ich über deine Frage nachsinne", schlug Eleanor vor. Dies ließ sich Sam nicht zweimal sagen.

„Eleanor Turner, darf ich dich um den nächsten Tanz bitten?"

„Sehr gern", erwiderte sie mit etwas Verzögerung und spielte mit seiner Geduld.

Doch nun ergriff Sam eilig ihre Hand und führte sie zügig in den Ballsaal. Unter den neugierigen Blicken der Gäste tanzten sie Walzer. Er tanzte wie immer ausgezeichnet, führte Eleanor elegant über das Parkett. Niemand vermutete, welch Kampf sich in ihm abspielte ... Angst, Hoffnung, Liebe, Begehren. Nach all der Zeit des Schmerzes und der Entbehrung, nachdem sie sich wiedergefunden hatte, würde sie ihn doch hoffentlich nicht abweisen.

Eleanor sah all dies in seinen Augen. Sie wollte es Sam nicht zu leicht machen, doch sie brachte es nicht fertig, ihre Antwort auch nur einen Tanz länger hinauszuzögern. Endlich wähnte sie sich am Ziel ihrer Träume. Endlich wartete eine Zukunft mit dem Mann, den sie von Herzen liebte.

„Ja, Sam. Ich möchte dich heiraten und wir werden es umgehend Dolores mitteilen."

„Von mir aus erzählen wir es der ganzen Welt! Es gibt keinen Grund für Geheimnisse."

Da Sam sich keine besonders große Mühe gab, leise zu sprechen, warf Eleanor die letzten Zweifel von sich. Jetzt stand Sam zu ihr und sie war sich sicher, dass sie für immer zusammenblieben.

EPILOG

5. Mai 1821

„Guten Morgen, meine Liebe", raunte Sam und trat behutsam an seine Frau heran. Eleanor saß an ihrem Frisiertisch und bürstete sich das Haar. Sie war noch nicht angezogen und etwas in Eile, denn heute war ein besonderer Tag. Es wartete ein Ereignis, zu welchem sie nicht zu spät kommen wollte.

Seit der Verlobung mit Sam hatte Eleanor das Gefühl gehabt, ein Tag wurde schöner als der vorherige. Die Hochzeit, an einem verregneten Vormittag mit nur wenigen Gästen, war für sie zu einem unvergesslichen und romantischen Erlebnis geworden. Anschließend waren die frisch Vermählten in London geblieben und hatten die ersten Tage auf Wilmington House verbracht.

Obgleich Eleanor bereits einmal verheiratet gewesen war, hatte sie auf keinerlei Erfahrungen zurückblicken können und hatte trotz ihres Verlangens mit heftiger Nervosität zu kämpfen gehabt.

Aber Sam war nicht nur sehr behutsam und zärtlich gewesen, sondern hatte sie auch damit überrascht, wie nah sich Mann und Frau sein konnten. Seine sensible Zurückhaltung, ihr Vertrauen zu ihm und auch die vertraulichen Worte Margarets über jenes eheliche Zusammensein hatten Eleanors kurzzeitige Anspannung